Valerie Wilson Wesley

Auf dem Weg nach oben

*Ein Fall für
Tamara Hayle*

*Roman
Aus dem Amerikanischen von
Gertraude Krueger*

Diogenes

Titel der 1998 bei
G. P. Putnam's Sons, New York,
erschienenen Originalausgabe:
›Easier to Kill‹
Copyright © 1998 by Valerie Wilson Wesley
Umschlagfoto:
Copyright © 2000 EyeWire, Inc.

Für meine Tochter Nandi,
die mir immer Blumen schenkt

Alle deutschen Rechte vorbehalten
Copyright © 2000
Diogenes Verlag AG Zürich
150/00/8/1
ISBN 3 257 06255 9

To think
Is much against
The will.

Better –
and easier –
To kill.

Langston Hughes

I

Es war das vornehmste Büro, das ich je gesehen hatte, doch bei den Blumen auf dem Schreibtisch mußte ich an Tod und Sterben denken: weiße Lilien. Ich hatte noch nie eine Beerdigung erlebt, wo diese Blumen nicht als Schmuck dienten; ihr süßlicher, Übelkeit erregender Duft strömte hier gleichsam von allen Seiten auf mich ein. Ich versuchte, nicht mehr an die Blumen zu denken und mich statt dessen auf die Frau in dem roten Chanel-Kostüm zu konzentrieren, die mir gegenübersaß.

Sie hieß Mandy Magic, jedenfalls nannte sie sich jetzt so. Sie hatte sich aus den Mietskasernenvierteln, wo wir beide aufgewachsen waren, hochgearbeitet und war der bekannteste Radiostar von Essex County geworden. Ihr hübsches Gesicht war braun wie Kenia-Kaffee, das Haar schwarz und glatt wie bei einer Perücke, und der Rubin an ihrem Finger war so groß, daß er einfach echt sein mußte. Als sie mich am vergangenen Freitag anrief und um einen Termin in einer »heiklen Angelegenheit« am Montag morgen bat, konnte ich mein Glück kaum fassen. Ich faßte es auch jetzt noch nicht.

»Sie sollen ja eine erstklassige Privatdetektivin sein, aber das ist nicht der Grund, warum ich Sie engagiere«, sagte sie mit dieser fast schon heuchlerisch verführerischen Stimme, die Hunderten von Menschen im Radio Bekenntnisse entlockt und Mandy Magic zu einer schwerreichen Frau gemacht hatte. »Wir stammen beide aus denselben Verhältnissen, aus den Hayes Homes, und das gibt mir die Gewißheit, daß ich Ihnen anvertrauen kann, was ich zu erzählen habe.«

»Ich freue mich, daß ich Ihnen behilflich sein kann. Vielen Dank, daß Sie an mich gedacht haben«, sagte ich mit der fast schon heuchlerisch unterwürfigen Stimme, die ich immer dann einsetze, wenn mir jemand auch ein Honorar zahlen kann. Ich war mir nicht sicher, ob wir wirklich aus denselben Verhältnissen stammten, aber an der Zahlungsfähigkeit von Mandy Magic hatte ich keinerlei Zweifel. Da die meisten meiner Klienten genauso abgebrannt sind wie ich, war mir das schon genug.

Ihre Mitternachts-Sendung ›The Magic Hours‹ war ein Forum der Selbstbekenntnisse und die beliebteste Talk-Show von drei Staaten. Alle hörten sie – von Wyvetta Green, der Besitzerin des Schönheitssalons Jan's Beauty Biscuit, die Mandy Magic tagtäglich in den höchsten Tönen lobte, bis hin zu meiner besten Freundin Annie, obwohl sie regelmäßig bestritt, daß sie die Sendung je einschaltete. Die »magische« Mischung aus Klatsch, verrückten Bekenntnissen und gesundem Menschenverstand hatte Mandy Magic zur meistbewunderten Frau der ganzen Stadt gemacht. Mit ihren guten Taten stellte sie manch einen Wohltätigkeitsapostel in den Schatten. Schul-Fördervereine und Bürgerkomitees wußten, daß sie auf ihre zündenden Reden und großzügigen Spenden vertrauen durften. Sie hatte die Pflegekosten für ein schwer hirngeschädigtes Kleinkind aus eigener Tasche bezahlt, war für die College-Ausbildung eines verwaisten Teenager-Jungen aufgekommen und hatte vor kurzem ein problembeladenes obdachloses Mädchen adoptiert. Daß Frauengruppen sie mit Huldigungen überhäuften und die Zeitungen ihr Loblied sangen, versteht sich von selbst. Alle Schwarzen könnten stolz auf sie sein, schwärmten die Leute gern. Aber es gab auch skeptische Zyniker, die argwöhnten, das alles sei viel zu schön, um wahr zu sein. Zu meiner Schande muß ich gestehen, daß ich auch zu diesen gehörte.

Doch diese Zweifel hinderten mich nicht, in mein jung-dynamisches graues Kostüm zu schlüpfen, rasch auf eine frühmorgendliche Maniküre (die mir Wyvetta Green zur Feier des Tages höchstpersönlich verpaßte) im Biscuit vorbeizuschauen, um dann katzbuckelnd in Mandy Magics Büro zu erscheinen, beflügelt von der Aussicht auf eine ordentliche Portion ihrer schwerverdienten Dollars. Letzten Endes flößte mir die Sister doch Respekt ein, und ich fühlte mich geschmeichelt, daß sie ihre »heikle Angelegenheit« – was immer das sein mochte – an mich herantragen wollte.

»Sie fragen sich sicher, was ich auf dem Herzen habe«, sagte sie und nippte vornehm an dem Kaffee, der in zarten Tassen aus Limoges-Porzellan serviert worden war.

»Lassen Sie sich ruhig Zeit«, antwortete ich wie ein drittklassiger Psychotherapeut, während ich den Koffeinschub des Kaffees genoß und achtgab, daß ich mir nicht das Kostüm bekleckerte. Sie stellte die Tasse ab und reichte mir ein zerknülltes gelbes Blatt Papier, das sie mit spitzen Fingern anfaßte, als könnte man sich davon eine ansteckende Krankheit holen. Ich nahm das Blatt und strich es rasch glatt. In der Mitte standen drei Worte – MOVIN' ON UP – in roten

Blockbuchstaben. Ich sah Mandy Magic an und war wohl ebenso verwirrt wie sie. »Sie wollen mich engagieren, damit ich herausfinde, wer Ihnen einen Zettel geschrieben hat?« Ich gab mir die größte Mühe, daß sich das nicht anhörte, als hielte ich es für einen schlechten Witz.

»Unter anderem.«

»Was noch?« Sie zuckte verlegen die Achseln, ohne mir zu antworten, und schaute weg. »›Movin' on up‹ – auf dem Weg nach oben. Was haben diese Worte für Sie zu bedeuten?« fragte ich nach einer Weile, da ich sie nicht drängen wollte.

»Nur das Naheliegende.«

»Und das wäre?«

»Na ja, diese Fernsehserie aus den siebziger Jahren, die immer noch als Wiederholung läuft. Wie hieß sie noch gleich, *The Jeffersons*? Komisch, so etwas prägt sich ein wie ein Gebet – Titelsongs von Serien, sogar Melodien aus Werbespots.«

»Wie ging der Text?«

»*Movin' on up. Movin' on up. To the big time. To that deluxe apartment in the sky. Movin' on up…* – etwa so in der Art.« Sie schüttelte den Kopf, weil sie nicht weiterwußte.

Jetzt erinnerte ich mich wieder und sagte ihr den Rest des Textes auf. »*We finally got a piece of the pie?*«

»Yeah. *A piece of the pie.*« Das klang fast so, als sei es ihr peinlich, so daß ich überlegte, welchen Preis sie wohl für ihr *piece of the pie*, ihr Stück vom Kuchen, bezahlt hatte.

Und um beim schnöden Mammon zu bleiben, für diese Büroräume hatte sie eindeutig ein hübsches Sümmchen hingelegt. Außer dem Zimmer, in dem wir saßen, gab es noch zwei weitere Büros, einen kleinen Empfangsbereich und weiter hinten einen Raum, der wie ein kleines Fitneßstudio aussah. Dies war, wie sie bei meinem Eintritt betonte, ihr »privates« Büro; das andere befand sich vermutlich in einer der Rundfunkstationen, deren Besitzerin sie war. Ich konnte das dunkle, edle Holz der Möbel nicht genau bestimmen, aber alles harmonierte bis ins kleinste Detail, was ich von meinem eigenen, gebraucht gekauften Plunder nicht behaupten kann. Ich würde lügen, wenn ich nicht zugeben würde, daß mich beim Hereinkommen heftiger Neid gepackt hatte.

Als Newark Anfang des Jahrhunderts noch ein Finanz- und Handelszentrum war, war dies eine erste Adresse. Doch der Nimbus schwand nach den Unruhen von 1967 dahin wie alles andere auch, selbst wenn es jetzt allmählich wieder aufwärtsging und sich das Gebäude dank seiner Nähe zum neuerrichteten Zentrum für darstellende Künste einer neuen Beliebtheit erfreute. Dabei hatte sich das Haus mit seinen eleganten hohen Räumen, den gebohnerten Parkettböden und den Bleiglasfenstern auch in der dunkelsten Zeit eine gewisse Würde bewahrt. Diese Fenster waren groß und ließen viel Sonnenlicht herein, das an diesem Morgen alles in einen goldenen Glanz tauchte, von den roten Brokatbezügen der Stühle bis zu dem Rubin an Mandy Magics Fingerring, den sie gerade betrachtete und gedankenverloren um den Finger drehte.

»Wann ist das Briefchen denn gekommen?«

»Letzte Woche.«

»Ist es das erste Mal, daß Sie einen merkwürdigen Brief in der Post fanden? Sie haben viele Hörer, da sind sicher einige darunter...«

Sie fiel mir ins Wort. »Ich habe es nicht mit der Post bekommen. Es lag vor dem Eingang zu diesem Büro. Aber es gab auch schon kleinere Vorfälle von Vandalismus. Mir wurden obszöne Graffiti in die Tür geritzt. Wenn mein Auto auf der Straße parkt, werden die Reifen aufgeschlitzt. Ärgerliche Kleinigkeiten, die mir auf die Nerven gehen.«

»Vielleicht ist es jemand, den Sie kennen.« Ich wählte meine Worte mit Bedacht.

Sie warf mir einen ängstlichen Blick zu und antwortete hastig, wie um sich selbst guten Mut zuzusprechen. »Hier gehen viele Leute ein und aus.«

»Es klingt ja, als ob derjenige, der das Briefchen hinterlassen hat, Ihnen den Erfolg übelnimmt«, fuhr ich fort, denn das lag klar auf der Hand.

»Das möchte ich stark bezweifeln«, sagte sie barsch und trank einen Schluck Kaffee.

»Was hat das Ihrer Meinung nach sonst zu bedeuten?«

»Wozu hab ich Sie wohl engagiert?« gab sie zickig zurück, und da trank ich erst mal einen Schluck Kaffee.

»Warum gehen Sie nicht zur Polizei, Ms. Magic? Meinen Sie nicht, daß die dafür zuständig ist, vor allem, wenn Sie wirklich der Meinung sind, daß das so eine Art…«

»Drohung ist?« unterbrach sie mich. »Und nennen Sie mich doch bitte Mandy. Ich habe die Polizei nicht gerufen, weil ich meine Angelegenheiten nicht in die Öffentlichkeit tragen will. Man weiß ja nie, wem das dann alles zu Ohren kommt, wer etwas aufschnappt, wenn man mit der Polizei redet. Das ist keine Drohung. Der Vandalismus hat vielleicht gar nichts damit zu tun – das könnten Kinder gewesen sein. Es handelt sich wirklich nur um das Briefchen, mehr nicht.«

»Nur um das Briefchen?« nahm ich ihre Worte auf. Es sollte nicht direkt spöttisch klingen, ihr aber doch zu verstehen geben, daß sie mir offenkundig nicht die ganze Wahrheit sagte. Sie schob trotzig das Kinn vor, woraus ich schloß, daß meine Meinung ihr völlig egal war und sie noch immer das Kind war, das sich aus dem Ghetto herausgeboxt hatte. Aber am Ende erzählte sie mir doch die ganze Geschichte. Oder zumindest einen Teil davon.

»Vor einer Woche ist mein Friseur im Lotus Park erstochen worden. Er hieß Tyrone Mason. Angeblich fiel er einem Raubüberfall zum Opfer, die ja in letzter Zeit immer gewalttätiger werden, aber am Tag nach seiner Ermordung kam dieser Brief.«

»Für Sie war sein Tod also kein Zufall?«

Sie gab mir keine Antwort.

»In Wirklichkeit war er nicht nur mein Friseur. Er war der Sohn meines Cousins. Ein Cousin zweiten Grades, so nennt man das wohl. Eigentlich stand er meiner Tochter näher. Meiner Adoptivtochter Taniqua. Viel näher. Ich nahm seine Dienste seit ungefähr sechs Monaten in Anspruch.« Ihre unbewegte Miene bei der Schilderung seines Todes und ihrer Beziehung zu ihm sagte mehr über die Art dieses Verhältnisses aus als ihre Worte.

»Und dieser Brief kam…«

»Einen Tag nach seinem Tod. Das sagte ich bereits.«

»Ihrer Meinung nach hat dieser Brief also zu bedeuten, daß Ihr Verwandter von jemandem ermordet wurde, der etwas gegen Sie hat, und daß der Täter jetzt weiter nach oben geht, von Ihrem Cousin zweiten Grades zu Ihnen selbst?« Ich redete nicht lange um den heißen Brei herum, und als sie zusammenzuckte, wußte ich, daß ich recht hatte. Ich griff nach dem Zettel in der Hoffnung, dort einen Anhaltspunkt zu entdecken, den es wahrscheinlich gar nicht gab. »Vielleicht hat es trotzdem nichts zu bedeuten«, sagte ich und legte den Brief wieder auf den Schreibtisch zurück, ging aber so behutsam damit um, als wäre er sehr wohl von Bedeutung. »Vielleicht ist es nur ein übler Streich von jemandem, der von dem Tod Ihres Cousins erfahren hat und der sich wichtig machen oder Ihnen aus irgendeinem Grund Angst einjagen wollte. Es könnte auch jemand gewesen sein, der meint, Sie seien ihm etwas schuldig. Womöglich eine Nachricht von jemandem, der Sie noch aus alten Zeiten kennt.«

»Es gibt niemanden mehr, der mich noch aus alten Zeiten kennt«, sagte sie mit absoluter Gewißheit.

»Halten Sie es für möglich, daß es jemand aus Ihrer engsten Umgebung war? Jemand, der Ihr Vertrauen genießt? Und Sie haben womöglich Angst, daß ein Mensch, der Ihnen unmittelbar nach dem Tod Ihres Cousins so einen nebulösen, gemeinen Brief schreibt, wohl auch zu einem Verrat anderer Art fähig ist?« Jetzt setzte ich ihr bewußt zu, aber die Art, wie sie meinem Blick auswich, sagte mir, daß tatsächlich Angst im Spiel war. Dann sah sie mich mit einer Traurigkeit an, die vorher nicht dagewesen war.

»Kennen Sie das Gefühl, daß gleich hinter der nächsten Ecke etwas Grauenvolles auf Sie lauert, etwas Großes und Gemeines, das Ihnen das ganze Leben zerstören wird, so daß Sie am liebsten nie geboren wären?«

Ihre jähe Verletzlichkeit rührte mich, und ich lächelte, einmal weil ich sie beruhigen wollte und dann auch, weil ich wußte, was sie meinte. »So eine Art freischwebende Angst? Yeah, das habe ich manchmal auch.«

Wieder wandte sie den Blick ab. »So wirkt dieser Brief da auf mich, Tamara. Dieses Gefühl – ich weiß nicht, was es ist und von wem es ausgeht, aber da lauert etwas auf mich, und ich muß wissen, wer und was es ist, bevor es mich umbringt.«

Das war jetzt bestimmt übertrieben, aber ich nickte, als nähme ich sie ernst.

»Ich würde das gern mitnehmen«, sagte ich und griff wieder nach dem Briefchen.

Ohne mir zu antworten, holte sie einen Umschlag aus ihrem Schreibtisch und gab ihn mir. Ich steckte den Zettel vorsichtig hinein, obwohl ganz bestimmt keine Fingerabdrücke darauf waren oder sonst etwas, das besondere Sorgfalt verlangte. »Wenn es geht, würde ich auch gern mit Ihren Mitarbeitern reden – den Assistenten, Sekretärinnen, dem Fahrer...«

»Die gehören alle zur Familie«, sagte sie mit überraschender Bitterkeit.

Plötzlich klopfte es an der Tür, und drei Menschen kamen hintereinander herein, als hätten sie an der Tür gelauscht oder ein heimliches Zeichen bekommen. Die Gruppe wurde von einer dünnen Frau in einem mattbraunen Kostüm angeführt. Hinter ihr kam ein jüngerer, hellhäutiger Mann, der als Weißer oder Latino hätte durchgehen können, und zu guter Letzt eine umwerfend schöne junge Frau. Der Mann suchte in dem großen Raum drei Stühle zusammen, und alle setzten sich.

»Ich hab dir ja gesagt, was ich von der Idee halte, Starmanda. Es steht zuviel auf dem Spiel. Da sickert womöglich zuviel durch. Wir klären das schon allein auf. Wir können hier keine Frau gebrauchen, die niemand kennt und die ihre Nase in deine Angelegenheiten steckt.« Das zischte die dünne Frau geradezu hervor und durchbohrte mich dabei mit ihren Blicken. Aber ich hörte kaum hin. Ich war zu verblüfft über den Namen, den sie da eben gesagt hatte.

Starmanda. Das war ein altmodischer Name, den ich seit meiner Kinderzeit nicht mehr gehört hatte. So hatte die Schwester meiner Großmutter geheißen, die schon als Kind gestorben war. Aber für mich hatte sie in den Erzählungen meiner Großmutter weitergelebt, in ihren Spielen, dem selbstgebastelten Spielzeug – aus Zeitungspapier ausgeschnittene Anziehpuppen, Spielsteine aus Nußschalen, den Kinderreimen, dem Händeklatschen und Füßestampfen, das Großmutters Kindheit wieder lebendig werden ließ und meine bereicherte. Wenn meine Großmutter lachte, sah ich Starmanda vor mir, und mit der Zeit wurde mir dieser Name ebenso lieb wie meiner Großmutter. Star-man-da. So hatte eine Mutter die Seele ihrer Tochter mit einem Stern verknüpft.

Also hatten Mandy Magic und ich doch etwas gemeinsam. Davon zeugte dieser Name und der Stern, den sich einst jemand auch für sie erträumt hatte. Der Zusatz »Magic« sollte ihr vielleicht Geld einbringen, aber sie hatte sich doch genug von »Starmanda« bewahrt, um eine Verbindung zu ihrer Vergangenheit aufrechtzuerhalten, und das machte sie mir sympathisch.

»Du hast also deine Entscheidung getroffen«, riß mich die dünne Frau, die diese Vergangenheit ganz sicher kannte, aus meinen Gedanken.

»Wie du siehst.«

»Das bringt nur Ärger, Starmanda. Ich sag's dir. Da wird Scheiße ausgegraben und breitgetreten.«

»Das *bringt* Ärger, Pauline? Den hab ich doch schon.«

»Du bauschst die ganze dämliche Geschichte viel zu sehr auf. Es ist nur ein verdammter Zettel, Herrgott noch mal«, sagte der Mann gereizt und mit einem gelangweilten, rauhen Unterton, der seine Stimme älter klingen ließ, als er wahrscheinlich war. Er schien Anfang Dreißig zu sein und hatte ein sanftes Milchbubigesicht, das zu weich war, um wirklich schön zu sein. Ich fand ihn für einen Mann recht klein geraten, aber er hatte eine Ringerstatur, und unter seinem braun-grauen Sportsakko aus Harris Tweed zeichneten sich die Bizepse ab. Am Ärmel lugte dezent eine goldene Uhr – eine Movado, wie mir schien – hervor. Seine Fingernägel waren poliert und säuberlich manikürt.

»Kümmere dich gefälligst um deinen eigenen Kram, Kenton.« Paulines Blick war streng, und ihre Stimme klang hoch und scharf. Der junge Mann zeigte ihr mit einem lauten, ordinären Schnauben, was er von ihr hielt.

»Das ist mein eigener Kram, Pauline, hast du das immer noch nicht kapiert?«

Als er hereinkam, war mir sein Gesicht bekannt vorgekommen, doch ich erkannte ihn erst, als sie seinen Namen nannte. Kenton Daniels III war der einzige Sohn von Dr. Kenton Daniels jr., einem in Newark hochverehrten Arzt aus wohlhabender Familie, der eins der ersten kostenlosen Behandlungszentren für minderjährige Schwangere hier in der Stadt gegründet und finanziert hatte. Der Sohn hatte zwar Namen und Geld seines Vaters geerbt, doch die Seele des guten Doktors war allem Anschein nach mit diesem dahingegangen. Kenton Daniels III war ein verwöhnter, fauler Verschwender, der von dem guten Ruf seiner Familie zehrte und in nicht einmal zehn Jahren fast das gesamte kleine Vermögen durchgebracht hatte. Doch seine grauen Augen und die Haare, die man früher als »gutes Haar« bezeichnet hätte, sowie seine Beziehungen zu »altem Negergeld« sorgten dafür, daß er immer noch elegant gekleidet und von Frauen umgeben war, die dumm genug waren, für seine Gesellschaft zu bezahlen.

»Würdet ihr bitte mit ihr reden und ihr alles erzählen, was sie wissen will? Über Tyrone?« bat Mandy in weinerlich flehendem Ton. Pauline seufzte hörbar. Kenton lehnte sich in seinem Stuhl zurück und drückte durch höhnisches Grinsen sein Mißfallen aus.

»Findet sie raus, was mit ihm passiert ist?« Jetzt sprach die letzte der drei, und alle rutschten unbehaglich auf dem Stuhl herum. Ich wandte mich der Frau zu, neugierig, warum ihre Worte wohl so eine Reaktion ausgelöst hatten. Sie war noch ein Kind, trotz des enganliegenden schwarzen Jerseykleids und des glitzernden billigen Goldschmucks. Ihr Gesicht war vollkommen oval, und für das Haar, das sich in kleinen Löckchen bis ans Kinn ringelte, hätten manche Leute teures Geld hingelegt. Die vollen Lippen waren mit einem grellen kastanienbraunen Konturenstift nachgezeichnet, und ihre großen Augen waren schwarz umrandet. Wenn das auffällige Make-up und der gehetzte, verwundete Blick nicht gewesen wären, hätte sie eine junge Lena Horne oder Dorothy Dandridge abgeben können. Das war vermutlich Taniqua, der obdachlose Teenager, den Mandy Magic adoptiert hatte. Sie konnte sich noch soviel Mühe geben, sie war doch viel jünger, als sie sich den Anschein gab. Sie warf Kenton einen verstohlenen Blick aus den Augenwinkeln zu. Er schaute mit einer Grimasse zu Boden, als schämte er sich.

»Ich werde mein Bestes tun«, antwortete ich knapp, als hätte ich alles voll im Griff, was hoffentlich überzeugend wirkte. »Ich möchte gern sofort anfangen. Ich werde möglichst bald noch einmal mit Ihnen reden müssen, Ms. Magic – Mandy.« Ich sah sie Zustimmung heischend an, aber sie war erstarrt wie ein Gefahr witterndes Tier, und ihre Augen sahen mich fragend an, als suchten sie eine Antwort in meiner Seele. »Geht es schon morgen nachmittag? Ich rufe Sie an, um den Termin festzumachen?«

Meine Frage blieb so lange unbeantwortet, daß ich nicht sicher war, ob Mandy Magic sie gehört hatte. Schließlich nickte sie und stand auf, wobei sie mir einen verschlossenen Umschlag reichte, der vermutlich meinen Vorschuß enthielt, dann gab sie mir die Hand, um unsere Abmachung zu besiegeln. Ihre Finger waren kalt und zitterten. »Danke«, sagte sie.

»Hey, bedanken Sie sich nicht zu früh. Sie wissen ja nicht, was ich da alles herausfinde.« Das war lässig, allzu leichtfertig dahingesagt, und ich bereute die Bemerkung schon im selben Moment. Was um alles in der Welt hatte mich bewogen, so töricht und taktlos daherzureden? Verlegen murmelte ich ein übertrieben förmliches auf Wiedersehen, griff nach meiner Handtasche und ging zur Tür. Doch aus irgendeinem Grund drehte ich mich noch einmal um und warf vor dem Hinausgehen einen letzten Blick zurück. Sie hockten um Mandy herum wie Aasgeier um ihre Beute.

2

Manche Leute hätten für eine Frau wie Mandy Magic sicher kein Mitleid übrig. Wahrscheinlich würden sie sagen, die steht mit ihrem Geld und ihrer Macht besser da als die meisten anderen, was soll sie einem leid tun? Vielleicht würden sie sogar sagen, sie bezahlt jetzt nur den Preis des Ruhms, und das viele Geld kann ihr ruhig ein paar Tränen wert sein. Aber ich wußte es besser. Die Familie ist das Wichtigste im Leben, und wenn sie diese Bande, die an dem Morgen um sie herum saß, ihre »Familie« nannte, dann war sie schlechter dran als eine Menge Leute, die ich kenne. In den Gesichtern der anderen hatte ich sowohl Abhängigkeit als auch Groll gelesen, und diese Mischung kann schnell gefährlich werden. *Wie die Krabben in der Tonne.* So sprach meine Großmutter immer von dem häßlichen Zug des Menschen, anderen den sauer verdienten Erfolg zu mißgönnen. *Wie die Krabben in der Tonne.* Jemand haßte Mandy Magic so sehr, daß er sie in Angst und Schrecken versetzen wollte, um sich an ihrer Furcht zu weiden. Und Angst hatte sie, das stand für mich fest. Die Furcht hatte ihre selbstbewußte Stimme verschleiert und sich im Zittern ihrer Hand gezeigt. Vielleicht war das Briefchen aus purer Gemeinheit geschrieben worden, es war aber auch durchaus möglich, daß es sie vor einem Unheil warnen sollte, das erst noch auf sie zukam.

Ich hatte es mir verkniffen, den Umschlag von Mandy Magic aufzumachen, bis ich im Parkhaus war, wo mich die Gier dann übermannte. Während ich wartete, daß mir der Wärter meinen Wagen brachte, riß ich den Umschlag oben auf und faltete den Scheck mit einem wilden Ruck auseinander. Es war ein kräftiger Vorschuß, mit dem ich mich, wenn ich sparsam damit umging, eine Weile über Wassser halten konnte, und das Schönste war, daß noch mehr in Aussicht stand. Wenn dieser Fall abgeschlossen war, hätte ich womöglich sogar genug verdient, um ein paar dringend notwendige Dollars für die College-Ausbildung meines Sohns Jamal zurückzulegen. Die machte mir solche Sorgen, daß ich nachts manchmal schweißgebadet aufwachte. Während ich den Scheck in die Brieftasche stopfte, hörte ich das Rumpeln meines Jetta Diesel, der von dem Wärter vorgefahren wurde.

Es ist mir immer etwas peinlich, wenn ich mein Auto abhole, ein Vehikel, dem mein Sohn den Spitznamen »der Blaue Dämon« gegeben hat. Meist hat der Wärter ein belustigtes Grinsen im Gesicht, wenn er mir die Tür aufhält, als wollte er sagen: »Wie können Sie nur mit so einer Schrottlaube rumfahren?« Er erwartet kaum je ein Trinkgeld, weil er zu Recht annimmt, daß Leute, die so ein Auto fahren wie ich, keinen Dollar übrig haben. Doch der Mann, der mir an diesem Morgen die Tür aufhielt, war ungewöhnlich alt. Als er in die Garage ging, um den Wagen zu holen, war mir aufgefallen, daß er leicht in den Knien einknickte, wie das in den fünfziger Jahren Mode war. Die getönte Pilotenbrille war zu groß für sein schmales Gesicht, und ich bemerkte keine Spur von dem überheblichen Grinsen, das ich gewöhnlich zu sehen bekomme. Seine Stimme war heiser, als hätte er die Nacht mit einer Literflasche Gin und einer Schachtel Camel ohne Filter verbracht.

»So'n Diesel hab ich schon Ewigkeiten nicht mehr gesehn«, sagte er, als er mir die Schlüssel gab. »Der hat schon einiges auf dem Buckel, nicht wahr? Sie halten ihn aber ganz gut in Schuß. Wieviel Meilen hat er denn drauf?«

»Fast zweihunderttausend.«

Er pfiff langsam und bedächtig durch die Zähne. »Donnerwetter. Prächtiges altes Mädel, nicht wahr?«

Ich zuckte zusammen. Es bringt mich um, wenn Männer Schiffe oder Autos ein »Mädel« nennen, als wär das so etwas wie ein Kompliment. Wenn ich dem Dämon ein Geschlecht zuordnen sollte, dann wäre das in Anbetracht seiner Gebrechen und Marotten bestimmt nicht weiblich.

»Wollt Sie auf keinen Fall beleidigen, gnä' Frau. Vielleicht baun die ja mehr Diesel, als ich mir so vorstelle. War eine Weile nicht im Geschäft. Hab's nicht böse gemeint, daß der Wagen alt ist.« Offenbar hatte der Mann mein Unbehagen gespürt, aber falsch interpretiert.

»Nein, Sie haben vollkommen recht«, antwortete ich rasch, denn er tat mir leid; er meinte es eindeutig nicht böse. »Der Wagen ist alt. Er war schon alt, als ich ihn kaufte. Und er ist nicht jünger geworden. Er ist fast so alt wie mein Sohn, und der ist schon halb erwachsen.«

Jetzt war die Atmosphäre wieder entspannt, und wir mußten beide lachen. »Sie haben einen Jungen?« Für einen kurzen Moment hellte sich seine Miene auf, und ich konnte sogar durch die Brillengläser hindurch sehen, wie seine Augen aufleuchteten.

»Yeah.«

»Kinder sind was Schönes. Sie tun der Seele gut. Ich hatte auch mal eine kleine Tochter. Ganz winzig war sie, ist schon lange her. Alles Licht in meinem Leben ist mit ihr gekommen und gegangen.« Er hielt die Finger leicht gespreizt, und seine muskulösen, plumpen Hände wirkten plötzlich graziös, als er zeigte, wie klein sein Kind gewesen war. Seine Augen, die auf einmal einen gehetzten Blick hatten, schlossen sich kurz, und da wußte ich, daß diesem Kind etwas Schreckliches zugestoßen war und daß er deswegen Furchtbares durchgemacht hatte. Er war eine traurige Gestalt, das sah ich auf einen Blick; ein erschöpfter alter Mann, dem Arbeit, Frauen und überhaupt alles offenbar ständig davonliefen, nur der Blues nicht.

»Danke, Johns«, sagte ich, da ich den Namen auf seiner Uniform gerade noch entziffern konnte. Er zuckte leicht zusammen, und ich wünschte, ich hätte ihn nicht einfach so beim Nachnamen genannt; er sah so alt aus, daß er mein Vater hätte sein können.

»Hey, Alter, komm mal her. Ich hab ein Auto für dich. Der rote Lexus bekommt eine Handwäsche, innen und außen, und der Mann will ihn nach Feierabend wieder mitnehmen«, rief der weiße Mann hinter der Kasse ihm zu, und Johns' Miene verdüsterte sich unwillig.

»Wird gemacht, Chef. Normalerweise fahr ich keine Wagen vor. Normalerweise bin ich zum Waschen und Polieren eingeteilt. Handwäsche«, sagte er im Flüsterton und deutete mit dem Kopf auf einen nahebei parkenden Wagen. Als ich das MM auf dem Nummernschild erkannte, wußte ich, wem er gehörte.

»Der Wagen da ist wirklich eine Wucht. Steht das MM für Mandy Magic?« Ich beugte mich vertraulich zu ihm vor, immer auf der Suche nach einem Krümchen Erkenntnis.

»So heißt es jedenfalls.« Er lehnte sich an mein Auto und steckte sich eine Zigarette an.

»Wie ist sie denn so?« Man kann nie wissen, ob nicht eine beiläufig fallengelassene Bemerkung von jemandem, der mit der ganzen Sache nichts zu tun hat, etwas Licht in das Dunkel bringt.

»Wenn das ihr Auto ist, dann hab ich sie nie gesehen. Das bringt immer ein Mann her, so ein hellhäutiger Typ, und der holt es auch wieder ab.« Er zeigte mit dem Kopf nach oben, wie zum Himmel hinauf.

»Na, und wie ist der so?« Noch hatte ich Hoffnung. Er warf mir einen vorsichtigen Blick zu, als überlegte er, was ich wohl im Schilde führte und ob es ein Vertrauensbruch wäre, wenn er mir noch mehr erzählte. Dann warf er die Zigarette auf den Boden und putzte seine Brille am Ärmel ab.

»Über den weiß ich auch nicht viel.«

»Hey, Alter. Komm mal in die Gänge«, sagte der Mann hinter dem Tresen.

Johns drehte sich um und spuckte zweimal zu dem Mann hin, wobei sich seine Augen in derart nacktem Haß zusammenzogen, daß es mich erschreckte. Seine dicken Finger hatten sich so heftig um die Brille verkrampft, daß ich schon dachte, sie würde zerbrechen.

»Ganz ruhig bleiben, Brother«, sagte ich leise.

Er drehte sich wieder um und sah mich mit einem entspannten Lächeln an, als sei er es gewohnt, seine Wut zu zügeln. »Ist schon gut«, sagte er. »Aber manchmal wird es einem einfach zuviel.«

Bevor er ging, gab ich ihm noch fünf Dollar Trinkgeld. Mandy Magics Scheck hatte mich großzügig gestimmt, und ich hatte Lust, meinen Reichtum unter die Leute zu bringen – solange er anhielt jedenfalls. Geld bringt Geld, pflegte mein Bruder Johnny immer zu sagen. Ich konnte ganz sicher Geld gebrauchen, und Johns allem Anschein nach auch.

Ich hatte noch nicht gefrühstückt und dachte ans Essen, während ich aus dem Parkhaus fuhr. Die durch Mandy Magics Großzügigkeit ausgelöste Hochstimmung hielt noch an, und so beschloß ich, mir einen Imbiß in einem Lokal an der Market Street zu gönnen, das früher einmal eine Kirche gewesen war. Fürs Mittagessen war es noch recht früh, aber man konnte sich am Buffet bedienen, also bestellte ich ein Glas Eistee und holte mir einen Teller mit Backhähnchen, Gemüse und Maisbrot mit Butter, wobei mir Kalorien, Fett und Salzgehalt ausnahmsweise einmal egal waren. Ich setzte mich an einen Tisch nahe der Tür, damit ich sehen konnte, wer hereinkam.

Alles in allem mußte ich zugeben, daß der Vormittag ziemlich gut gelaufen war. Vielleicht würden mir Mandy Magics Angelegenheiten noch den beruflichen Auftrieb bringen, den ich brauchte. Ich bin zwar dankbar für jeden Klienten, aber ich weiß, daß ich für viele die letzte Rettung bin. Gewöhnlich kommen die Leute zu mir, weil ihnen von den Behörden Unrecht getan wurde und sie kein Geld haben, um sich an andere Stellen zu wenden. Ab und zu habe ich allerdings auch Klienten anderer Art, die Sonderleistungen verlangen oder Arbeiten, die im verborgenen geschehen müssen. Sie können sich den Luxus der Heimlichkeit leisten und bezahlen ihre Rechnungen rasch und diskret. Meistens höre ich dann nie wieder von ihnen. Manchmal empfehlen sie mich aber auch ihren Freunden, und darauf hoffte ich bei Mandy Magic. Während ich mein Hähnchen verspeiste, ließ ich meiner Phantasie freien Lauf, wie sich eine neue Klientel – reich, anspruchslos und pünktliche Zahler – auf meine Lebensqualität auswirken würde. Wenn alles klappte, könnte ich am Ende zu den gutbetuchten Privatdetektiven gehören, die nicht von früh bis spät den Dollars notorisch säumiger Schuldner hinterherjagen müssen. Immerhin wußte ich selbst nur allzu gut, wie schwer es manchmal ist, seinen Zahlungsverpflichtungen nachzukommen. Von der Hand in den Mund. Vom Mund in die Hand. So sah mein ganzes Leben aus.

Das könnte sich jetzt ändern. Vielleicht hatte Tyrone Masons Tod gar nichts mit dem Inhalt des Briefchens zu tun. Vielleicht hatte den jemand dort hingelegt, seinen Spaß gehabt und würde es dabei bewenden lassen. Womöglich könnte ich den Schuldigen leicht ausfindig machen – und er wäre so dumm und unbedarft, daß er vor lauter Angst gleich alles zugab, ohne daß ich viel Scherereien damit hatte oder mich in Gefahr begeben mußte. Durch diesen Fall könnte sich das Blatt wenden. Vielleicht hätte ich künftig so viele – von einer dankbaren und zufriedenen Mandy Magic ausgestellte – Referenzen, daß ich mir sogar ein Sparkonto einrichten und genügend Geld auf die hohe Kante legen konnte, um die Anschaffung eines neuen Wagens ins Auge zu fassen. Es war höchste Zeit, diesen verdammten Jetta zu verschrotten, der nur noch von Drahtkleiderbügeln, Glück und Gebeten zusammengehalten wurde. Möglicherweise würde ich so viel verdienen, daß ich ein anständiges Auto – einen Honda Accord neuester Bauart, einen Toyota Camry – leasen oder mir ein paar Möbelstücke kaufen könnte, die nicht schon jemand anders gehört hatten. Vielleicht könnte ich sogar eine Anzahlung für einen Computer leisten, der keine Viertelstunde brauchte, bis er betriebsbereit war. So gab ich mich eine Weile meinen Träumen hin und schwelgte wie ein Kind in phantastischen Vorstellungen von einer reichen Weihnachtsbescherung. Vielleicht würde sich nun alles zum Guten wenden.

Aber andererseits – und es gibt immer ein Andererseits – hatte diese ganze Angelegenheit auch etwas Beunruhigendes an sich. Da kamen womöglich Probleme auf Mandy Magic – und mich – zu, von denen wir beide noch gar nichts ahnten. Vielleicht war sie wirklich dabei, »Scheiße auszugraben und breitzutreten«, wie diese Pauline gesagt hatte. Den Brief mußte jemand geschrieben haben, der ihr so nahestand, daß er über ihre Angelegenheiten Bescheid wußte und sie leicht aus dem Gleichgewicht bringen konnte. Es mußte also jemand sein, dem sie vertraute, und da würde sie es nicht gerne hören, daß er sie verraten hatte, auch wenn sie hatte durchblicken lassen, daß sie etwas in der Art befürchtete. Wenn ich mal wieder Pech hätte, würde Mandy Magic so entsetzt sein über die »Wahrheit«, die ich zutage förderte, daß ich ihr zu guter Letzt noch auf der Straße hinterherlaufen und ihr meine Rechnung unter die Nase halten mußte, genau wie sonst auch. Ich biß in mein Hühnerbein, und das Essen war mir nur ein schwacher Trost.

Inzwischen war es halb eins geworden, die Büroangestellten aus der Innenstadt kamen zum Lunch. Die Mittagssonne strahlte durch die bunten Glasfenster in der Kirchendecke und tauchte alle Eintretenden in einen himmlischen Schein. Ich lehnte mich zurück und sah sie mir an: die Frauen in ihren eleganten Büro-Ensembles, die Männer mit ihren auf Hochglanz polierten Schuhen und maßgeschneiderten Anzügen. Wichtig aussehende Leute, gut gekleidet, wohlgenährt, die wußten, wo ihr nächstes Gehalt herkommen würde. Leute, die einen BMW, einen Mercedes Benz oder einen roten Lexus mit ihren Initialen auf dem Nummernschild fuhren. Ich trank noch einen Schluck Tee und fragte mich zum hundertsten Mal, warum um alles in der Welt ich diesen Beruf gewählt hatte und ob es zu spät war, noch etwas anderes anzufangen. Und da sah ich Jake Richards.

Ich schaue gern zu, wenn er einen Raum betritt. Jede seiner Bewegungen zeichnet sich durch eine Anmut aus, die manchen schwarzen Männern offenbar von Natur aus gegeben ist, eine Mischung aus der Grazie eines Sportlers und dem stolzen Gang eines Pfaus. Mit seiner unwiderstehlichen Anziehungskraft erobert er jeden Raum im Handumdrehen, und sein unbewußter Charme, der Funken sprüht wie statische Elektrizität, bezaubert Gerichte und Frauen gleichermaßen. Er könnte mit Leichtigkeit einer von den Burschen sein, die mit einem bloßen Augenaufschlag jede Frau betören, auf die ihr Blick fällt. Aber zu der Sorte Mann gehört er nicht. Dazu ist er zu integer. Er ist das, was meine Großmutter augenzwinkernd und mit beifälligem Nicken einen *anständigen* Mann genannt hätte, dem seine Arbeit, seine Mitmenschen und seine Familie am Herzen liegen und dem seine Freunde so wichtig sind, daß er sich um sie kümmert, wann immer sie ihn brauchen.

Ich glaube, ich habe mich gleich in ihn verliebt, als er das erste Mal auf das behelfsmäßige Basketballfeld geschlendert kam, das mein Bruder Johnny hinter unserem Haus hatte, als wir noch Kinder waren. Jake strahlte immer eine ruhige Kraft aus – mit seiner Art zu reden, seinen Bewegungen und seinen Augen, die andere in ihren Bann ziehen und nicht mehr loslassen. Jetzt sah ich zu, wie er unter den raschen, neugierigen Blicken der Frauen, die an den Tischen rundum saßen, auf meinen Platz zusteuerte. Als er näher kam, erschien ein strahlendes Lächeln auf seinem Gesicht. Ich lächelte auch.

»Tamara! Hey, schön dich zu sehen. Wenn ich gewußt hätte, daß du zum Mittagessen hierherkommst, wäre ich öfter hier«, sagte er, ohne regelrecht zu flirten (aber doch so nahe dran, daß eine Frau ins Träumen kommt). Doch sein Blick war traurig und ernst, und zuerst mochte er mir nicht in die Augen schauen. »Ich würde gern mal etwas mit dir besprechen, wenn du Zeit hast. Also, was führt dich hierher?«

»Ein Fall«, sagte ich schlicht.

»Das klingt ja recht geheimnisvoll.« Er ließ sich geschmeidig neben mir nieder und zwängte seinen durchtrainierten Körper in den zierlichen Stuhl. Er trug ein elegantes Rechtsanwalts-Outfit, den Nadelstreifenanzug all derer, die sich für die Rechte der Angeklagten einsetzen. Ich habe es noch nie erlebt, daß er nicht gut aussah.

»Jede Frau sollte ein kleines Geheimnis haben.« Wir fingen beide an zu kichern, und das aus dem einzigen

Grund, daß es schön war, gemeinsam zu lachen. »Und bei dir – was geht?«

»Was geht? Tam, du redest ja schon wie die Kids. Was geht? Was geht?« Er zog die Schultern leicht nach oben und senkte die Stimme zu einem Gangsta-Rap-Gemurmel, dann lächelte er mich wieder an. Doch meinem Blick wich er immer noch aus. »Was geht? Ach, frag mich nicht.«

»Na komm, Jake. Ich erzähl dir auch von meinem Fall. Interessante Sache. Du willst es bestimmt hören. Hochkarätige Prominenz«, versuchte ich mit ihm zu feilschen.

»Und wo bleibt deine professionelle Diskretion?«

Ich zuckte neckisch die Achseln. »Das ist mein einziger Trumpf.«

»Du wirst doch meinetwegen nicht deine Prinzipien aufgeben.«

Da mußte ich lächeln, denn ich habe das durchaus schon in Erwägung gezogen. Jake ist verheiratet, was traurig, manchmal zum Verzweifeln, aber endgültig ist. Ich kenne seine Frau schon fast so lange wie er – und zwar vor wie nach ihrer psychischen Erkrankung, die beider Leben verändert hat. Aber er liebt sie. Dessen bin ich mir inzwischen so sicher wie er selbst, obwohl es in meinem Leben Zeiten gab, wo ich mir wünschte, es wäre anders. Doch dann wäre er nicht mehr Jake, und meine Gefühle für ihn gingen nicht so tief.

Und doch verbindet uns seit jeher eine stillschweigende, manchmal schon unheimliche Zuneigung. Meine Großmutter hat immer gesagt, wenn man ein Gefühl beim Namen nennt, dann wird es lebendig. »Was du beim Namen nennst, dem mußt du dich auch stellen«, ermahnte sie uns in ihrem oft unlogischen, aber liebevollen Bemühen, uns vor allem Übel zu bewahren, das ihrer Meinung nach über uns hereinbrechen könnte. »Nenn es nicht beim Namen.« Also taten Jake und ich das auch nicht; wir tanzten beide um den Funken unserer Zuneigung herum und stellten uns niemals unseren Gefühlen. Doch wer die Wahrheit leugnet, muß immer dafür zahlen; am Ende wird einem doch die Rechnung präsentiert.

»Meine Prinzipien? Welche Prinzipien?« gab ich schließlich zurück, und wir mußten lachen, da wir beide wußten, daß die Wahrheit ganz anders aussah. »Aber in einem Punkt kannst du mir doch helfen. Was weißt du über den Lotus Park?«

»Keine schöne Gegend. Es sei denn, du bist ein schwuler Mann, aber nicht gerne schwul, und hast gern heimlich gefährlichen Sex. Mach nachts einen großen Bogen um den Park.«

»Hmm. So geht's da also zu, ja?«

»Yeah.«

»Es hat dort vor etwa einer Woche einen Toten gegeben. Angeblich ein Raubüberfall. Hast du darüber was gehört?«

Jake dachte einen Moment nach. »Tja, ich weiß wohl, daß es dort in letzter Zeit äußerst gewalttätige Raubüberfälle gegeben hat. In der Regel weiße Männer aus gutbürgerlichen Verhältnissen, die es nach einem schwarzen oder braunen Abenteuer gelüstet, und das nimmt dann schärfere Formen an, als ihnen lieb ist. Da sind neuerdings ganz üble Sachen passiert – den Männern wurde das Gesicht zerschnitten, sie wurden zusammengeschlagen und ähnliches mehr. Stimmt, ich erinnere mich, daß ich etwas von einer Messerstecherei

in der letzten Woche gehört habe.« Er sah mich über den
Rand seines Glases hinweg an, leicht belustigt, da er wohl
überlegte, worauf ich hinauswollte. »Und das ist dein Fall
mit der hochkarätigen Prominenz?«

»Schon möglich«, flirtete ich zurück. »Fällt dir sonst
noch was dazu ein?«

Er überlegte kurz. »Angeblich war es ein Raubüberfall.«
Er lehnte sich in seinem Stuhl zurück und seufzte wehmütig. »Komisch, was man so alles im Gedächtnis behält.
Als Kind hab ich immer im Lotus Park gespielt. Mein
Daddy hat mich und ein paar Nachbarskinder dorthin mitgenommen und wollte uns beibringen, so zu spielen wie
Jackie Robinson. Ich wußte nicht recht, wer Jackie Robinson eigentlich war, aber ich wollte unbedingt mit Daddy Ball
spielen.« Er trank einen Schluck Wasser, so hastig, als wollte
er seine Erinnerungen hinunterspülen. »Yeah, der Park hat
sich entschieden verändert. Vielleicht habe ich es mir deshalb
gemerkt, als der Cop mir davon erzählte.

Aber ich glaube, es war das erste Mal, daß jemand dabei
zu Tode kam. Das andere waren bloße Messerstechereien«,
fuhr er fort. »Vielleicht hat jemand gehört, wie ein anderer
was von Geld herumposaunt hat. Ich weiß auch nicht. Vielleicht fällt es mir ja noch ein.«

»Der Ermordete hieß Tyrone Mason. Er war Friseur und
hat für Mandy Magic gearbeitet. Sagt dir das etwas?«

Wieder dachte er nach und kniff vor Konzentration leicht
die Augen zusammen. »Mandy Magic? Das ist doch die vom
Radio, stimmt's? Ich weiß nicht mehr, wer es war, aber
jemand hat was von ihr erzählt. Kann sein, daß es derselbe
Typ war. Ich wüßte nicht, warum ich sonst ihren Namen mit

dem Lotus Park in Verbindung bringen sollte.« Er schüttelte den Kopf und seufzte. »Die Stricher, die dort arbeiten, sind ganz bestimmt keine lieben kleinen Unschuldsengel.«

»Und du bist sicher, daß es dabei um einen Raubüberfall ging?«

»Yeah. Soviel weiß ich noch.«

Demnach war der Mord an Tyrone Mason vielleicht nur ein fehlgeschlagener Raubüberfall, und an dem Briefchen war nichts weiter dran. Ich trank einen Schluck Tee und fühlte mich seltsam erleichtert, während ich Jakes Gesicht betrachtete. Irgend etwas lag ihm auf der Seele. Das sah ich auf einen Blick. »Jake, was ist los?«

»Wahrscheinlich sollte ich dich nicht damit belästigen, vor allem nicht hier an diesem Ort, aber du sitzt nun einmal hier. Und ich sitze auch hier. Jamal und Denise sitzen nicht hier …«

»Und es geht um Phyllis?« Ich vollendete seinen Satz und stellte mir ihr Gesicht vor, während ich ihren Namen aussprach.

Wer sie auf der Straße sieht, würde nie darauf kommen, daß sie psychisch krank ist. Sie ist leicht wie eine Feder, und ihre Augen glänzen bisweilen allzu strahlend. Sie spricht schüchtern und zögerlich, so daß man ihre Sätze am liebsten selbst zu Ende führen würde, und wer sie nicht so gut kennt, dem fällt der angestrengte Tonfall bei der Beantwortung einfacher Fragen und ihr entrückter, furchtsamer Blick wahrscheinlich gar nicht auf. Als ich noch jung war, erschien mir diese Abgehobenheit geheimnisvoll und interessant. Ihre seltsame Schönheit zog alle an. Ich hatte sie immer um diese schwer faßbare Eigenschaft beneidet – als ob sie andere gar nicht richtig hörte oder mit den Gedanken woanders wäre. Alle Männer, die ich kannte, schienen sie zu umschwärmen und darum zu wetteifern, daß sie Phyllis umsorgen und beschützen durften, und das taten sie dann auch – angefangen bei ihrem Vater, als der noch am Leben war, über meinen Bruder Johnny mit seiner unbeholfenen Art bis hin zu Jake. Erst nach der Eheschließung und der Geburt von Denise, ihrem ersten und einzigen Kind, brach ihre Krankheit dann aus, und seither war ihr Leben durch die aus heiterem Himmel kommenden Anfälle von Wut und Argwohn beherrscht.

Ich habe nie recht verstanden, was für eine Krankheit das nun genau ist, aber Phyllis ist in ärztlicher Behandlung und liegt oft – manchmal wochenlang – im Krankenhaus. Wenn sie ihre Medizin nimmt, ist sie ruhiggestellt, aber auch teilnahmslos; dennoch können wir anderen dann leichter mit ihr umgehen. Aber sie hat mir einmal erzählt, daß sie dadurch abstumpft und jede Freude am Leben verliert. Darum nimmt sie die Medizin manchmal nicht. Sie gönnt sich eine Pause.

Ich bin der einzige Mensch, mit dem Jake je über sie spricht. Seine Ehe ist voller Geheimnisse, und ich kenne fast alle davon. Manchmal wünschte ich, ich wüßte nicht soviel, wir hätten diese Vorgeschichte nicht, ich würde nicht so viele dunkle Winkel in seinem Leben kennen. Aber das ist jetzt nicht mehr zu ändern.

»Nein, nicht um Phyllis, jedenfalls nicht direkt. Es geht um Denise«, antwortete er nach einer Weile. Seine einzige Tochter Denise ist ein paar Jahre jünger als Jamal, noch nicht ganz ein Teenager, aber auf dem besten Wege dazu. Sie ist ein ruhiges Mädchen und hat die zerbrechliche Schönheit ihrer Mutter geerbt; ihre sanfte Art und ihren Charme aber hat sie von Jake. Als er ihren Namen nannte, bekam ich Herzklopfen, und die Angst, die ich auf seinem Gesicht gesehen hatte, übertrug sich auf mich.

»Was ist passiert?«

Er trank einen Schluck und überlegte kurz, ehe er antwortete. »Ich kann es nicht genau beschreiben. Sie verändert sich auf eine Art, die mir Kummer macht. ›Kummer‹ ist vielleicht zuviel gesagt, vielleicht trifft ›die mich beschäftigt‹ die Sache besser.« Er wog seine Worte ab wie ein Jurist, der nichts sagen will, was er nicht wirklich meint. Doch an seinem Blick konnte ich erkennen, daß ›Kummer‹ genau das war, was er meinte.

»Erzähl!«

»Du weißt ja, daß sie schon immer schüchtern war. In sich gekehrt, wie eine reizende kleine alte Dame, der zuviel im Kopf herumgeht.« Ich mußte lächeln, weil das ihr eigenartiges, scheues Wesen genau traf. »In mancherlei Hinsicht ist sie ein typischer Teenager.«

Ich nickte mitfühlend, auch wenn ich, die ich einen Sohn großgezogen hatte, nicht so genau wußte, was für Mädchen im Teenageralter typisch war. Immerhin hatte ich ihre Entwicklungsphasen kommen und gehen sehen wie bei meinem eigenen Kind – die Beschäftigung mit dem Körper und dem Aussehen, die Unsicherheiten, die gelegentliche neunmalkluge Arroganz. Doch ich hatte mich nie allzusehr damit beschäftigt. Ich hatte mit meinem eigenen Kind genug zu tun.

»In den letzten Wochen habe ich verschiedene Beobachtungen gemacht, die mir allmählich Sorge bereiten.«

»Das ist bei Kindern immer so, Jake.«

»Nein. Es ist mehr.« Sein durchdringender Blick mahnte mich, dies nicht auf die leichte Schulter zu nehmen. Aber das hätte ich ohnehin nicht getan, denn ich hatte selbst schon einiges an dieser kleinen alten Dame beobachtet, das mir Sorgen machte. Diese Ängstlichkeit, diese Entrücktheit. Die Seite ihres Wesens, die niemanden an sich heranließ, nicht einmal ihren Vater und schon gar nicht mich. Sie war sein Kind, aber auch das von Phyllis, und ich hatte mich schon immer gefragt, wieviel sie von ihrer Mutter in sich hatte und was davon eines Tages ausbrechen könnte. Mich überlief ein Frösteln, während ich seine Gedanken las und sie dann aussprach, bevor er es tat.

»Ich glaube nicht, daß so eine Krankheit, wie Phyllis sie hat, sich vererbt, Jake«, sagte ich allzu rasch. »Egal, woran es liegt, Jake, ich glaube nicht, daß es daran liegt.« Sicher war ich mir nicht. Manchmal sind psychische Krankheiten anscheinend doch erblich, und ich wußte, daß ihm diese unausgesprochene Angst zu schaffen machte. Das konnte ich gut verstehen. Ich hatte ja selbst meine Erblast, die mir Sorgen bereitete: meine Mutter, die gern ihre Kinder verprügelte. Mein Vater, der sich am Ende dem Bourbon ergab. Mein Bruder, der sich eine geladene Pistole in den Mund gesteckt und sich damit ins Jenseits befördert hatte. Jeder hat an seinem Erbe zu tragen.

»Das ist eigentlich nicht das Problem«, sagte er, »oder vielleicht doch. Ich mache mir solche Sorgen um sie. Manchmal frage ich mich, ob ich nicht manches, was meiner Tochter zugestanden hätte, meiner Frau gegeben habe.« Sein Blick umwölkte sich mit der Mischung aus Erinnerungen und Traurigkeit, die sich immer einstellt, wenn er von Phyllis spricht.

»Was ist es dann?«

»Kleinigkeiten. Ich frage mich, ob sie nicht auf eine Art in Mitleidenschaft gezogen wird, die mir bislang gar nicht bewußt war.« Er seufzte schwer und schüttelte resigniert den Kopf, dann seufzte er noch einmal. Ich griff über den Tisch nach seiner Hand und hielt sie eine Weile fest. »Was ist denn so passiert?«

Er dachte kurz nach. »Sie verschließt sich. Sie hat Geheimnisse. Ich habe fast den Eindruck, daß sie Angst hat, es mir zu erzählen, wenn ihr etwas zu schaffen macht, als ob sie mich nicht damit belasten wollte. Ich frage mich, welche Opfer sie bringen mußte, weil ich mich ständig um Phyllis gekümmert habe. Unter deren Krankheit hat sie auch zu leiden gehabt. Allmählich frage ich mich, was ich noch alles aufgeben soll. Was Denise anbelangt. Und mich selbst. Ich stelle mir diese Frage nicht gern. Meinst du, ich habe ein Recht dazu, Tamara?«

»Das mußt du selbst beantworten. Ich wünschte, ich hätte eine Antwort darauf, aber ich habe keine.«

»Das ist kein Gespräch, das wir hier führen sollten, am hellichten Tag und bei fettigem Huhn und Eistee.« Er kicherte verlegen bei diesem Versuch, das Thema zu wechseln, da es ihm offenbar unbehaglich war, wie das bei Männern manchmal so ist, wenn sie über ihre Gefühle sprechen. »Du bringst immer mein wahres Ich zum Vorschein, Tam.«

Doch ehe ich noch antworten oder auch nur zurücklächeln konnte, hörte ich das Klackern hoher Absätze, roch einen Hauch von ›Diva‹-Parfüm, und dann trat Ramona

Covington mit den geschmeidigen Bewegungen einer Katze an unseren Tisch.

Ich war noch nie eine dieser gehässigen Frauen, die anderen Frauen mißgönnen, was sie sich schwer erarbeitet haben. Ich bin stolz auf meine Sisters, würdige sie, wo immer ich kann, und liebe sie für die Hilfsbereitschaft und Freundlichkeit, die wir uns untereinander so oft erweisen. Ramona Covington jedoch brachte immer die übelsten Seiten in mir zum Vorschein. Anfangs hatte ich gar nichts gegen diese Frau; das ergab sich mit der Zeit. Ich hatte sie vor einem Jahr kennengelernt, als sie hier bei der Staatsanwaltschaft anfing. Sie war eine aufstrebende junge Juristin, die bei der Staatsanwaltschaft in Trenton gekündigt hatte, weil ihr da »zu wenig los war«, wie sie sich ausdrückte.

Diese Frau schien alles zu haben – einen scharfen Verstand, schöne Kleider, ein tolles Auto, und obwohl sie etwas jünger ist als ich, flößte sie mir einen gewissen Respekt ein. Ich hatte schon immer Bewunderung für diese Überflieger-Sisters, die sich mit traumwandlerischer Sicherheit ihren Weg bahnen. Ich hatte sie sogar eingeladen, Ujamaa House beizutreten, einer Organisation engagierter Frauen, der ich mit Stolz angehöre. Aber als ich Ramona erzählte, daß unsere Vereinigung nur aus Frauen besteht – Frauen aller Art, aus allen Berufen und Einkommensgruppen –, wurde ihr Blick starr, und sie setzte ein verächtliches Lächeln auf.

»Schwarze Frauen haben doch gar nichts zu sagen. Warum soll ich einer Vereinigung von Leuten beitreten, die weniger zu sagen haben als ich?« hatte sie mit kaum verhohlenem Naserümpfen und ohne jedes Schamgefühl gesagt. Ich muß gestehen, das habe ich ihr übelgenommen.

An dem Tag sah sie wie immer phantastisch aus. Ihr Kostüm hatte ich in der Short Hills Mall für vierhundert Dollar gesehen, und bei ihr wirkte es noch schöner als an der Schaufensterpuppe. Sie hatte hellbraune Augen, ein hübsches, markantes Gesicht und eine Figur, die prahlerisch von einem privaten Fitnesstrainer kündete.

»Gott sei Dank, Jake, daß ich dich treffe.« Das war eher ein Säuseln als ein Sprechen. »Hast du einen Moment Zeit? Es hat sich etwas Wichtiges ergeben in dem Fall, über den wir bereits gesprochen haben.« Aus irgendeiner inneren Reserve holte ich so etwas wie ein Lächeln hervor und ließ Jakes Hand los.

»Ramona, du kennst doch meine Freundin Tamara Hayle.«

»Ja, wir sind uns bereits begegnet.« Sie bedachte mich mit einem oberflächlichen Wiedererkennensblick, der besagte, daß sie mit mir ungefähr soviel zu schaffen haben wollte wie mit der Frau, die ihre Fingernägel maniküert, und sah rasch wieder zu Jake zurück.

Er hatte mir vor kurzem erzählt, daß er Ramonas Schneid und ihre Unangreifbarkeit bewunderte. »Man merkt, daß ihr nichts etwas anhaben kann, das andere sagen oder tun. Sie kämpft mit harten Bandagen, und zwar so rücksichtslos und gemein, wie es die andere Seite verlangt. Sie geht über Leichen, und das gefällt einem irgendwie«, hatte er mit der staunenden Bewunderung gesagt, die Männer sonst nur für Profi-Sportler aufbringen.

Ich war mir ziemlich sicher, daß Ramona auch in jeder anderen Beziehung über Leichen ging, und sie war clever genug zu merken, wann ihr ein anständiger Mann über den

Weg lief. Ich fragte mich, mit welch harten Bandagen sie wohl kämpfen würde, wenn sie wüßte, daß ihr nichts als eine psychisch kranke Ehefrau und eine verstörte Teenagertochter im Wege stand. Meiner Prinzipien war ich mir sicher, aber ich hätte wetten können, daß ihre etwa so ehrenhaft waren wie die eines mit Hormonen vollgepumpten pubertären Nachwuchssportlers.

»Hast du ein paar Minuten Zeit, damit wir das besprechen können?« sagte Ramona zu Jake, wobei sie den Kopf charmant zur Seite neigte wie ein kleines Mädchen, das seinem Daddy einen Dollar abschmeicheln will.

»Natürlich.«

Ich fand, daß seine Antwort ungebührlich schnell kam.

»Ich glaube, wir besprechen das lieber im Büro. Es geht da zum Teil um recht vertrauliche Dinge«, meinte sie mit einem herablassenden Lächeln in meine Richtung. Ich starrte in meinen Eistee und wagte nicht, das Glas in die Hand zu nehmen.

»Okay«, sagte er nach kurzem Nachdenken und stand rasch auf. »Wir müssen wohl gehen«, sagte er zu mir. Ich betrachtete ihn genau.

Brannte er wirklich darauf, mit ihr fortzugehen, oder bildete ich mir das nur ein?

»Tamara, tut mir leid, daß ich Sie beim Mittagessen störe. Aber würden Sie uns entschuldigen?« fragte Ramona mit falschem Lächeln.

»Natürlich«, sagte ich huldvoll und lächelte ebenso zurück.

»Ich ruf dich an«, meinte Jake. Und dann, viel ernster und vertraulich: »Wir müssen das noch zu Ende besprechen. Ich habe da noch eine Idee wegen… wegen… wegen ihr, die ich mit dir erörtern will.«

»Natürlich, Jake.«

»Freitag abend?« fragte er im Weggehen über die Schulter hinweg.

»Natürlich, Jake. Dann reden wir weiter«, sagte ich fröhlich, aber mir war überhaupt nicht fröhlich zumute.

Natürlich.

Ich sah zu, wie sie sich, in eine ernsthafte Unterhaltung vertieft, ihren Weg durch die Menge bahnten.

Herrschte da nicht Intimität zwischen den beiden, wenn sie hin und wieder aneinanderstießen?

Ich empfand eine vage Übelkeit, gebot mir aber rasch Einhalt. Jake und ich waren Freunde; das war immer so und würde wohl immer so bleiben. Er war ein erwachsener Mann und hatte Verstand genug, um alle Spielchen zu durchschauen, die sie womöglich mit ihm treiben wollte.

Wenn er es wollte.

Und das war der springende Punkt; genau das machte mir zu schaffen. Aber vielleicht ging mich das auch gar nichts an. Im Leben geht es anders zu als in einem Liebesroman. Die bösen Buben tragen manchmal doch den Sieg davon. Und die bösen Mädchen auch. Aber Jake Richards ließ sich von niemandem zum Narren halten.

In mir nagte ein Gefühl der Trauer – Eifersucht, wie ich mir schließlich eingestehen mußte, weil ich nicht gut lügen kann, nicht einmal mir selbst gegenüber. Meine Gefühle für Jake, die sich ständig zwischen Freundschaft und etwas anderem hin und her bewegen, waren verwirrend und vielschichtig. Vielleicht kannte ich ihn einfach nicht so gut, wie ich angenommen hatte. Vielleicht hatte er auch Seiten, die nichts mit mir, Phyllis und Denise zu tun hatten und die gleichfalls ihr Recht verlangten. Seiten, die einfach tabu waren für alle außer ihm selbst und der Person, mit der er sie teilen wollte. Vielleicht war das der Kern des Ganzen.

Nach einer Weile stand ich auf und ging zu meinem Wagen, wobei ich in Gedanken noch immer bei Jake und Ramona war.

Herrschte Intimität zwischen den beiden, und wollte ich das wirklich wissen?

Als ich inmitten der BMWs und Mercedes-Kleinwagen auf dem Parkplatz meinen Blauen Dämon entdeckte, stimmte mich das auch nicht fröhlicher. Er sprang, wie erwartet, nur unter Keuchen und Rucken an, und ich fuhr rückwärts aus dem Parkplatz und fand den Tag gar nicht mehr so schön wie noch zwei Stunden zuvor.

Das Restaurant lag in der Nähe meines alten Viertels, und dorthin zog es mich nun wie eine Taube in ihren Schlag. Ich versuchte, Ramona und meine Ängste wegen ihr und Jake zu verdrängen, als ich vor dem Gebäude hielt, in dem ich aufgewachsen bin. Sozialwohnungen. Slums. Mein Zuhause. Die Häuser standen jetzt leer und wirkten wie ein häßliches Mahnmal zum Andenken an den Traum, man könne Familien übereinanderstapeln wie Eierkartons, ohne daß dabei etwas kaputtginge. Die Hayes Homes. Sie waren nach einem Mann benannt, der wohl schon vor meiner Zeit gestorben war. Vielleicht hatte er ihnen seinen Segen gegeben, oder er hatte so lange gelebt, daß er sie noch verfluchen konnte. Das spielte jetzt keine Rolle mehr und hatte wahrscheinlich nie eine gespielt. Die Fenster waren mit Brettern vernagelt oder kaputt und starrten wie längst erloschene Augen. Glasscherben und Altmetall lagen auf dem Gelände herum, auf dem nie Gras gewachsen war und wohl auch nie wachsen sollte. Ich dachte an die zurück, die hier früher gewohnt hatten – Familie James, Thomas, die Greens – und an uns, die Hayles, von denen jetzt keiner mehr da war. Viele Familien hatten sich nicht unterkriegen lassen und es zu etwas gebracht, und dann waren sie fortgezogen, und die Erfahrung hatte ihre seelische Kraft und ihren Lebenswillen gestärkt. Mich jedenfalls hatte sie gestärkt – das war mir mittlerweile klar.

Ich betrachtete die alten Gebäude und versuchte mich zu erinnern, wo diese Familien alle gewohnt hatten, aber die Häuser waren jetzt nur noch Gerippe, von dem alles Fleisch und alles Leben abgenagt war. Die unteren Stockwerke waren ausgeschlachtet worden, um sie dann zu sprengen wie so viele andere Häuser in der Stadt, und wie die Träume der Menschen.

Meine Gedanken kehrten kurz wieder zu Jake und Ramona zurück und dann nur zu Jake und seiner Liebe zu Denise, die jetzt von seinen Ängsten um ihre Mutter überschattet waren. Und dabei mußte ich an meine eigene Mutter denken, und ihr Gesicht tauchte, wie so oft wutverzerrt, vor meinem geistigen Auge auf.

Damals hieß das noch nicht Kindesmißhandlung. Man sagte höchstens, die Mutter verzieht ihr Kind nicht, um den Rohrstock zu schonen, aber ihr »Rohrstock« konnte alles sein – vom Handrücken über einen Besenstiel bis zu einer Bratpfanne, aus der sie eben das Öl abgegossen hatte. Die ersten Fluchworte meines Lebens hörte ich aus dem Munde dieser Frau.

Manchmal wache ich mitten in der Nacht auf und überlege, ob der Schaden, den sie uns allen zugefügt hat, nicht etwas in mir zerstört hat, das ich nie vermißt habe, weil ich gar nicht wußte, daß ich es einmal besaß.

Ich hab dir das Leben geschenkt. Ich kann's dir auch wieder nehmen!

Ihre Augen funkelten, wenn sie das sagte, und Wut verzerrte ihr Gesicht bis zur Unkenntlichkeit. Noch heute bekomme ich Herzklopfen, wenn ich nur daran denke. Ich holte tief Luft, atmete durch und zwang mich, an etwas anderes, etwas Schönes zu denken.

An meinen Sohn.

Er gibt mir all das, was ich meiner Mutter ihrer Meinung nach genommen habe. Aber vielleicht hatte es auch gar nichts mit uns zu tun – mit mir und Johnny und meiner Schwester. Damals habe ich das nicht verstanden. Ich dachte, ich würde es verstehen, wenn ich mal selbst ein Kind hätte, aber nein. Wahrscheinlich werde ich es nie verstehen.

Aber es gab in meiner Kindheit ja auch noch andere als meine Mutter. Da war auch meine liebe Großmutter am anderen Ende des Flurs mit ihren Geschichten und Spielen und den Bändern, die sie mir ins Haar flocht. Mein Bruder und meine Schwester, die wie Zwillinge zusammenhockten in dem kleinen dunklen Zimmerchen, das wir alle miteinander teilten. Mein Vater und der Geruch von Drillich und billigem Bourbon, der ihn umgab wie eine Aura. Und wir alle in dieses Wohnsilo gepfercht, das unser Zuhause war. Jetzt betrachtete ich diese Häuser und dachte an eine andere Frau, die genau wie ich hier aufgewachsen war.

Sie hatte es weit gebracht aus dieser gottverlassenen Gegend, in der es jetzt nichts mehr gab als Erinnerungen. Ich schloß die Augen, versuchte, mich an die geheimen Qualen meiner Kindheit zu erinnern, und überlegte, welche Geheimnisse von Mandy Magic diese dunklen Mauern noch bergen mochten.

3

Eins dieser Geheimnisse entdeckte ich schon am nächsten Nachmittag. Ich ging auf dem Weg zu Mandy Magic eine menschenleere Straße entlang, und da sah ich ihn. Sein Gesicht war zum Teil von einem breitkrempigen schwarzen Hut verdeckt, den er sich wie ein Fernsehgangster über ein Auge gezogen hatte. Wangen und Kinn waren mit Pockennarben bedeckt. Sein Anzug war elegant und gut geschnitten, aber er war aus einem rot-grün karierten Stoff, der billig glänzte. Der Mann wirkte komisch und unheimlich zugleich, was immer eine gefährliche Kombination ist.

Er lehnte an einem schwarzen Lincoln neuester Bauart und betrachtete Mandy Magics Tudor-Fachwerkhaus, als wollte er dort einziehen. Als ich an ihm vorbeiging, machte er eine Kopfbewegung, als hätte er ein verdächtiges Geräusch gehört. Er hatte einen Ghetto-Instinkt. Das war mir sofort klar, denn diesen Instinkt habe ich auch, und der meldete sich jetzt. Wir sahen uns kurz an. Er hatte einen stechenden Blick, der einer Frau bis auf den Grund der Seele schauen und alle ihre Schwächen erkennen kann. Ich fragte mich, was er an einem Dienstag nachmittag auf einer Straße in Belvington Heights zu suchen hatte. Wahrscheinlich fragte er sich dasselbe, was mich anbelangte.

Wenn ich sagen sollte, welcher Ort mir in Essex County

am wenigsten gefällt, dann wäre es Belvington Heights. Dabei ist die Stadt eigentlich ganz hübsch: stattliche alte Familiensitze, in denen ohne weiteres mehrere Generationen Platz finden; Rasenflächen von der Größe öffentlicher Parks; so diskret angebrachte Namensschilder, daß man nachts eine Taschenlampe braucht, um sie in dem kärglichen Schimmer der Gaslampen im Stil des neunzehnten Jahrhunderts zu erkennen.

Ich war früher einmal bei der Polizei von Belvington Heights. Ich wollte lieber dort arbeiten als in meiner Heimatstadt, weil es mir sicherer und vernünftiger schien, mir da als Anfängerin meine Sporen zu verdienen; schließlich hatte ich ein Kind großzuziehen und wollte kein Risiko eingehen, mir wegen nichts und wieder nichts eine Kugel von einem Baby-Gangster einzufangen. Doch es gibt auch Kugeln, die seelische Wunden hinterlassen, und die bekam ich in Belvington Heights ab. Man hatte mich zwecks »Diversifizierung« der rein männlichen und rein weißen Polizeikräfte, die im ganzen Staat für ihren »engagierten« Einsatz zum Schutz der »Rechte« seiner wohlanständigen weißen Bürger bekannt waren, als einzige Frau und einzige Afro-Amerikanerin eingestellt. Nachdem drei meiner Brüder in Uniform meinen Sohn aufgegriffen und den Jungen, der auf ihn aufpaßte, sowie ein paar Freunde halbtot geprügelt hatten, und das im Grunde nur deshalb, weil sie als Schwarze nach Einbruch der Dunkelheit in Belvington Heights unterwegs waren, reichte ich meine Kündigung ein. Angeblich hatten sich die Jungen der Festnahme widersetzt und sich ungebührlich aufgeführt – die alte Leier, mit der die Cops immer ankommen, wenn sie einen legalen Vorwand suchen, um jemandem den Arsch aufzureißen. Ich weiß wohl, daß die verhaltene Wut in Jamals Augen, wenn er daran zurückdenkt, bis ans Ende seiner Tage bleiben wird, und das verzeihe ich denen nie. Ich fahre nicht gern durch diese Stadt, auch wenn mittlerweile mehr schwarze und braune Gesichter auf der Straße und in den Läden zu sehen sind.

Aber mein Gefühl sagte mir, daß der Mann hier nicht zu den neuen Gesichtern gehörte. Im Vorbeigehen spürte ich seinen Blick in meinem Rücken, der meinen Körper wie mit unsichtbaren Händen abtastete. Ich drehte mich um und sah ihm direkt ins Gesicht. Er stieg im Zeitlupentempo in sein Auto und fuhr davon. Verstört schaute ich ihm nach und ging dann weiter.

Ein schmaler Plattenweg führte zu dem Haus. Hohe Hecken zu beiden Seiten sorgten für eine gewisse Abgeschiedenheit, aber nicht so viel, wie man sich gewünscht hätte. Das Haus selbst war klein und hatte Bleiglasfenster, Fachwerkverzierungen und eine ovale rote Tür wie aus dem Märchenbuch. Es lag ein Stück vom Nachbarhaus entfernt und wirkte dadurch ungeschützt und exponiert.

Ich sah mich um, ob der Mann vielleicht zurückgekommen war, konnte aber wegen der Hecken nicht viel erkennen. Ich klingelte und hörte das klackernde Geräusch von hohen Absätzen. Nach einer kurzen Stille war die etwas heisere Stimme des jungen Mädchens zu hören, das am Vortag im Büro gewesen war. Sie fragte, wer da sei, und ich nannte meinen Namen, wobei ich mich wunderte, warum sie mich durch den Spion in der Tür nicht erkannt hatte.

»Das liegt an der Konstruktion«, erklärte sie mit einer

Kopfbewegung zur Tür hin, nachdem sie mir aufgemacht hatte. »Wenn jemand an einer bestimmten Stelle steht, ziemlich weit hinten und etwas seitlich, dann sieht man nicht, wer es ist.« Ihr Blick wanderte kurz zur Straße und dann wieder zu mir.

»Sie sind Taniqua, nicht wahr?« fragte ich, obwohl ich das ja wußte. Sie wirkte jetzt noch kindlicher, auch wenn sie ganz in Schwarz gekleidet war. In ihrem hübschen Gesicht war fast kein Make-up, aber ich sah verschmierte Wimperntusche, als ob sie geweint hätte. Sie trug ein lockeres schwarzes T-Shirt und enge schwarze Jeans, und ihr schönes Haar war nach hinten zurückgekämmt und wurde von einem schwarzen Band zusammengehalten. Die winzigen Füße waren schmerzhaft verbogen und in mörderisch hohe Pumps gezwängt. Auf einem Stuhl neben der Tür lag lässig hingeworfen ein butterweicher grauer Ledermantel. Vielleicht war sie eben erst nach Hause gekommen. »Ich bin Tamara Hayle, Privatdetektivin. Wir haben uns gestern gesehen«, sagte ich.

»Ich weiß, wer Sie sind.« Sie sprach mit der gelangweilten Nüchternheit, die viele Teenager an sich haben; dabei warf sie noch einen Blick auf die Straße hinter mir.

»Suchen Sie jemanden?«

Sie schaute mich wieder an. »Nein. Wie kommen Sie darauf?«

»Vorhin war ein Mann dort draußen, und Ihr suchender Blick ließ mich annehmen, daß Sie ihn vielleicht kennen. Wissen Sie, wer der Mann war, Taniqua?« Ich sprach in dem strengen Ton mit ihr, mit dem ich manchmal Jamal zu verstehen gebe: »Nun sag mir schon die Wahrheit, ich merke es ja doch, wenn du lügst«, obwohl ich außer meinem Instinkt keinerlei Grund zu der Annahme hatte, daß sie log. Aber der erstaunte Unschuldsblick, mit dem sie mich bedachte, machte mich unsicher.

»Nein.«

»Reine Neugier«, sagte ich achselzuckend, da ich nicht weiter in sie dringen wollte.

»Ich hol mal Mandy.«

»Mandy?«

»Haben Sie das nicht gemerkt? Alle sagen Mandy zu ihr.« Sie lächelte mich keck an und rief dann: »Ma, da ist jemand für dich.«

»Wer denn?« Die vertraute Stimme kam aus einem anderen Teil des Hauses.

»Diese Dame, die schon mal bei dir war. Tamara Hayle.«

»Führ sie ins Wohnzimmer, und sag ihr, ich bin gleich da.«

»Sie ist gleich da. Kommen Sie mit.« Taniqua holte einen Streifen Kaugummi hervor und schob ihn sich in ganzer Länge in den Mund. Als sie durch den Flur tänzelte, wackelte sie dabei so auffällig mit den Hüften, wie ich das bei einem Teenager ganz bestimmt noch nie gesehen hatte. Aber ihr Wortwechsel mit Mandy Magic war so typisch für eine halbwüchsige Tochter und ihre Mutter gewesen, daß ich lächeln mußte. Sie deutete mit dem Kopf auf ein rosa-grünes Chintzsofa, und ich setzte mich und lauschte, wie sie durch den Flur und dann nach oben stöckelte.

Das Zimmer war klein, aber ebenso exquisit eingerichtet wie Mandy Magics Büro. Es strahlte eine behagliche Eleganz aus – eine Laura-Ashley-Vision vom Landleben in England. Trotz des warmen Wetters brannte noch Glut im

Kamin, und auf dem Sessel lag eine aufgeschlagene Zeitschrift, als wäre jemand eben erst aufgestanden. Auf einem Mahagonitischchen standen eine große runde Kristallvase mit Rosen in fast demselben Roséton wie die Blumen auf dem Chintzbezug und ein feinverzierter Ebenholzkasten. Zwischen dem Kasten und den Blumen lag ein flaches Zigarettenetui aus Silber. Neugierig wie immer schaute ich mich in dem Zimmer um, vergewisserte mich, daß es keine versteckten Kameras gab, und einen Moment später machte ich vorsichtig den goldenen Verschluß an dem Ebenholzkasten auf. Da lagen zwei silberne Pistolen säuberlich wie Stecknadeln nebeneinander auf einem roten Samtkissen. Sie sahen aus wie Antiquitäten, und ich berührte den geschnitzten Elfenbeingriff der einen und war versucht, sie in die Hand zu nehmen. Ich überlegte, ob die Pistolen wohl geladen waren, und hätte das am liebsten nachgeprüft, doch bei meinem Pech würde dabei wahrscheinlich ein Schuß losgehen. Ich machte den Kasten wieder zu, und obwohl es mich in den Fingern juckte, ihn noch einmal zu öffnen, faßte ich statt dessen eine Rose in der gläsernen Vase an. Sie war unecht, was mich nicht überraschte. Echte Blumen mit abfallenden Blütenblättern und welkenden Köpfen hätten so wenig in dieses Zimmer gepaßt wie ein Topf mit vor sich hin köchelnden Innereien in die Küche dieses Hauses. Oder wie eine geladene Pistole. Ich stand auf, um mir soviel wie möglich von dem Rest des Erdgeschosses anzusehen.

Für Belvington Heights war das Haus erstaunlich klein. Soweit ich das erkennen konnte, gab es nur diesen Raum, ein kleines Speisezimmer gegenüber und daneben eine Küche.

Die gewundene Treppe, die aus dem gleichen Holz war wie die Parkettböden, führte nach oben, wo wahrscheinlich zwei kleine Schlafzimmer lagen. Als ich Mandy Magic herunterkommen hörte, hockte ich mich rasch wieder auf die Couch und legte sittsam die Hände in den Schoß. Wie ihre Tochter war auch Mandy Magic diesmal leger gekleidet. Sie hatte das glatte schwarze Haar aus dem Gesicht gekämmt und trug einen roten Jogginganzug und flauschige rot-blaue Hausschuhe. Sie war viel kleiner und zarter gebaut, als ich es von unserer Begegnung am Vortag in Erinnerung hatte. Als sie hereinkam, stand ich auf – wie eine beflissene Angestellte vor der respektgebietenden Chefin.

»Vielen Dank, daß Sie zu diesem Gespräch bereit waren. Ich brauche einfach noch ein paar Angaben – ein paar zusätzliche Fragen über Tyrone Mason und dergleichen –, die Sie mir im Büro nicht geben konnten«, sagte ich nach den üblichen Bemerkungen über die Schönheit und Behaglichkeit des Raums. Ich zückte mein schwarz-weißes Notizbuch und bat sie um die privaten Telefonnummern und Adressen von Pauline Reese und Kenton Daniels iii, und sie gab sie mir ohne Zögern, auch wenn ihr dabei nicht recht wohl zu sein schien. Sie nahm sich eine Zigarette aus dem silbernen Etui, legte sie dann wieder zurück und schlug sich neckisch auf die Hand.

»Eine ganz schlechte Angewohnheit. Tut meiner Stimme gar nicht gut«, schimpfte sie mit sich selbst.

»Aber man kommt nur schwer davon los«, meinte ich mitfühlend.

»Man kommt von allem los, man muß nur wollen. Was möchten Sie wissen? Man braucht nur Selbstdisziplin und

Willenskraft.« Sie sah mir eindringlich in die Augen. Jetzt machte sie einen kaltblütigeren Eindruck als tags zuvor, aber vielleicht lag das nur daran, daß sie hier zu Hause war und alle Fäden in der Hand hielt.

»Also, zunächst einmal, kennen Sie einen Mann, der einen großen Lincoln fährt, sieht ziemlich unheimlich aus, so ein finsterer Brother«, fragte ich leichthin und klappte mein Notizbuch wieder zu in der Hoffnung, sie zu überrumpeln, wobei ich aufmerksam beobachtete, wie sie reagierte.

»Wie kommen Sie darauf, daß ich so jemanden kenne?«

Ich zuckte die Achseln. »So ein Typ hat vor ein paar Minuten vor Ihrem Haus geparkt. Ich dachte, vielleicht...«

»Ist er noch da?« unterbrach sie mich, ohne das Erschrecken in ihrer Stimme zu verbergen.

»Ich glaube, er ist weg.«

»Um auf Ihre Frage zurückzukommen, nein. Ich kann mir nicht denken, wer das sein könnte.« Jetzt hatte sie ihre Stimme wieder unter Kontrolle, aber ihr Blick huschte rasch zu dem Zigarettenetui, bevor sie mich ansah. Ich beobachtete sie einen Moment lang und war drauf und dran, die Taktik »Nun sag Mama schon die Wahrheit« anzuwenden, die ich vorhin bei ihrer Tochter eingesetzt hatte. Aber sie wechselte das Thema, womit sie mir wohl in Erinnerung rufen wollte, wer hier der Boss war.

»Sie sagten vorhin, daß Sie etwas über Tyrone Mason erfahren wollten. Sollen wir damit anfangen? Er war der Sohn meines Cousins Harold Mason.«

»Demnach ist Ihr richtiger Name Starmanda Mason?«

»Nein. Mein Name ist Starmanda Jackson, und dabei wollen wir es bewenden lassen. Aber Jackson klingt sowieso nicht so gut wie Magic, wenn Sie verstehen, was ich meine. Jackson hat nichts Magisches an sich.« Sie zwinkerte mir selbstironisch zu, und ich mußte lächeln. »Das ist mein richtiger Name, Starmanda Jackson, von meiner Mama, nicht von meinen Pflegeeltern. Das bleibt aber unter uns, ja?« Sie sagte das mit einem seltsam stolzen Lächeln, und ich nickte und überlegte dabei, ob sie wirklich meinte, daß ihre Fans oder sonstwer glaubten, sie hieße tatsächlich Magic mit Nachnamen. Wer würde darauf schon hereinfallen? Und wen interessierte das überhaupt?

»Können Sie mir etwas über Tyrone erzählen?«

»Wie gesagt, er stand meiner Tochter Taniqua näher als mir. Ein guter Friseur. Er starb eines gewaltsamen und tragischen Todes. Das ist eigentlich alles.« Sie verstummte abrupt.

Ich sah sie erstaunt an. »Das ist alles?« Ich fragte mich, ob sie wohl vergessen hatte, daß ich für sie und nicht für den *National Enquirer* arbeitete. Hatte sie beschlossen, die Sache ganz fallenzulassen?

»Das sagte ich doch, oder? Viel mehr gibt es nicht zu erzählen.«

»Gestern in Ihrem Büro hatte ich den Eindruck, daß Sie ihn nicht besonders gut leiden konnten.«

Sie schüttelte den Kopf, um mir zu bedeuten, daß ich sie mißverstanden hatte, und fuhr dann diplomatisch fort. »Er war ein schwuler junger Mann auf der Suche nach sich selbst. Vielleicht wollte er dort in dem Park eine Antwort finden, und die hat ihn das Leben gekostet.«

»Dann glauben Sie jetzt die Version der Polizei über seinen Tod?«

»Ich weiß nicht mehr, was ich glauben soll.«

»Es gab also keine Spannungen zwischen Ihnen.« Sie hatte nicht ausdrücklich gesagt, daß sie ihn nicht leiden konnte, aber ihre Mimik und ihr Tonfall hatten das nahegelegt.

»Vielleicht haben Sie mich mißverstanden.« Sie öffnete das Silberetui und nahm die Zigarette heraus, an die sie offenbar die ganze Zeit gedacht hatte.

Ich klappte mein Notizbuch zu, lehnte mich auf der Couch zurück und zählte bis zehn, ehe ich wieder sprach. »Sie haben mir also nichts weiter über Tyrone zu erzählen?«

»Nein, eigentlich nicht. Er war der Sohn meines Cousins, wie ich schon sagte. Ich habe seine Dienste in Anspruch genommen, wie ich schon sagte. Und er wurde auf tragische Weise umgebracht. Täter unbekannt. Sollen wir weitermachen?«

»Und Sie glauben jetzt, daß er rein zufällig das Opfer von Serienräubern wurde, die ihn dann erstochen haben?« Darauf ging sie nicht ein, daher fuhr ich fort. »Und demnach glauben Sie jetzt nicht mehr, daß der geheimnisvolle anonyme Brief und sein Tod etwas miteinander zu tun haben, und es geht Ihnen allein darum, daß ich herausfinde, wer diesen Brief geschrieben hat, ja?« Ich gab mir keine Mühe, meinen Sarkasmus zu verbergen.

Sie sah mich erstaunt und aufgebracht an. »Worauf wollen Sie hinaus? Ich habe nie gesagt, daß Sie Tyrones Mörder suchen sollen. Das ist Aufgabe der Polizei. Ich will nicht mehr, als daß Sie herausfinden, wer diesen Brief geschrieben hat.«

Jetzt wollte sie plötzlich alles zurücknehmen, und ich

hatte keine Ahnung, warum. In ihrem Büro war es mir vorgekommen, als ob Tyrone Masons Tod der eigentliche Grund wäre, warum sie sich über diesen merkwürdigen Brief so aufregte. Ich sah sie forschend an, doch ihre Miene war unergründlich.

»Vielleicht gibt es einen Zusammenhang zwischen diesen beiden Begebenheiten?«

»Vielleicht auch nicht«, sagte sie gleichmütig, wie um sich selbst zu überzeugen.

»Hat jemand etwas gesagt, das Sie erschreckt hat, Ms. Magic… Mandy? Sie haben es sich aus irgendeinem Grund anders überlegt; Sie sehen die ganze Geschichte jetzt offenbar mit anderen Augen. Anscheinend haben Sie Angst.«

»Sehe ich aus wie eine Frau, die sich leicht einschüchtern läßt?«

Nein, das mußte ich zugeben. Ich legte mein Notizbuch auf den Tisch und wußte selbst nicht recht, warum ich angesichts meines Kontostands jetzt sagen wollte, was mir auf der Zunge lag. Aber ich war sauer. »Irgend etwas ist anders geworden.« Das stand für mich fest.

»Nichts ist anders geworden.«

»Ich fürchte, wir verschwenden hier meine kostbare Zeit und Ihr kostbares Geld.«

Obwohl meine Klienten meist so arm sind wie die sprichwörtliche Kirchenmaus, kann ich mich doch stets darauf verlassen, daß sie mir die Wahrheit sagen, soweit sie sie kennen. Manchmal wollen sie nicht recht damit herausrücken, aber sie haben doch so viel Vertrauen zu mir, daß sie mir alles erzählen. Ich kann ihnen ansehen, wie qualvoll es ist, wenn sie sich schließlich der Wahrheit stellen. Aber aus dieser Frau wurde ich ganz und gar nicht schlau. Sie hatte mir zwar einen üppigen Vorschuß gegeben, aber ich lasse mich nun mal nicht gerne anlügen, und daß diese Frau log, das spürte ich. Es ist nicht meine Art, den Leuten für nichts und wieder nichts ihr schwerverdientes Geld abzunehmen, selbst wenn sie es mir aufdrängen. »Wozu haben Sie mich angeheuert, Ms. Magic?« fuhr ich ganz förmlich fort. »Ich glaube, Sie verbergen mir etwas. Ich weiß nicht, was es ist und warum, aber ich spüre, daß es so ist. Was soll ich denn nun herausfinden? Oder nicht herausfinden? Glauben Sie wirklich, daß Ihr Leben in Gefahr ist? Ich verstehe Sie einfach nicht.«

»Ich möchte, daß Sie herausfinden, wer mir den verfluchten Brief geschrieben hat.« In ihrem Ton lagen Wut und Verzweiflung.

Ich stand demonstrativ auf und nahm meine Sachen. »Ich glaube, Sie sollten sich lieber jemand anderen suchen.«

Sie stand gleichfalls auf. »Es gibt niemand anderen.«

»Sie haben viel Geld, Ms. Magic. Ich garantiere Ihnen, daß Sie einen anderen Detektiv finden, und das viel schneller, als Sie denken. Ich hätte sogar ein paar Adressen für Sie. Aber ich bin nicht bereit, mit Klienten zu verhandeln, die mir keinen reinen Wein einschenken. Dazu kann diese Sache für mich zu gefährlich werden, und für Sie auch. Ich muß die ganze Geschichte kennen und wissen, wer daran beteiligt ist.«

Sie legte mir die Hand auf den Arm, doch ich schüttelte sie ab. »Es tut mir leid. Warten Sie noch? Bitte.«

»Ich habe den Eindruck, daß Sie ein doppeltes Spiel treiben. Daß Sie Angst davor haben, daß ich gewisse Dinge erfahre. Sagen Sie mir, was hier wirklich vor sich geht.«

»Ich sagte es schon. Sie sollen herausfinden, wer mir diesen Brief geschickt hat.«

»Warum macht Ihnen dieser Brief so viel Angst?«

»Weil ich weiß, daß da noch mehr kommen werden.«

»Woher wissen Sie das?«

»Sagen wir, es ist ein instinktives Gespür. Bitte, arbeiten Sie für mich.«

»Warum gerade ich?«

»Weil ich Vertrauen zu Ihnen habe, soweit mir das überhaupt möglich ist. Ich vertraue nicht vielen Menschen. Wir stammen aus derselben Gegend. Wir sind in den gleichen Verhältnissen aufgewachsen.«

»Das glaube ich nicht, Ms. Magic. Machen Sie sich nichts vor.«

»Bitte, nennen Sie mich Mandy.«

»Wer ist dieser Mann?«

»Welcher Mann?« Sie schien verwirrt.

»Der, nach dem ich Sie vorhin gefragt habe. Der vor Ihrem Haus stand, als ich kam. Der, den Sie angeblich nicht kennen«, fügte ich nach einer kurzen Pause hinzu. Mir war klar, daß sie wußte, von wem ich sprach.

»Der?«

»Yeah, der.«

»Jemand, der mich noch aus alten Zeiten kennt. Und bitte, lassen Sie es dabei bewenden – zwingen Sie mich nicht, jetzt daran zurückzudenken. Nicht jetzt. Er hat mit dieser Geschichte nichts zu tun.«

»Hat er Sie bedroht?«

»Nein.«

»Wer ist er?«

»War er.«

»Na schön, wer war er?«

»Er war mein Zuhälter«, sagte sie, als könnte sie es selbst nicht glauben, und ich setzte mich wieder hin. Ihre Miene hatte sich kaum verändert, und ich hatte sie sehr genau beobachtet; nur ihre Oberlippe zitterte leicht. Sie preßte sie fest auf die Unterlippe, wie Kinder, wenn sie nicht weinen wollen.

»Es tut mir leid.« Ich wußte nicht recht, wofür ich mich entschuldigte, ob für die Vergangenheit, die Gegenwart oder die Heftigkeit, mit der ich die Wahrheit aus ihr herausgeholt hatte, und daß sie so weit in die Vergangenheit zurückgehen mußte, um an diese Wahrheit heranzukommen.

Sie zündete sich mit einem kläglichen, verbissenen Lachen die Zigarette an, die sie in der Hand hielt. »Yeah. Mir auch.«

Ich wartete einen Moment, bevor ich wieder sprach, damit sie sich wieder fangen und ich diese neue Information verdauen konnte. »Hat dieser Mann auch einen Namen?«

»Rufus. Rufus Greene.«

»Rufus Greene«, wiederholte ich. Ich erinnerte mich, daß Rufus auf Latein etwas mit Rot zu tun hat, und da fiel mir sein geschmackloser rot-grüner Anzug ein. Ein verdammter Zuhälter, wie er im Buche steht. »Könnte er diesen Brief geschickt haben? Oder an Tyrones Tod schuld sein?« Ich fing ganz vorsichtig bei der Gegenwart an und nicht bei der Vergangenheit.

»Nein.« Das hörte sich an, als sei sie todsicher davon überzeugt. »Weder – noch.«

»Wie können Sie so sicher sein?« fragte ich, ihrer Bestimmtheit zum Trotz.

»Er hat keinen Grund dazu. Für ihn steht genausoviel auf dem Spiel wie für mich. Verschwenden Sie nicht Ihre Zeit und mein Geld, indem Sie dieser Spur nachjagen. Es muß doch noch andere geben, die ...« Sie hielt inne und wich meinem Blick aus.

»Andere, die was?«

»Mehr riskieren können.«

»Woher wollen Sie das wissen?«

Jetzt sah sie mich wieder an, nicht schamhaft, sondern herausfordernd. »Meinen Sie nicht, daß ich diesen Mann kenne, wie ich keinen anderen Mann je gekannt habe? Ich weiß, was ihm zuzutrauen ist und was nicht, schließlich kenne ich jede Runzel an seinem großen schwarzen Schwanz.«

Ich lehnte mich wieder zurück. In dem Punkt mußte ich der Sister recht geben. Aber Rufus Greene blieb dennoch ganz oben auf meiner Liste. »Kommen wir wieder auf Tyrone Mason zurück – und diesmal die Wahrheit.« Ich sprach sanft, wie zu einem Kind.

Sie zog an ihrer Zigarette und drückte sie dann aus. »Er war ein mieses Schwein«, sagte sie ruhig.

»Er stand seit sechs Monaten in Ihren Diensten, als er ermordet wurde?«

»Yeah. So ungefähr.«

»Warum war er ein mieses kleines Schwein, Mandy?«

Sie zögerte einen Moment. »Er hat mich erpreßt.« Plötzlich zeigten sich bei ihr Falten am Kinn und auf der Stirn, die in meinen Augen von Schmerz und Verlegenheit zeugten. »Ich habe dem dämlichen kleinen Wicht vertraut, hab ihn in meinen Stab aufgenommen, und er war die ganze Zeit nur hinter meinem Geld her.« Ich sah sie an und fragte mich, wie viele andere Mitglieder ihrer Familie auch nur hinter ihrem Geld her waren.

»Hatte er zu sonst jemandem aus Ihrer… Familie ein engeres Verhältnis?«

»Er war nett zu Taniqua. Als ich mich ihrer annahm, hat er sich schier umgebracht, um ihr Freundlichkeiten zu erweisen. Er war der erste Mensch, zu dem sie eine richtige Beziehung aufgebaut hat. Darum habe ich ihn behalten.«

»Demnach haben Sie Taniqua vor etwas sechs Monaten zu sich genommen?«

»Nein. Ich habe sie adoptiert, als sie fünfzehn war.«

»Aber Tyrone gehörte schon zu Ihrem Bekanntenkreis, bevor er in Ihre Dienste trat?«

»Indirekt. Ich habe ihn ab und zu gesehen. Mein Cousin ist vor zwei Jahren gestorben. Seit damals standen wir in Kontakt miteinander.« Sie machte eine kurze Pause und setzte dann hinzu: »Die Masons – die Pflegefamilie, in der man mich untergebracht hatte – lebten in völlig zerrütteten Verhältnissen, wie man das heute nennen würde. Ich bin weggelaufen, bin um mein Leben gerannt. Das hat nicht jeder geschafft. Der einzig Nette in dieser Familie war mein Cousin Harold. Er war kein richtiger Cousin von mir, sondern mein Wahlcousin. Aber er hatte viele Probleme, und vielleicht hat er manche davon seinem Sohn Tyrone vererbt. Womöglich konnte der deshalb so feinfühlig auf Taniqua eingehen.«

»Demnach hat Taniqua auch viele Probleme.«

»Yeah.«

»Und Taniquas Probleme sind…«

»Sie sind jetzt vorbei.«

»Und wann hat Tyrone angefangen, Sie zu erpressen?«

»Gleich nachdem ich ihn eingestellt hatte. Er hat herausgefunden, daß ich als Teenager auf den Strich gegangen bin. Er hat nie direkt gesagt, daß ich ihm Geld geben soll, damit er den Mund hält, aber er ließ durchblicken, daß andere mich verraten würden, daß er es ›auf der Straße aufgeschnappt‹ hätte, wie er sich ausdrückte, und wenn ich nicht zahlte, dann könnte es publik werden. Er bot sich als Vermittler an. Er wollte sich diesen anderen vorknöpfen und dafür sorgen, daß er den Mund hält. Aber mir konnte er nichts vormachen. Ich wußte, daß er selbst daran beteiligt war.«

»Und Sie haben keine Ahnung, wer mit ihm zusammengearbeitet hat?«

Sie seufzte. »Nein.«

»Vielleicht der, von dem diese Briefe stammen?«

»Ich weiß es nicht.«

»Wieviel haben Sie ihm denn gegeben?«

»Zwanzigtausend insgesamt. Zehntausend, als er mich das erste Mal darauf ansprach. Noch mal zehn kurz vor seinem Tod.«

Als sie diese Summe nannte, fiel ich fast hintenüber. »Warum haben Sie mir das alles nicht gleich erzählt?«

»Ich wollte nicht, daß es publik wird. Niemand sonst weiß davon. Niemand. Pauline nicht. Kenton nicht. Niemand.«

»Tja, irgend jemand weiß es eben doch. Der Mensch, mit dem Tyrone zusammengearbeitet hat.«

»Vielleicht hört es jetzt auf. Vielleicht passiert nichts mehr.«

»Darauf würde ich mich nicht verlassen.«

»Die Leute haben jetzt Respekt vor mir«, fuhr sie fort, als hätte sie mich nicht gehört. »Können Sie sich vorstellen, was das für mich bedeuten würde, wenn die Leute wüßten, daß ich mal auf den Babystrich gegangen bin? Daß ich mich auf alles mögliche eingelassen habe? Daß ich Leute wie Rufus Greene überhaupt kannte?«

Womöglich wäre die Einschaltquote dann noch höher, dachte ich zynisch, ohne es auszusprechen.

»Wollte irgend jemand Geld von Ihnen? Sagen Sie mir jetzt die Wahrheit.« Ich sprach in nachsichtigem, aber eindringlichem Ton mit ihr, wie man ein übermütiges Kind zur Rede stellt.

Sie überlegte einen Moment. »Nein. Da war nur dieses Briefchen.«

»Und Rufus Greene, der jetzt wieder hier auftaucht«, sagte ich. »Kennt Taniqua ihn?«

»Nein.« Sie sah mir direkt ins Gesicht, aber irgendwie wußte ich, daß sie log.

»Hatte Tyrone enge Freunde? Haben Sie beobachtet, daß er mit irgend jemand regelmäßig zusammen war?«

»Nein.«

»Und Kenton?«

»Da müssen Sie ihn schon selbst fragen. Ich weiß es nicht. Vor allem war er mit Taniqua befreundet. Aus irgendeinem Grund hat sie sehr an ihm gehangen. Sie hat nach seinem Tod sogar seine persönlichen Dinge aufbewahrt. Laut Unterlagen bin ich seine einzige Angehörige, und als sein Vermieter anrief, habe ich seine Sachen an mich genommen. Ich wollte sie wegwerfen, aber Taniqua hat sie gesehen und mich gefragt, ob sie nicht einiges davon haben kann, und ich habe ihr die Sachen überlassen. Viel war es ja nicht. Ein bißchen billiger Goldschmuck, den Taniqua trägt wie einen Talisman. Ein paar Fotoalben von seinem Vater. Alles nicht der Rede wert. Ich habe ihr nie erzählt, was er mir antun wollte. Ich wollte mich nicht damit befassen. Mit ihr werden Sie wohl auch reden müssen, nicht wahr?« Das klang plötzlich besorgt – und ängstlich.

»Wenn Sie nicht wollen, daß ich mit Taniqua anfange, dann tue ich es auch nicht«, sagte ich sanft. »Aber wenn ich der Sache auf den Grund gehen soll, werde ich irgendwann auch mit ihr reden müssen. Vielleicht hat Tyrone ihr etwas Wichtiges erzählt.«

»Vielleicht fangen Sie am besten mit Pauline an. Sie weiß, wo welche Leichen im Keller liegen.«

»Dann liegen da wohl noch mehr Leichen im Keller?« Das war nur halb scherzhaft gemeint.

»Das ist doch immer so«, sagte sie mit einem traurigen, seltsamen Lächeln. Nach einer kurzen Pause kam sie wieder auf ihre Tochter zu sprechen. »Taniqua geht es genauso wie mir früher. Sie ist genauso hübsch wie ich damals, zart. Sie scheint die Probleme nur so anzuziehen, alle Schwierigkeiten lauern offenbar nur darauf, über sie hereinzubrechen. Tyrone war zwar ein mieses Schwein, aber er war ihr Freund, und sein Tod hat sie mehr mitgenommen als sonst etwas, seit sie hier bei mir ist. Ich wollte ihr Halt und Geborgenheit geben, aber sein Tod hat das alles wieder zunichte gemacht.« Sie sah mich mit einem geradezu entsetzten Blick an, als sei ihr eben etwas Wichtiges eingefallen, und plötzlich sprach sie so vertraulich weiter wie mit einer Busenfreundin. »Am Ende kriegen sie dich doch immer, nicht wahr?«

»Wer, Mandy?« Ich überlegte, ob sie Rufus Greene meinte oder Tyrone Mason.

»Sie ziehen dich immer wieder in das Loch hinein, aus dem sie gekrochen sind, sie zerren dich dahin zurück, als wärst du nie fortgewesen, genau dahin, wo du ihrer Meinung nach hingehörst.«

Ich musterte sie eine Weile schweigend. »Haben Sie Schuldgefühle, weil Sie den Ausstieg geschafft haben – *movin' on up*, wie es in dem Briefchen heißt? Daß Sie so viel hinter sich gelassen haben?« *Die Schuldgefühle derer, die davongekommen sind.* Ich sprach es nicht aus, aber das hatte ich gemeint.

»Manchmal.« Dann seufzte sie so tief auf, daß ich wußte, sie sagte die Wahrheit. Im Augenblick jedenfalls. Ich hörte Schritte näher kommen, nicht das Klackern von Taniquas hohen Absätzen, sondern jemand anders. Kenton Daniels III spazierte ins Zimmer hinein, als sei er hier zu Hause.

»Ich nehm nachher den Wagen, wenn es dir recht ist.«

»Taniqua hat gesagt, sie wollte einkaufen fahren.« Mandy warf mir einen raschen Blick zu.

»Ich nehm sie mit.« Er ließ sich in den Sessel fallen, nahm die Zeitschrift in die Hand, legte sie wieder hin und betrachtete mich neugierig, während er seine Riesenfüße auf den zierlichen Mahagonitisch legte.

»Ich bin Tamara Hayle. Ich glaube, wir haben uns gestern im Büro gesehen. Ich würde gern einen Termin für ein Gespräch mit Ihnen ausmachen, wenn es geht.«

»Yeah. Wann immer Sie wollen. Geht in Ordnung. Ich hab nichts zu verbergen.« Er nahm das Silberetui in die Hand, spielte eine Weile damit herum und legte es dann wieder hin.

Mandy beobachtete ihn schweigend.

»Sind Sie zufällig mit Dr. Kenton Daniels verwandt?« fragte ich ihn.

»Yeah. Das war mein alter Herr. Wieso?«

»Er war ein wunderbarer Mensch. Eine gute Freundin von mir war mal bei ihm in Behandlung«, sprudelte ich hervor und merkte sofort, was für eine dämliche Lüge das war.

»Eine minderjährige Schwangere Ende der sechziger Jahre?« Seine grauen Augen musterten mich mit unverhohlener Belustigung. »So alt sehen Sie gar nicht aus.«

Noch ehe mir einfiel, wie ich diese Schlappe wieder ausbügeln könnte, kam Taniqua herein, und auf seinem Gesicht erschien ein breites Lächeln. Ich fragte mich, ob Mandy Magic sie wirklich so gut behütete.

»Nebenbei bemerkt, Mr. Daniels, ich bin nicht so jung, wie ich aussehe. Und auch nicht so dumm«, sagte ich unbeholfen und zog eine Augenbraue hoch. Damit wollte ich ihm zu verstehen geben, daß, wenn er wirklich im Schilde führte, was ich mir dachte, er vielleicht Mandy Magic etwas vormachen konnte, aber mir nicht, schon gar nicht im Zusammenhang mit hübschen jungen Mädchen in engen schwarzen Jeans. Ich warf Mandy Magic einen verstohlenen Blick zu, aber sie ignorierte den Wortwechsel, was ich seltsam fand. Was sie wohl sonst noch alles ignorierte? Kenton stand auf und ging ohne ein weiteres Wort zu Mandy oder mir mit Taniqua hinaus, ihr locker den Arm um die Schulter legend.

»Und wie alt ist Taniqua jetzt?« fragte ich, sobald die beiden außer Hörweite waren.

»Gerade achtzehn geworden«, sagte Mandy. Sie schien ihren eigenen Gedanken nachzuhängen.

»Also vor dem Gesetz kein Kind mehr?« Ich kicherte, als sollte das ein Scherz sein, aber wir fanden es beide nicht lustig. Irgendwie hatte ich den Eindruck, als ob sie schon seit geraumer Zeit kein Kind mehr war.

»Ich mag gar nicht daran denken, was ich mit achtzehn war und was ich da getrieben habe.« Mandys Stimme klang seltsam wehmütig. »Ich bin schon erwachsen zur Welt gekommen, Tamara. Ich kannte nicht einmal den Luxus, volljährig zu werden. Taniqua auch nicht. Sie hat es ebenfalls schwer gehabt, auf ihre Art sogar schwerer als ich.«

»Stört es Sie, daß sie so viel mit Kenton Daniels zusammen ist?« Jetzt wagte ich mich auf gefährliches Terrain vor, und das wußte ich auch, aber die Frage mußte ich einfach stellen.

Sie lachte bitter. »Taniqua kann auf sich selbst aufpassen. Das tut sie schon immer. Ein Mann wie Kenton Daniels bereitet mir kein Kopfzerbrechen. Der kann um Taniqua herumflattern, soviel er will, er wird bestimmt nicht bei ihr landen.«

»Sie meinen also nicht, daß er Sie ausnutzt oder Taniqua ausnutzen will? Kann er – können Sie beide – ihr nicht weh tun? Sind Sie nicht dafür verantwortlich, Taniqua vor solchen Männern zu schützen?«

Als sie mich ansah, war ihr Blick streng, und ich war mir nicht sicher, ob ihr Ärger mir oder Kenton Daniels galt.

»Sie ist nun mal achtzehn. Sie ist ganz gewiß kein Kind mehr.«

»Warum lassen Sie sich das gefallen? Was er da macht? So ein Mann wie der?« fuhr ich fort, weil ich noch immer nicht begriff, warum sie das anscheinend so gleichgültig hinnahm und warum ihr Ton auf einmal rauher und bissiger geworden war. Es war fast, als spräche da ein anderer Mensch oder als hätte sie diese Worte einst von einem anderen Menschen gehört.

Ich hab dir das Leben geschenkt. Ich kann's dir auch wieder nehmen!

Sie sah mich eine Weile lang an und hob dann den Kopf, als wäre ihr gerade etwas eingefallen. »Sie verstehen nicht viel von Männern, nicht wahr?«

»Wie bitte?« *Wo kam das nun wieder her?*

»Männer.« Sie spuckte das Wort aus, als hätte sie sich daran den Mund verbrannt. »Jedenfalls verstehen Sie nicht viel von einem Mann wie Kenton Daniels. Was glauben Sie denn, worum es hier geht? Ums Bumsen? Bumsen ist bumsen – mehr nicht. Wie bei Tieren. Wie man es für Geld machen kann. Es hat überhaupt nichts zu bedeuten. Von einem Mann wie Kenton Daniels kann Taniqua Dinge lernen, die ein anständigerer Mann, ein ehrenwerterer Mann vielleicht, ihr nie beibringen könnte. Ich hab es so weit gebracht, weil ich meine Lektionen von Männern wie Kenton Daniels gelernt habe. Männern, die wie Teufel aussehen und sich am Ende als verkappte Engel entpuppen.«

»Als verkappte Engel?« *Hatte ich recht gehört?*

»Genau das habe ich gesagt.«

»Sie lassen also einen verwöhnten Kotzbrocken wie Kenton Daniels hier herumlungern, damit er Ihrer Tochter schmerzliche Lektionen erteilt?« Ich machte kein Hehl aus meiner Verachtung.

»Der rührt sie nicht an. Das kann ich Ihnen versichern.«

»Woher wollen Sie das wissen?«

»Ich kenne die Männer, wie ich bereits sagte. Und Taniqua hat schon sehr früh gelernt, auf sich selbst aufzupassen.«

»So, wie Sie es gelernt haben?«

»So, wie ich es gelernt habe.«

»Von wem haben Sie die Pistolen da?« fragte ich unvermittelt, weil ich sie aus dem Gleichgewicht bringen, etwas anderes in ihren Augen lesen wollte als die kühle Beherrschtheit, die sich jetzt darin zeigte, und einen Moment lang sah ich es auch: Erstaunen, und dann Erschrecken.

»Ich habe sie mir gekauft.«

»Sind sie geladen?«

»Wozu wäre eine ungeladene Pistole wohl gut?«

»Sind sie schon einmal benutzt worden?«

»Um sich damit zu duellieren? Ich bitte Sie!«

»Sie wissen schon, was ich meine.«

»Bis jetzt noch nicht«, sagte sie mit hinterhältigem Lächeln.

4

Als ich am nächsten Morgen die Straße zu Jan's Beauty Biscuit überquerte, war ich in Gedanken bei drei Menschen: Rufus Greene, Tyrone Mason und Mandy Magic. Bestimmt würde mir Wyvetta Green helfen können, meine Fragen über die drei zu klären, daher war ich erst bei Dunkin' Donuts vorbeigegangen und hatte als kleine Spende zwei Dutzend Krapfen und ein paar Becher Kaffee mitgebracht. Ich nenne meine Sondierungsgespräche im Biscuit natürlich nicht Ermittlungen, aber im Grunde sind sie genau das, und Wyvetta ist zu gewitzt, als daß sie sich und ihre Kundinnnen ohne Gegenleistung von mir aushorchen ließe – und sei es noch so diskret. Diese Vergütung wird zwischen uns nie diskutiert; es ist eine stillschweigende Vereinbarung. Oft lasse ich mir die Nägel machen und gebe Lucy, Wyvettas Maniküre, ein besonders großzügiges Trinkgeld. Manchmal lasse ich mir die Haare richten oder schneiden, obwohl das eindeutig noch gut einen Monat Zeit gehabt hätte. Mitunter lade ich Wyvetta zum Lunch ins Golden Dragon hier in der Straße ein. Ab und zu erledige ich kleinere Ermittlungen für sie, die sie mir allerdings meistens bezahlt, so gut sie kann. Meine Spende kann so reichlich sein, daß ich sie und alle, die sonst noch mitkommen wollen, nach Feierabend auf einen Drink und eine Kleinigkeit zu essen einlade, oder so dürftig wie an diesem Morgen. Wyvetta ist das ziemlich egal, Hauptsache, ich zeige mich irgendwie erkenntlich.

Das Gespräch mit Mandy Magic vom Vortag war mir fast die ganze Nacht lang im Kopf herumgegangen, und mir war noch immer nicht wohl bei meinen Eindrücken von ihr. Ich traute ihr nicht. Ich war überzeugt, daß sie immer noch log, aber ich wußte nicht recht, in welcher Beziehung. Andererseits bewunderte ich ihre Stärke, ihren Behauptungswillen. Sie hatte ihr Schicksal gewendet und war eine erfolgreiche Frau geworden; trotzdem kam es mir immer noch merkwürdig vor, daß sie nie die ganze Wahrheit sagen konnte, wenn man sie nicht mit Gewalt aus ihr herausholte. Ich wurde nicht schlau aus ihr.

Am Ende kam ich zu dem Schluß, daß hier eine Dosis professioneller Distanz angesagt war. Ich mußte mich davon freimachen, den in meinen Augen besorgniserregenden Erziehungsstil dieser Frau zu beurteilen oder mich verpflichtet zu fühlen, sie zu verstehen. Ich war nicht ihre Psychiaterin. Sie hatte mich engagiert, mir einen Haufen Geld gezahlt und brauchte ganz offenbar Hilfe, von der sie meinte, daß nur ich sie leisten könnte. Sie war weiß Gott nicht der erste Klient, bei dem mir nicht ganz wohl in meiner Haut war, und sie würde wohl auch nicht der letzte sein. Aber wir hatten eine geschäftliche Vereinbarung, und ich mußte meinen Teil davon einhalten. Und so ging ich denn mit Kaffee und Krapfen in der Hand in das Biscuit.

Jan's Beauty Biscuit besteht schon seit ewigen Zeiten, und Wyvetta wußte bestimmt etwas über Rufus Greene; schließlich war er kein Typ, den man leicht vergißt. Außerdem konnte ich ganz sicher noch mehr über Tyrone Mason und die Umstände seines Todes in Erfahrung bringen und ob auch nur eine entfernte Möglichkeit bestand, daß da mehr im Spiel war, als die Cops meinten. Wenn er sich mit Frisuren beschäftigt hatte, dann war er wahrscheinlich früher oder später auch durch die Tür von Jan's Beauty Biscuit gegangen. Und in dem Fall wußte Wyvetta Green bestimmt mehr über den Mann, als ihm lieb war.

Wyvetta hatte einen Staubwedel in der Hand und wollte eben den Laden aufmachen, als ich mit rosa- und orangefarbenen Schachteln von Dunkin' Donuts und einer großen Tragetasche anspaziert kam, aus der Kaffee tropfte.

»Na, Ms. Tamara Hayle, was ist denn das? Und alles für mich? Ein Kaffee und ein paar Krapfen kommen mir jetzt gerade recht.« Wyvetta lehnte den Staubwedel an die Wand, nahm mir rasch die Tüte und die Schachteln ab und stellte alles auf einem Tisch in der Ecke ab. Ich griff mir einen Krapfen und einen Becher Kaffee und ließ mich in einen der Kunstledersessel fallen, wobei ich die verschiedenen Gerüche – Lysol, chemische Substanzen zum Haareglätten, Parfüm – in mich einsog, die hier ständig in der Luft liegen. Wyvetta und ihr Freund Earl haben im Laufe der letzten Jahre ziemlich viel Arbeit in Jan's Beauty Biscuit gesteckt, das nach Wyvettas Mutter Jan und ihrer Lieblingsspeise benannt ist. Sie hält den Laden immer peinlich sauber. Alles glänzt, von den Waschbecken aus rostfreiem Stahl bis hin zu den kirschroten Sesseln und dem gefliesten Fußboden mit dem rosa-weißen Karomuster.

Wie jeden Morgen schaute ich bei der Sister zuerst aufs

Haar, dessen Farbe, Länge und Schnitt von einer Woche zur anderen, manchmal von einem Tag zum anderen wechselt. Ich habe es lang und kurz, blond und rot gesehen. Es hatte schon silberne Tupfer und goldene Strähnchen. Einmal trug sie es hoch aufgetürmt, ein andermal glatt nach unten gekämmt. Sie behauptet gern, es sei eine wandelnde Reklame für das, was sie zu verkaufen hat, und für diese Werbung scheue sie weder Zeit noch Geld. Doch an dem Morgen hatte sie sich ein Tuch wie einen Turban um den Kopf geschlungen und im Nacken festgebunden. Außerdem hatte ihre hübsche braune Haut einen deutlichen Stich ins Grüne. Sie merkte, daß ich sie – wie ich hoffte, diskret – anstarrte, und zog unwillig die Nase kraus.

»Sag kein Wort. Ich muß mir schon den ganzen Monat lang Earls schnodderige Bemerkungen anhören.« Sie biß herzhaft in einen Schokoladenkrapfen und machte es sich in dem Sessel neben mir bequem.

»Ist das Make-up?«

»Es ist ja bald Halloween, Tamara, aber so ausgeflippt bin nicht mal ich. Es ist eine Gesichtsmaske.« Sie schnitt ihrem Spiegelbild eine Grimasse und reckte dann den Hals, um sich ihre Haut genau anzusehen. »Eigentlich soll man die Maske auftragen, bevor man ins Bett geht, aber Earl hat nachts dermaßen herumgemosert, daß ich sie lieber morgens für ein paar Stunden auftrage und abwasche, bevor die ersten Kunden kommen. Sie hat ihre Wirkung sowieso schon fast getan. Diese erweiterten Poren da um die Nase herum sind so gut wie verschwunden.« Sie musterte eingehend und kritisch ihr Gesicht im Spiegel. »Ist ja nicht so, daß Earl nicht auch seine Eigenheiten hätte. Ich red ihm schon seit Jahren ins Gewissen wegen dem blöden Goldzahn, den er da vorne im Mund hat. Wenn man's recht bedenkt, sind die Männer doch nichts als verwöhnte kleine Kinder.« Sie schüttelte gottergeben den Kopf.

Ich nickte verständnisinnig und biß in meinen Vollkornkrapfen. »Was ist denn mit deinen Poren?«

»Guck mal.« Sie beugte ihr Gesicht zu mir vor und zeigte mit den Fingerspitzen auf unsichtbare Stellen an Nase und Wangen. »Erweiterte Poren! Seit ich diese Maske benutze, sind sie fast weg, aber wenn du so von der Seite guckst, kannst du immer noch welche erkennen.«

»Sie sind nicht ganz leicht zu sehen«, sagte ich diplomatisch und betrachtete ihre makellose Haut.

»Tja, das liegt daran, daß diese Maske ihnen den Garaus macht. Eins muß ich Petula Lincoln lassen – sie versteht ihr Geschäft.« Sie stand auf, ging ins Hinterzimmer und kam mit einem winzigen Tiegel voll grüner Creme zurück, schraubte ihn auf und ließ mich daran riechen. »Riecht gut, nicht wahr, nach Limone.« Ich verrieb etwas zwischen den Fingern, schnupperte und gab ihr das Döschen zurück.

»Wer ist Petula Lincoln?«

»Meine neue Kosmetologin.«

»Kosmetologin?«

»Sie berät meine Kundinnen in kosmetischen Fragen, macht Gesichtspflege und empfiehlt Cremes und Masken bei besonderer Hautbeschaffenheit. Sie ist vor einem Monat hier aufgekreuzt. Hat gesagt, sie geht von einem Salon zum anderen und macht kosmetische Behandlungen und verkauft ihre Produkte. Wollte wissen, ob ich Interesse hab, und ich hab gesagt, yeah, und dann hat sie das Biscuit mit auf ihre Liste gesetzt. Seitdem kommt sie einmal die Woche her und verkauft Gesichtscremes und Körperlotion und macht Gesichtspflege, wenn jemand das will.«

»Wohnt sie hier in der Gegend?«

»Bloomington. Aber sie erweitert ihren Kundenkreis. Meine Kundinnen mögen sie anscheinend. Es funktioniert also bestens. Earl hat da hinten etwas Platz geschaffen, und da hat sie ihren Tisch aufgebaut. Heute ist sie wieder dran. Ich wundere mich, daß du sie noch nicht gesehen hast.«

»Wie sieht sie denn aus?«

»So eine Kleine, Zierliche. Kurze blonde Haare. Weiß.«

»Sie hat sich die Haare weiß gebleicht?« Ich versuchte, mir das vorzustellen.

»Nein. Sie ist weiß.«

»Und heißt Petula Lincoln?«

»Ich hab mich auch gewundert, als sie hier reinkam, aber ich werde den Teufel tun und sie wegen ihrer Hautfarbe abweisen. Das haben wir oft genug selbst erlebt, da brauchen wir es anderen nicht auch noch anzutun.«

»Petula?« Ich dachte immer noch über den Namen nach. »Vielleicht ist sie Engländerin, wie Petula Clark, die Sängerin.«

»Nee, wenn die Engländerin ist, dann stamm ich von den Indianern ab. Aber sie sagt, ihre Freunde nennen sie Pinky, weil sie so rosig aussieht.«

»Pinky?« Ich mußte an Rufus Greene denken und fragte mich, warum mir plötzlich so viele Leute über den Weg liefen, deren Name auf eine Farbe zurückging.

»Genau, und ich soll sie auch so nennen. Für die Kundinnen heißt sie Petula. Allerdings mußte ich ihr klarmachen, daß sie wegen dieser Rassengeschichte wohl ihr Sortiment etwas umstellen muß.«

»Wieso umstellen?«

»Na ja«, sagte Wyvetta nach kurzem Schweigen. »Es gibt nicht viele schwarze Frauen, die sich die Haut nach ›europäischem Standard‹ behandeln lassen wollen. Und ich hab ihr gesagt, diesen Pfirsich-Sahne-Puder kann sie gleich vergessen und dafür lieber Mango-Pflaume oder so was anbringen. Sie verkauft fast nur Sachen, die nach irgendwelchen Früchten heißen.

Und ehrlich gestanden, ich war ein bißchen nervös, wie sie bei meinen Kundinnen ankommen würde. Du weißt ja selbst, daß wir hier manchmal ganz schön über die Weißen herziehen. Im Biscuit sollen sich die Leute keinen Zwang antun, sondern reden dürfen, wie ihnen der Schnabel gewachsen ist, ohne daß jemand deshalb eingeschnappt ist. Das macht ja mit den Charme aus.« Wyvetta sah sich mit offenkundigem Stolz in ihrem Salon um, und ich nickte zustimmend. Ich hatte jedenfalls schon reichlich von den aufschlußreichen Klatschereien ihrer schwatzhaften Kundinnen profitiert.

»Und was hat sie gesagt?«

»Sie hat gesagt, daß die Weißen auch manchmal ganz schön über die Schwarzen herziehen, und sie war schon immer der Meinung, daß das alles gehopst wie gesprungen ist, darum läßt sie das völlig kalt. Sie paßt hier gut rein. Die Leute sagen, was sie denken, und ab und zu gibt sie selbst ihren Senf dazu. Gute Zeiten und üble Burschen kennen keine Farbe, und Petula Lincoln hat von beidem genug gesehen.«

»Da wir gerade von üblen Burschen reden, Wyvetta, hast du mal was von einem Kerl namens Rufus Greene gehört?« Ich wollte unbedingt ein paar Informationen haben, bevor jemand kam.

»Rufus Greene, der Lude? Allmächtiger Gott!« Wyvetta zog eine angewiderte Grimasse. »Tamara, was mußt du mir mit dem Kerl ankommen, wo ich noch nicht mal mein Frühstück im Bauch hab?«

»Du kennst ihn also?« fragte ich begierig und stellte meinen Becher ab.

»Nein! Jedenfalls nicht persönlich«, sagte sie und hob stolz den Kopf.

»Aber du hast von ihm gehört?«

»Yeah. Ich hab von ihm gehört.« Sie stellte ihren Kaffee auf dem Tisch ab und schüttete einen Beutel Zucker hinein. »Wahrscheinlich ist er jetzt schon zu alt und häßlich, um sich noch als Zuhälter zu betätigen, aber in den sechziger Jahren und Anfang der Siebziger war er jedenfalls auf der Piste und hat sich auf seine ekelhafte Art wichtig gemacht. Ein paar von seinen Mädchen sind früher immer hergekommen und haben sich die Haare machen lassen. Schweinehund«, zischte sie. »Wenn ich etwas nicht ausstehen kann, dann Zuhälter und Männer, die Frauen schlagen.«

»Und er war beides?«

»Tja, er war ein Zuhälter, und das sagt ja wohl alles.«

»Wie haben denn die Frauen von ihm geredet, die für ihn gearbeitet haben?«

»Was mußt du überhaupt von dem Kerl anfangen?« fragte Wyvetta, griff nach ihrem Kaffee und trank einen hastigen Schluck. »Das ist schon so lange her, und bei mir ging das alles zum einen Ohr rein, zum anderen raus. Es bringt nichts, wenn man dummes Zeug über Leute, die nichts taugen, mit sich rumschleppt. Ist schädlich für die Seele.«

»Wenn dir noch irgend etwas einfällt, dann wär mir das eine Hilfe. Der Mann hat was mit einem Fall zu tun, an dem ich arbeite.«

»Was um Himmels willen treibt dich dazu, an einem Fall zu arbeiten, an dem so ein Typ beteiligt ist?«

»Manchmal ergibt es sich, daß man mit Leuten oder für Leute arbeitet, mit denen man sich nie eingelassen hätte, wenn man von Anfang an gewußt hätte, wer sie sind.« Ich mußte wieder an Mandy Magic denken.

»Tja, wir müssen wohl alle unser Auskommen finden«, meinte Wyvetta philosophisch als Antwort auf ihre eigene Frage.

»Glaubst du, daß eine deiner Stammkundinnen etwas über ihn weiß?«

»Wenn ja, würden sie es todsicher nicht zugeben.« Sie stand auf und wusch sich in einem Waschbecken die Hände, als könnte sie Rufus Greene mit Wasser und Seife von sich abspülen. Dann nahm sie sich noch einen Krapfen und setzte sich wieder hin. »Um die Wahrheit zu sagen, so furchtbar viel habe ich gar nicht über ihn erfahren. Er hatte ein paar Mädchen, die für ihn angeschafft haben. Soweit ich weiß, haben sie nur das ganz normale Rein-Raus gemacht, nichts mit Drogen oder irgendwelchen abartigen Sachen oder so. Er war lange nicht so schlimm wie andere, würd ich denken. Eins von den Mädchen hat immer gesagt, daß er sie beschützt. Sie haben die Nummern geschoben und ihm Geld gegeben, damit er sie beschützt, und das war's dann so ungefähr. Er hat nie versucht, sie anzufixen. Aber der Mann, der ihn dann später aus der Stadt gejagt hat, der war hundertprozentig ein Dealer.« Sie seufzte und schüttelte traurig den Kopf. »Und hübsch waren die Mädchen, die hier zu mir kamen. Das war Ende der sechziger, Anfang der siebziger Jahre, und angeblich hatte unsereins da mehr Chancen, aber diesen Mädchen blieb trotzdem nichts anderes übrig. Ich hab nie begriffen, wie so junge Mädchen – und keine von denen war viel älter als achtzehn – sich auf solche Sachen einlassen konnten. Wo waren denn die Mütter von denen? Aber es heißt ja, man soll über anderer Leute Füße keine Witze machen, bevor man in ihren Strümpfen gelaufen ist, also häng ich mich da lieber nicht rein.«

Ich schmunzelte, weil sie wieder mal eine alte Redensart durcheinandergebracht hatte. »Ich glaube, das heißt ›Man soll niemanden kritisieren, bevor man eine Meile in seinen Schuhen gelaufen ist‹, aber ich versteh schon, was du meinst. Du weißt wohl nicht, was aus den Mädchen geworden ist, die für ihn angeschafft haben, und was sie gemacht haben, nachdem er fort war?«

»Keine Ahnung. Vielleicht haben sie einen anderen gefunden und für den angeschafft. Ich hab seinen Namen fast zwanzig Jahre nicht mehr gehört. Ich hätt mich gar nicht mehr an ihn erinnert, wenn er nicht denselben Nachnamen gehabt hätte wie ich, und ich hatte immer eine Heidenangst, daß er am Ende ein entfernter Verwandter von mir ist. Aber er schreibt sich mit e am Ende, dem Herrgott sei Dank!« Damit verdrehte sie die Augen gen Himmel.

So saßen wir ein Weilchen, mampften schweigend unsere Krapfen, schlürften unseren Kaffee und hingen beide unseren ganz persönlichen Gedanken über Rufus Greene und den Lohn der Sünde nach.

»Und Tyrone Mason – sagt dir der Name was?« fragte ich Wyvetta nach einer Weile.

»Tyrone Mason! Mädchen, heute gehst du aber in die vollen, was? Erzähl mir bloß nicht, daß du auch noch mit Tyrone Mason befaßt bist. Was hat der denn mit Rufus Greene zu tun?«

»Gar nichts. Das sind zwei verschiedene Fälle«, log ich.

Wyvetta kicherte. »Ich hab mich schon gewundert, wann du mich endlich mal über jemanden ausfragst, in dessen Angelegenheiten ich mich auskenne.«

»Na hör mal, Wyvetta. Du weißt, daß ich dich nie über anderer Leute Angelegenheiten ausfrage.« Ich machte große runde Unschuldsaugen.

»Du redest doch von dem Friseur, dem Stylisten, wie er sich gern nannte, stimmt's?« Da mußte ich lachen, denn das Glitzern in ihren Augen sagte mir, daß sie darauf brannte, mir alles brühwarm zu erzählen, wie nur Wyvetta das konnte.

»Genau. Wo soll ich denn sonst hingehen, wenn ich etwas über einen Friseur herausfinden will, als in den besten Coiffeur-Salon von ganz Essex County?« Wyvetta war sich nie zu vornehm für ein paar Streicheleinheiten, vor allem, wenn es um das Biscuit ging, daher trug ich ruhig etwas dick auf.

»Vor fünf Minuten hast du mich noch nach einem Zuhälter und seinen Huren ausgefragt, und ich hab keine Ahnung, wie du auf die Idee kommst, daß ich mich da auskenne!« Sie lächelte mich an, um mir zu zeigen, daß sie nicht eingeschnappt war. »Der andere wurde doch vor etwa einer Woche im Lotus Park ermordet? Großer Gott, ich erinnere mich, daß ich im *Star-Ledger* davon gelesen habe.« Sie neigte leicht den Kopf wie zu einem stummen Gebet.

»Den meine ich.«

»Du weißt wohl, daß er zum Stab von Mandy Magic gehörte, *der* Mandy Magic.« Sie riß voller Bewunderung die Augen auf, was nicht sehr oft geschah. Ich fragte mich, was sie wohl für Augen machen würde, wenn sie alles wüßte, was ich wußte.

»Ich hab so was gehört.«

»Tyrone Mason«, wiederholte sie den Namen, als grübelte sie darüber nach. »Er hat vor ein paar Jahren bei mir gearbeitet. Verdammt, dieses Zeugs zieht einem das Gesicht ja ganz zusammen.« Sie berührte ihre Wange.

»Vielleicht strafft es so die Poren. Also, wie viele Jahre ist das jetzt her?«

»Drei.« Sie stand auf und ging ins Hinterzimmer, und ich hörte, wie sie Kisten und Kasten herumschob. Als sie zurückkam, hielt sie ein dickes, kastanienbraunes Fotoalbum in der Hand, auf dessen Umschlag in goldenen Lettern »Jan's Beauty Biscuit« stand. Sie schlug es bedächtig auf und blätterte darin, wobei sie ab und zu eine Seite hochhielt, um sie mir zu zeigen.

»Das ist Mama«, sagte sie ehrfürchtig und zeigte auf ein Foto von ihrer Mutter – Jan Green, die bis auf die bieder frisierten und entkrausten Haare das exakte Ebenbild ihrer Tochter war. Sie betrachtete das Foto eine Weile, seufzte und blätterte dann weiter. »Ich mache jedes Jahr ein Gruppenbild, damit ich einen Überblick hab, wer alles bei mir gearbeitet hat und wie weit ich es gebracht habe – oder eben nicht. Hier bin ich mit meinen Mitarbeiterinnen aus meinem ersten Laden.« Sie zeigte auf ein Gruppenbild von einer jüngeren Ausgabe ihrer selbst sowie zwei Frauen, die offenbar noch jünger waren als sie. Der Salon sah aus, als wäre er gerade erst eröffnet worden. Die Wände waren blaßgelb, und kein Stuhl paßte zum anderen. »Wer weniger als ein Jahr bei mir gearbeitet hat, der zählt eigentlich nicht richtig dazu, aber Tyrone, der war, glaub ich, mindestens ein Jahr da.« Sie blätterte weiter und deutete auf ein anderes Foto. »Da ist er. Und das ist das Mädchen, das die Maniküren gemacht hat, bevor Lucy kam.«

Ich betrachtete das Gruppenfoto der drei, das vor der rosaroten Renovierung aufgenommen worden war; die Stühle waren schwarz und die Wände in einem merkwürdigen Braunton gestrichen. Wyvetta schien seitdem überhaupt nicht älter geworden zu sein – dieselbe Figur, dasselbe Lächeln –, aber die Haare waren natürlich anders. Die andere Frau war erkennbar jünger, und der Mann war hager, aber hübsch, und sein Gesicht war – bis auf einen säuberlich gestutzten Schnurrbart auf der Oberlippe – glatt rasiert. Er war eine elegante Erscheinung in seinem teuer wirkenden Pullover und den schön geschnittenen legeren Hosen, die ihm das Aussehen eines braven College-Studenten verliehen, aber er trug ein seltsames, künstliches Lächeln zur Schau, als machte er sich über das ganze Geschehen lustig.

»Hinterhältiges kleines Schwein«, sagte Wyvetta halblaut vor sich hin.

Ich sah sie erstaunt an. »Warum sagst du das?«

»Wendig wie ein Wiesel.« Wyvetta klappte das Buch zu und brachte es in ihren Lagerraum zurück, sprach aber über die Schulter hinweg weiter. »Ist überall rumgeschlichen und hat hinter dem Rücken der Leute über sie getratscht. Ich muß zugeben, Tamara, als ich hörte, daß er den Löffel abgegeben hat, da hab ich ihm keine Träne nachgeweint.« Als sie zurückkam, hatte sich ihr Gesicht zu einem finsteren Grollen verzogen, als hätte der bloße Gedanke an den Mann unangenehme Erinnerungen in ihr geweckt. Ich ging zu dem Tisch, wo sie das Gebäck hingelegt hatte, brach einen Zimtkrapfen in zwei Teile und gab ihr die Hälfte.

»Und warum hast du ihn dann eingestellt?«

»Weil ich mir falsche Vorstellungen gemacht hatte. Zuerst mochte ich ihn ja. Er hatte eine jungenhafte, spitzbübische Art, die meine mütterlichen Gefühle ansprach. Aber schon nach zwei Wochen war mir klar, daß ich diesen Schleimscheißer nie und nimmer zum Sohn haben wollte.«

»Der hat's ja schnell geschafft, sich bei dir unbeliebt zu machen.« Sie biß so heftig in ihren Krapfen, als wäre er ein Stück von Tyrone. »Was hat er denn angestellt?«

»Alles, was man sich nur denken kann. Gelogen. Gestohlen. Betrogen. Keine großen Sachen, alles nur Kleinigkeiten. Wir haben doch vorhin davon gesprochen, wie die Leute hier im Biscuit ihre Angelegenheiten breittreten und die von anderen auch? Tja, da hat er hier und da was aufgeschnappt, und ehe man sich's versah, hat er anderen einen Strick daraus gedreht. Ganz leise und unauffällig, aber es war nicht zu leugnen. Du kannst dir vorstellen, daß ich so was hier nicht dulden konnte.«

»Erpressung?« Das hatte Mandy schon angedeutet, daher war ich nicht überrascht, aber ich wollte wissen, ob es noch andere Opfer gab.

»So könnte man es wohl nennen.«

»Und darum hast du ihn entlassen?«

»Das war nur einer von vielen Gründen. Ich hab ja nichts dagegen, wenn jemand ab und zu ein Gläschen trinkt oder an seinem freien Tag mal einen Joint raucht, solange es nicht hier drin passiert. Ich und Earl, wir genehmigen uns nach Feierabend auch mal ein Schlückchen von dem Johnnie Walker Red Label, den er da hinten versteckt hat. Aber schließlich gehört mir der Laden ja«, sagte sie mit einer stolzen Kopfbewegung. »In seiner Freizeit kann jeder tun und lassen, was er will, wenn du verstehst, was ich meine. Ich mach hier keine Drogentests oder dergleichen. Aber ich will verflucht sein, wenn ich jemand, der total voll oder high ist, auf die Köpfe meiner Kundinnen loslasse. Ich will verflucht sein, wenn ich solche Schweinereien hier in meinem Laden dulde, wo der doch nach meiner Mutter benannt ist und alles.« Ihr Gesicht verdüsterte sich vor Wut beim bloßen Gedanken daran, und sie kniff ärgerlich die Augen zusammen. »Er hat viel Geld ausgegeben für Sachen, die nicht gut für ihn waren«, schloß sie leise, da sie offenbar nicht schlecht von den Toten reden wollte.

»Kannst du dich erinnern, daß du ihn irgendwann mal mit jemand gesehen hast, der dir wie ein Verbrechertyp vorkam?«

Sie warf mir einen mißbilligenden Blick zu. »Tamara, was ist ein Verbrechertyp? Du weißt, daß ich mir kein Urteil über andere anmaße, es sei denn, sie geben mir Grund dazu.«

»Jemand, dem es zuzutrauen ist, daß er im Lotus Park einen Menschen ersticht. Du weißt doch, daß er in dem Park ermordet wurde?«

»Ich kann mich nicht erinnern, daß ich ihn mal mit so jemandem gesehen hätte. Einen solchen Tod hat niemand verdient. Nicht mal Tyrone. Weißt du, ob man den Täter geschnappt hat?«

»Nein. Ich glaube nicht.« Sie sah mich an, und in ihren Augen blitzte eine jähe Erkenntnis auf.

»Du willst herausfinden, wer ihn umgebracht hat, ja? Ich wußte doch, daß da was faul dran ist, wie der Junge zu Tode gekommen ist. Und Mandy Magic, für die arbeitest du, stimmt's? Die hat ja Geld genug, um Unrecht wiedergutzumachen und rauszufinden, wer den Jungen umgebracht hat. Ihr hat er bestimmt nicht so übel mitgespielt wie mir, sonst würde ihr nicht so viel an ihm liegen, daß sie jemanden dafür bezahlt, um Untersuchungen über seinen Tod anzustellen. Aber Tyrone konnte mit Kamm und Haarspray umgehen, das muß ich ihm lassen. Mädchen, diese Mandy Magic ist einsame Spitze, nicht wahr? So ein guter Mensch. Eine gute, grundanständige schwarze Frau!« Die nächsten fünf Minuten erging sich Wyvetta, die jetzt in Fahrt gekommen war und ihren Kopf hin- und herwiegte, um ihren Worten Nachdruck zu verleihen, in Lobeshymnen auf Mandy Magic.

Ich schwieg und dachte mir mein Teil. »Moment mal, Wyvetta«, sagte ich schließlich. »Ich hab kein Wort von Mandy Magic gesagt, also erzähl ja nicht herum…«

»Tamara Hayle, du weißt ganz gut, daß ich genausowenig über deine Angelegenheiten tratsche wie du über meine.« Mein Hinweis hatte sie offensichtlich gekränkt.

»Na ja, ich muß vorsichtig sein.«

»Ich auch. Ich erzähle nie weiter, was in den Mauern des Biscuit gesagt wurde. Das ist so ähnlich wie in der Kirche.«

»Wie lange ist es denn her, daß er bei dir gearbeitet hat?«

»Ungefähr drei Jahre.« Ich versuchte, die Daten im Kopf zusammenzubringen, obwohl ich nicht glaubte, daß es von Bedeutung war. Tyrone hatte etwa zur selben Zeit bei Wyvetta angefangen, als Mandy Taniqua adoptierte. Mandy hatte behauptet, daß Tyrone mit ihr in Kontakt getreten war, als sein Vater – ihr Wahlcousin – starb, also vor rund zwei Jahren. Vielleicht hatte er Mandy Magic schon gekannt, als er bei Wyvetta arbeitete, ebensogut konnte er damals aber auch noch keinerlei Verbindung zu ihr gehabt haben.

»Hat er dir gegenüber je von Mandy Magic gesprochen?«

Wyvetta stellte ihren Kaffeebecher ab. »Von Mandy Magic! Nein. Das wüßte ich bestimmt. Er hat sie damals sicher noch nicht gekannt. Sonst hätte sich dieser Idiot damit bestimmt vor uns wichtig gemacht.«

Aber womöglich hatte er sie doch gekannt, und so, wie die beiden Frauen ihn beschrieben, hatte er vielleicht nur deshalb keine Gelegenheit gesucht, das im Biscuit zu erzählen, weil er sich einen wesentlichen Vorteil davon versprach, daß er den Mund hielt. Wenn Wyvettas Kundinnen ihm gegenüber ebenso offen waren wie vor allen anderen, dann könnte jemand unabsichtlich etwas von Mandy Magics Vorleben erwähnt haben. Vielleicht hatte sich eine von Rufus Greenes Frauen eines Tages in seinen Sessel gesetzt und von einem hübschen jungen Mädchen namens Starmanda Jackson gesprochen, und er hatte sich diese Information gemerkt, bis er sie für sich ausschlachten konnte. Vielleicht war ihm sogar Rufus Greene höchstpersönlich über den Weg gelaufen. Der hatte früher junge Frauen verkuppelt – warum nicht auch junge Männer?

»War Tyrone je wieder hier im Biscuit, nachdem du ihn gefeuert hattest?« wollte ich von Wyvetta wissen.

»O yeah, Mädchen. Er hat es darauf angelegt, immer wieder hier aufzukreuzen, in einem riesigen Schlitten, knallrot. Angeblich hatte er ein Apartment in einer schicken Wohnanlage in Bloomington. Splendor Heights oder so ähnlich. Er tat, als müßte ich das eigentlich kennen. Manchen von uns sind Newark und East Orange ja nicht mehr gut genug, wenn sie meinen, sie hätten es zu was gebracht.«

»Splendor Heights liegt also in Bloomington? Das ist ja nicht gerade der Hillside Drive in Belvington Heights.«

»Tja, da wohnen mehr Weiße als in Newark, und darauf legen manche Leute großen Wert.« Wyvetta zuckte die Achseln und schüttelte verwundert den Kopf. »Frag doch Petula, vielleicht weiß die was über dieses Haus, in dem er gewohnt hat. Yeah, der Mann hat es ziemlich weit gebracht, wenn man bedenkt, wie er hier seinen Abgang gemacht hat. Irgend jemand hat den Burschen gut bezahlt.«

Es klopfte zögernd an der Tür, und Wyvetta winkte eine schmächtige weiße Frau mit kurzen blonden Haaren herein, denen die Morgensonne einen rosaroten Schimmer verlieh. Die Frau war kleiner als wir beide, hatte ein winziges Koboldsgesicht und war älter, als man auf den ersten Blick gemeint hätte. Sie war vielleicht Ende Vierzig, ähnlich wie Wyvetta, aber die feinen Fältchen um Mund und Augen zeichneten sich selbst unter dem gekonnt aufgetragenen schweren Make-up deutlicher ab. Wieder eine wandelnde Reklame für das, was sie zu verkaufen hat, dachte ich mir. Sie war ganz in Rosa gekleidet und zog einen kleinen rosaweißen Rollenkoffer hinter sich her, so daß sie wie eine

Barbiepuppe auf Reisen aussah. Ihr Polyester-Kittel hatte genau dieselbe Farbe wie ihr Mantel. Er paßte gut zu Wyvettas Einrichtung.

»Petula Lincoln – Tamara Hayle. Tamara Hayle – Petula Lincoln. Das ist die berühmte Privatdetektivin, die hier oben im Haus arbeitet.« Ich machte eine kleine Verbeugung, als Wyvetta mit der Hand auf mich deutete.

»Von Ihnen hab ich schon viel gehört«, sagte Petula mit einer hohen Mädchenstimme, die einem vermutlich auf die Nerven gehen konnte, wenn man sie zu oft hörte, aber ihr Händedruck war offen und herzlich. Als sie näher kam, schlug mir eine Wolke von Bananenduft entgegen. Wieder eine Reklame. »Wyvetta, wieso hast du das jetzt aufgetragen?« Petula musterte Wyvettas Gesicht.

»Earl«, sagte Wyvetta, als sei dieses eine Wort Erklärung genug, und Petula nickte verständnisvoll.

»Mein Süßer macht genauso ein Theater. Ich nehm dir die Maske mit diesem Reinigungstonic hier ab, sobald ich meine Sachen aufgebaut hab, und dann schauen wir mal, wie das jetzt aussieht.« Sie fuhr mit kundigen Fingern über die angetrocknete Creme auf Wyvettas Gesicht und ging dann nach hinten in den Lagerraum, wo man ein kurzes Klirren und Klappern von Glasgefäßen hörte. Einen Augenblick später kam sie mit einem Fläschchen orangefarbener Flüssigkeit zurück, die sie in raschen, gleichmäßigen Bewegungen mit Wattebäuschen auf Wyvettas Gesicht auftrug, und sofort roch der ganze Raum nach Orangen. »Nun entspann dich, und mach die Augen zu«, sagte sie mit sanfter Stimme, und Wyvetta – froh, ausnahmsweise einmal selbst bedient zu werden, statt andere zu bedienen – atmete tief durch und machte die Augen zu. Petula arbeitete rasch und gleichmäßig, als sie Wyvetta das Reinigungstonic ins Gesicht strich.

Ich versuchte, mir etwas einfallen zu lassen, um unauffällig etwas über das Haus in Erfahrung zu bringen, in dem Tyrone Mason gewohnt hatte. Schließlich fragte ich sie einfach. »Wyvetta hat mir erzählt, daß Sie in Bloomington wohnen?«

»Yup. Hab mein ganzes Leben dort verbracht. Wenn Sie für Ihre Ermittlungen mal was über Bloomington wissen wollen, dann rufen Sie mich ruhig an.«

»Danke, Pinky, das werd ich mir merken. Haben Sie mal von einer Wohnanlage gehört, die Splendor…«

»Splendid Towers?« Petula ließ den Wattebausch sinken, und auf ihrem Gesicht erschien ein heiteres, verträumtes Lächeln. »Das ist schön!«

»Genau«, sagte Wyvetta. »Das hat er gesagt, Splendid Towers. Da hat der Idiot gewohnt.«

»Welcher Idiot, Wyvetta?« Petula schaute verdutzt drein.

»Nimm dir einen Krapfen, Pinky. Es sind mehr als genug da. Tamara hat sie heute morgen für uns mitgebracht«, sagte Wyvetta, um sicherzustellen, daß Petula auch ein kleines Entgelt für die Informationen bekam, die sie mir jetzt liefern würde, auch wenn sie das gar nicht ahnte.

»Es ist also hübsch da?«

»Hübsch ist gar kein Ausdruck«, sagte Petula, während sie einen weiteren Wattebausch nahm und damit die Partie unter Wyvettas Augen abtupfte. »Eine Pracht! Eine wahre Pracht.«

»Ist das ein Neubau?«

»Mit allen Schikanen. Das Ganze ist eine wahre Pracht!«
Das Wort gefiel ihr offenbar.

»Wissen Sie, wie hoch die Mieten da sind?«

Sie überlegte einen Moment. »Unter tausend pro Monat kriegt man da nichts«, sagte sie. »Haben Sie Interesse an einer Wohnung dort?«

»Nein, ich nicht. Ein guter Freund von mir.« Wyvetta fing meinen Blick im Spiegel auf und verdrehte die Augen.

»Wenn Sie das genauer wissen wollen, sagen Sie mir Bescheid. Mein Freund hat einen Freund, der da in der Verwaltung arbeitet, und er kann Sie bestimmt dort unterbringen. Er ist ein bißchen verknallt in mich. Der macht alles, was ich ihm sage. Männer sind doch die reinsten Kinder«, fügte sie augenzwinkernd hinzu und fing gemeinsam mit Wyvetta an zu lachen. Ich sah, daß sie wirklich gut hierher paßte.

Meinen – wie ich mir schwor – letzten Krapfen mampfend, zog ich mit einem Gratisfläschchen Erdbeer-Reinigungslotion, Pinkys Telefonnummer und der Aussicht auf eine kostenlose Gesichtspflege ab. Oben stöpselte ich meinen Wasserkessel ein und setzte Teewasser auf, schaltete den Computer an, um dann gezwungenermaßen eine Viertelstunde zu warten, und begann mit meinen Eintragungen in die Datei BB wie »Böses Briefchen«. Ich starrte eine Zeitlang auf den leeren Bildschirm und tippte dann in Großbuchstaben die Namen aller Menschen ein, die direkt oder indirekt mit dem Fall zu tun hatten, und dahinter schrieb ich, was ich jeweils über sie wußte. Warum mir dieses Verfahren immer wieder hilft, weiß ich auch nicht, aber es hilft. Vielleicht reicht es schon, daß ich den Namen da auf dem

Monitor sehe und gezwungen bin, eine Weile über diesen Menschen nachzudenken, um meinem Unterbewußtsein auf die Sprünge zu helfen. So sortiere ich meine Gedanken und überlege mir die nächsten Schritte.

Ich holte das Briefchen hervor und betrachtete es erneut. MOVIN' ON UP. Die Druckbuchstaben standen auf einem Zettel mit ungleichmäßigem, ausgefranstem Rand, als wäre er von einem Notizblock abgerissen worden. Sie waren mit rotem Filzstift geschrieben, schlampig und nachlässig wie von einem Kind, oder als hätte jemand seine oder ihre Handschrift verstellen wollen. Der ganze Brief wirkte wie ein spontaner Einfall, die Worte selbst stammten aus der Wiederholung einer Fernsehserie aus den siebziger Jahren, die sich jemandem ins Gedächtnis eingegraben hatten.

TYRONE MASON. Ich schaute den ersten Namen an und dachte daran, was ich jetzt über diesen Menschen wußte: Er hatte Mandy Magic erpreßt. Vermutlich hatte er einen Partner, der womöglich die Schuld an seinem Tod trug, aber ich glaubte nicht recht daran. Außerdem war ich mir einigermaßen sicher, daß Mandy Magic mich benutzte, um herauszufinden, wer dieser Partner – oder diese Partnerin – war, was bedeutete, daß es sich möglicherweise um jemanden aus ihrer nächsten Umgebung handelte, was wiederum hieß, daß sie nicht zur Polizei gehen wollte, bevor sie sich ihrer Sache nicht absolut sicher war. Außerdem wollte sie nicht riskieren, daß ihre Angelegenheiten publik wurden. Falls Tyrone einem ungezielten Mord zum Opfer gefallen war, wie die Polizei behauptete, dann hatte dieser oder diese Unbekannte das Briefchen nur geschrieben, um Mandy Magic zu quälen. Aber warum?

PAULINE. Ein Weib mit Haaren auf den Zähnen, tippte ich meinen ersten Eindruck von ihr ein. Aber sie kannte Mandy Magic noch aus »alten Zeiten«. Wie stand sie wirklich zu ihr? Welche Erkenntnisse und Informationen würde sie mir über die anderen geben können? Ich schrieb die Privatadresse und Telefonnummer von ihr und allen anderen aus meinem Notizbuch ab und rief dann, ehe ich es vergessen konnte, in ihrem Büro an und machte einen Termin aus. Sie wollte mich am Freitag abend treffen und schien seltsam bereitwillig, fast schon begierig, mit mir zu reden.

KENTON DANIELS III. War er Mandys Liebhaber? Ich konnte ihn überhaupt nicht einordnen. Allerdings wußte ich, daß er Geld brauchte. Aber warum sollte er ihr Angst einjagen – es sei denn, es steckte mehr hinter ihrer Beziehung, als auf den ersten Blick zu erkennen war? Was hatte der merkwürdige, verstohlene Blick zu bedeuten, mit dem Taniqua ihn bei unserer ersten Begegnung angesehen hatte? Spielte sie mit dem Feuer, ohne es zu wissen?

TANIQUA. Als ich ihren Namen eintippte, wurde mir traurig und beklommen zumute. Sie war achtzehn Jahre alt, vor dem Gesetz galt sie als erwachsen, doch jeder, der ein Kind im Teenageralter hat, weiß, daß Alter und Reife nicht Hand in Hand gehen. Was hatte ihr Tyrone Mason wirklich bedeutet? Und was war mit Kenton Daniels? Wußte sie, wie gefährlich so ein Mann werden konnte?

MANDY MAGIC. Der Schlüssel zu ihrer Persönlichkeit lag bei Starmanda Jackson. Starmanda Jackson hatte in den leeren Räumen der Hayes Homes ihre Mädchengeheimnisse geflüstert und ihren ersten Jungen geküßt. Dort hatte Starmanda Jackson das Kämpfen und Fluchen gelernt, ihre erste

Zigarette geraucht und ihren ersten Freier bedient. Sie konnte kämpfen, wie sie wollte, Starmanda Jackson würde Mandy Magic nie loslassen.

Und schließlich war da noch RUFUS GREENE. War er Tyrone Masons stiller Partner gewesen, dieser Mann, der einst die Seele einer Frau abwägen und verkaufen konnte wie andere eine Portion Crack?

Warum hatte sie zugelassen, daß er wieder in ihr Leben trat?

Diese Frage ging mir durch den Kopf, während ich mich zurücklehnte und meinen Tee trank.

5

Ich war immer die Brave, und sie hatte ihren Spaß«, sagte Pauline Reese und kicherte. »Haben Sie auch mal so eine Freundin gehabt? Die alles tut, was man nicht tun soll, und am Ende doch besser dasteht? Verstehen Sie mich ja nicht falsch, ich mag sie sehr gern. Sie war und ist meine beste Freundin, aber sie muß nie eine Niederlage einstecken. Sie trägt immer den Sieg davon.«

»Niemand trägt immer den Sieg davon.«

»Starmanda schon.« Pauline zog eine mit schwarzem Leder und Gold verzierte Taschenflasche hervor und goß einen Schuß Scotch in ein schmales Wasserglas. Sie ließ es kreiseln, als wäre Soda und Eis darin, nahm einen kräftigen Schluck und sah mich schuldbewußt an.

»Ich bin keine Säuferin, falls Sie das denken. Es ist Freitag. Ich bin müde. Ich brauche einen Drink. Es war eine anstrengende Woche, und ich habe noch lange nicht Feierabend.« Aus ihrer Stimme sprach die Müdigkeit einer Frau, die zu viel und zu schwer arbeitet. Dieses Gefühl kannte ich.

»Ich könnte selbst einen vertragen.« In Anbetracht meiner eigenen Woche war das durchaus ehrlich gemeint. Sie brauchte keinen besonderen Vorwand, um mir zwei Fingerbreit in ein Glas zu füllen. Ich nahm ein Höflichkeitsschlückchen und dachte dabei, daß ein Gläschen nach Feier-

94

abend, wie Wyvetta das nennen würde, wohl nicht schaden könnte. Außerdem gibt es nichts, was die Wahrheit so schnell zutage fördert wie ein geteilter Flachmann. Pauline lehnte sich zurück, trank den Rest in ihrem Glas aus und schenkte sich großzügig neu ein.

Wir saßen in dem kleinen Büro rechts neben dem großen von Mandy Magic. Von der edlen Taschenflasche auf dem mit Papieren überhäuften Schreibtisch abgesehen, war das Büro so farblos, nichtssagend und effizient wie die Frau, die darin arbeitete. Selbst das Telefon war so ein altmodisches Modell mit einem gedrungenen Gehäuse und einer langen, geflochtenen Schnur, die sich schlaff über den Schreibtischrand schlängelte. Der Luxus von Mandy Magics Zimmer fehlte hier vollkommen. Graue Baumwollpolster statt rotem Brokat; Wassergläser aus dem Supermarkt statt Limoges-Tassen; eine blaue Porzellanvase mit Stiften statt Waterford-Kristall mit Lilien.

Pauline trug ein schlammbraunes Kostüm mit weißem Besatz. Sie hatte einen einfachen und praktischen, aber unvorteilhaften Haarschnitt, weshalb ich unwillkürlich dachte, was ein Tag im Biscuit wohl aus ihr machen könnte. Im Unterschied zu ihrer prätentiösen Chefin mit Chanel-Kostüm, Rubinring und flotter Frisur war Pauline Reese eine Frau, die sich allem Anschein nach am liebsten im Hintergrund hielt.

Am Montag hatte ich gemeint, daß sie etwas Stahlhartes, Feindseliges ausstrahlte. Jetzt erschien sie mir lockerer. Ich überlegte, ob das wohl am Alkohol lag. Ihren Worten zum Trotz schloß ich aus ihrer undeutlichen Aussprache und dem leicht herunterhängenden linken Augenlid, daß sie womöglich schon fast den ganzen Tag lang mal hier und da ein Schlückchen getrunken hatte. Bei meinem Eintreten wirkte sie nervös und hatte mit Nachdruck die Tür abgeschlossen, nachdem ich Platz genommen hatte, obwohl ich diese fest hinter mir zugezogen hatte.

»Mir macht nicht so leicht etwas angst«, hatte sie auf meine Frage hin mit hocherhobenem Kopf gesagt.

»Aber zu später Stunde ganz allein in einem leeren Büro zu sitzen, das schon«, wandte ich ein, und sie gab mir lächelnd recht. Ich plapperte weiter über Verbrechensstatistiken, Einbrüche und die Notwendigkeit von Sicherheitsanlagen, während ich in der Handtasche nach meinem Notizbuch kramte. Als ich es nicht fand, fiel mir ein, daß ich es wohl auf der Motorhaube von meinem Wagen liegengelassen hatte. Dort hatte ich es abgelegt, als ich eine Neunzig-Minuten-Kassette in den teuren sprachgesteuerten Recorder legte, den ich mir gerade gekauft hatte und den ich dann einschaltete, bevor ich nach oben ging. Ich legte ihn oben auf meine Brieftasche und mein Schminktäschchen in meine Tasche und stellte die offene Tasche vor uns auf den Schreibtisch, wobei ich betete, daß die Kapazität des Geräts ausreiche, um unsere Stimmen aufzunehmen. Ich war mir ziemlich sicher, daß der Mensch, den ich für Mandy Magic ausfindig machen sollte, jemand aus ihrer näheren Umgebung war, und wenn ich ihn schließlich gefunden hätte, dann würde ich unwiderlegbare Beweise brauchen. Es gefällt mir nicht besonders, solche Gespräche ohne das Wissen der befragten Person aufzuzeichnen, aber ich war überzeugt davon, daß Pauline oder auch Kenton und Taniqua nicht wollten, daß ich mir Notizen machte. Doch ich war ebenso fest davon überzeugt, daß einer von den dreien mir die Informationen liefern würde, die ich brauchte.

»Falls Sie ein Notizbuch suchen – die Mühe können Sie sich sparen.« Pauline hatte erraten, wonach ich herumkramte, und hob abwehrend die Hände. »Ich möchte keine schriftlichen Aufzeichnungen.«

»Kein Problem.« Ich lächelte zustimmend und faltete die Hände im Schoß. Nun ja, schriftliche Aufzeichnungen würde es auch nicht geben. Ich trank rasch ein Schlückchen aus meinem Glas, und sie tat es mir nach – allerdings kein Schlückchen, sondern einen kräftigen Zug. Schlecht für sie. Gut für mich.

Die erste Frage ist immer entscheidend für den Verlauf des Gesprächs, und daran dachte ich jetzt, als ich mich zu ihr vorbeugte, als sei sie der interessanteste Mensch der Welt. Ich wußte, daß sie Mandy Magics graue Eminenz war – jedenfalls verstand sie sich so. Eine graue Eminenz bekommt jedoch nur selten die Anerkennung, die sie verdient, und das löst immer Unmut aus. Zu diesem Unmut mußte ich nun vordringen.

»Gestatten Sie mir eine Bemerkung, bevor wir anfangen?« Ich setzte ein saccharinsüßes Lächeln auf, während ich ihr zu schmeicheln versuchte. »Ich muß Ihnen sagen, wie sehr ich Sie bewundere.«

»Mich?« Sie sah verwundert und skeptisch zugleich drein.

»Ja. Da ist doch sicherlich wahnwitzig viel zu tun – die Sendungen, die geschäftlichen Dinge, die Verträge, Ms. Magics persönliche Angelegenheiten, und ich muß sagen, Sie haben das anscheinend alles fest im Griff.«

»Danke«, sagte sie, immer noch skeptisch. »Man tut, was man kann.«

»Können Sie mir ein wenig über sich selbst erzählen?«

»Über mich?« Ihr Gesicht verriet Erschrecken und Argwohn – ich hatte die falsche Frage gestellt; wahrscheinlich meinte sie, daß ohne Mandy Magic nicht viel von Pauline Reese übrigblieb. »Sind Sie nicht hier, um über Starmanda zu reden?«

Ich hätte mich ohrfeigen können für diesen Fehlstart. »Was haben Sie vorhin damit gemeint, daß Mandy immer die Böse war und Sie die Brave?« leitete ich wieder aufs Thema über.

»Lassen Sie mich das gleich klarstellen. Ich hab nicht gesagt, daß sie die Böse war. Ich hab gesagt, sie hatte ihren Spaß.«

»Und ›Spaß‹ bedeutet?« Wenn man Mandy glauben wollte, dann war ihre Jugendzeit alles andere als spaßig gewesen.

Pauline überlegte kurz, ehe sie mir antwortete, wobei sie mit der Hand über den Rand ihres Whiskyglases fuhr, als wollte sie es streicheln. Ihre Antwort kam zögerlich. Sie wählte ihre Worte mit Bedacht.

»Es bleibt alles unter uns«, fügte ich hinzu, als ob das nötig wäre.

»Klar doch!« sagte sie sarkastisch. »Ich bin ja nicht von gestern.«

»Ich will nur herausfinden, wer für dieses Briefchen verantwortlich ist, das Ms. Magic so erschreckt hat. Alles andere interessiert mich nicht, und ich vermute mal, daß Sie es nicht geschrieben haben.« *Als ob sie es mir sagen würde, wenn sie es gewesen wäre.*

»Ich hab nichts gegen Starmanda, habe noch nie etwas gegen sie gehabt«, sagte sie nach einer Weile, als hätte sie meine Gedanken erraten. »Aber Starmanda hat gesagt, ich soll mit Ihnen reden, und deshalb sitze ich hier.« Sie trank einen Schluck. »Man bekommt nicht viel aus ihr heraus, nicht wahr?«

»Aus Ms. Magic? Das stimmt.«

»Sie schottet manches von sich ab, als ob da eine Tür zufällt. Sogar mich schließt sie aus. Tja, sie hat Sie gegen meinen Rat engagiert. Sie wollte es so, und darum rede ich jetzt.« In ihrer Stimme schwang eine verhaltene Wonne, als sie dann zu sprechen begann, ein merkwürdiges Entzücken, das mich überraschte und mir zugleich ein unbehagliches Gefühl gab. Sie genoß die Situation, und das gab mir zu denken. »Ich bin drei Jahre älter als Starmanda, ich war in der Schule immer drei Klassen über ihr, aber sie war sehr intelligent, immer ihrem Alter voraus, immer frühreif. Wir haben uns auf der Grundschule kennengelernt. Wir waren beide intelligent, aber meine Mama hat mich auf eine Art angetrieben, wie ihre Pflegemutter, Mrs. Mason, das nie tat.«

»Sie ist also nicht bei ihrer Mutter aufgewachsen. Bei der, von der sie ihren Namen hat.«

»Nein. Ihre richtige Mutter hieß Irma Jackson und ist gestorben, als Starmanda noch ganz klein war. Ihr Vater ist einfach verschwunden, wie solche Männer das so an sich haben. Starmanda hat nie genau erfahren, was da eigentlich passiert ist. Sie war eine Zeitlang in einem Fürsorgeheim, und dann haben Mr. und Mrs. Mason sie aufgenommen.«

Mir fiel wieder ein, daß ich auch mal irgendwo gelesen hatte, sie sei bei Pflegeeltern aufgewachsen, aber wie bei fast allem, was Mandy Magics Leben betraf, hatte ich das eher für Klatsch gehalten als für eine echte Information. Etwas Konkretes über ihre Kindheit konnte man dem nicht entnehmen. Pauline goß sich noch einen Schuß Whisky ein; sie mochte es offenbar nicht, wenn ihr Glas allzu leer wurde.

»Die Masons haben sich einen Dreck um sie gekümmert, wenn Sie die Wahrheit hören wollen. Wenn Sie die Wahrheit hören wollen, dann hat sich überhaupt niemand groß um sie gekümmert außer mir.«

»Glauben Sie, daß sie sich deshalb jetzt für Kinder in Not engagiert?« Auch das hatte ich irgendwo gelesen, daß ihre »tragische Kindheit«, wie es ohne nähere Einzelheiten in dem Artikel hieß, der Grund war, warum ihr Menschen, die sich nicht selbst helfen konnten, so sehr am Herzen lagen – das schwerbehinderte Kleinkind oder die Waise im Teenageralter wie ihre eigene Adoptivtochter Taniqua.

»Die meisten Leute begreifen nicht, daß Starmanda schlichtweg ein goldenes Herz hat. Sie ist von Grund auf gutherzig. Ich kenne keinen gütigeren Menschen.«

»Und was ist mit der Familie ihres Vaters?« Im Gegensatz zu dem, was Pauline gesagt hatte, wußte ich, daß »solche Männer« im allgemeinen nicht einfach verschwinden. Viele Männer haben eine ebenso enge Bindung zu Kindern wie eine Frau, und diese Liebe setzt sich über alle gängigen Klischees hinweg. Auch Männer können ein Kind ernähren und erziehen; das wußte ich. Außerdem hatten »solche Männer«, wie Pauline sie nannte, doch Mütter, Tanten, Schwestern und Großmütter – und obendrein noch männliche Verwandte –, die wußten, daß Blut dicker ist als Wasser, und sich eines Kindes annehmen würden, nur weil es diese bewußten Augen oder ein ganz bestimmtes Kinn hatte.

»Ich weiß nicht. Vielleicht war ihre Pflegemutter entfernt mit denen verwandt; Starmanda hat nie davon gesprochen. Sie nannte die Masons ihre Familie und hat dann zu Tyrones Vater Harold Mason auch ›Cousin‹ gesagt, darum nannte sie Tyrone wohl ihren Cousin zweiten Grades.« Einen Moment lang schien sie nicht weiter zu wissen und schüttelte den Kopf, als wolle sie sich entschuldigen. »Das ist alles nur aus der Erinnerung, wissen Sie. Mit Starmanda spreche ich nie über diese Dinge. Sie hat gesagt, ich soll mit Ihnen reden, darum erzähle ich Ihnen das alles, und wehe, es bleibt nicht unter uns.« Sie kniff die Augen zusammen und setzte eine drohende Miene auf.

»Ich verspreche Ihnen, daß ich nichts von dem weitersage, was Sie mir erzählen«, wiederholte ich und betete, daß der Recorder nicht irgendein komisches mechanisches Geräusch machen würde. »Wissen Sie sonst noch etwas über ihre Vergangenheit?«

»Nicht viel. Da gibt es nicht viel zu wissen, aber in einem Punkt war sich Starmanda immer ganz sicher – nämlich, daß sie es zu etwas bringen würde. Davon war sie von Anfang an felsenfest überzeugt. Komisch, wie manche Kids das wissen, daß sie es weit bringen werden.«

Ihre Mutter hatte ihre Seele mit einem Stern verknüpft.

»Starmanda lebte immer sehr im Hier und Heute, wenn Sie verstehen, was ich meine.«

»Aber jetzt holt ihre Vergangenheit sie wieder ein, meinen Sie nicht?«

»Kann sein.«

»Tyrone Mason war also mit ihr verwandt, zumindest in ihrer Vorstellung. Hatte sie ein enges Verhältnis zu seinem Vater, ihrem Cousin ersten Grades?«

»Als sie auf der High School waren, sind sie ab und zu miteinander rumgezogen. Er war mit allen Wassern gewaschen, hatte auch einen kriminellen Einschlag, aber sie betrachteten sich als verwandt, also bot er ihr Schutz. Tyrone hat dann diese alte Verbindung – und Taniqua – benutzt, um sich an Starmanda ranzumachen. Das war für mich sonnenklar.« Sie hielt einen Moment lang inne, als wäre ihr gerade etwas eingefallen, und sprach dann weiter. »Wir waren unzertrennlich, obwohl sie drei Jahre jünger war als ich. Ich habe im letzten Schuljahr ein Stipendium bekommen und bin fortgegangen aufs College. Ein kleines College für Geistes- und Naturwissenschaften in Chicago. Als ich sie wiedersah, hat sie mir erzählt, daß die Masons sie während der Zeit, als ich auf dem College war, aus irgendeinem Grund, den sie mir nie richtig erklärt hat, rausgeschmissen hatten, und dann ist sie von der Schule abgegangen. Wir haben uns erst Jahre später wiedergetroffen. Da machte sie schon beim Rundfunk Karriere, und ich wurde als Büroleiterin eingestellt.«

»In welchem Jahr war das?«

»So um 1974. Der Besitzer des Senders – ein Weißer, schwerreich, steinalt – mochte sie und hatte sie unter seine Fittiche genommen. Elmer H. Brewster, so hieß er. Mein Gott, den Namen hab ich seit zwanzig Jahren nicht in den Mund genommen. Wir haben uns immer über ihn lustig gemacht und ihn hinter seinem Rücken Elmer Fudd genannt. Er sah auch ein bißchen aus wie Elmer Fudd aus ›Bugs

Bunny‹, total vertrottelt und unsicher. Aber er war reich, und angeblich stand er auf schwarze Frauen. Er ist inzwischen gestorben. Damals hat mich das geärgert – ich war vier Jahre lang auf dem College, sie hatte nicht mal die High School abgeschlossen, und wie ich wiederkomme, ist sie mein Boss. Sie hat sich wohl richtig hochgearbeitet.«

Hochgeschlafen? meldete sich eine boshafte Stimme in mir. »Im Grunde haben Sie sie also seit Ihrem Abgang von der High School – wann war das noch mal, Mitte der sechziger Jahre? – nicht mehr gesehen, bis Sie sich Mitte der Siebziger wieder begegneten?«

Pauline überlegte kurz, als rechnete sie im Kopf nach. »Yeah, das kommt ungefähr hin. 1966 bin ich weggegangen aufs College. Da war Starmanda gerade fünfzehn geworden. Wir waren ja drei Jahre auseinander, aber wir waren eng befreundet. Als wir uns kennenlernten, waren wir noch Kinder, aber zwei Dinge habe ich bei Starmanda Jackson sofort begriffen. Ich wußte, wir würden immer Freundinnen bleiben. Verwandte Seelen. Allerdings war sie ungebärdig und hübsch mit ihren langen schwarzen Haaren, die ihr immer bis auf den Rücken hingen, und ich …« Sie zuckte die Achseln. »Daran hat sich nicht viel geändert. Und ich wußte ja, sie würde ihren Weg machen, genau wie sie gesagt hatte. Sie würde sich durch nichts und niemanden aufhalten lassen.«

»Haben Sie eine Ahnung, was sie so getrieben hat, während Sie auf dem College waren?« fragte ich, als wüßte ich nicht, was einem hübschen jungen Mädchen passieren kann, dessen Vorstellung von gesellschaftlichem Aufstieg darin besteht, mit einem Zuhälter in seinem Lincoln um den Block zu fahren. »Das muß in der Zeit zwischen dem Ende der sechziger Jahre bis zu Ihrem Wiedersehen in den Siebzigern gewesen sein.«

»Sie spricht nicht viel über diese Zeit.«

»Hat sie Ihnen gegenüber je einen Mann namens Rufus Greene erwähnt?«

»Nein«, sagte sie allzu rasch, und da hätte ich nachhaken sollen.

»Haben Sie eine Idee, wer jetzt Interesse daran haben könnte, ihr angst zu machen? Vielleicht jemand aus der ersten Zeit beim Sender, dem es nicht paßte, wie sie sich, äh… hochgekämpft hat?« Pauline zuckte verneinend die Schultern. »Und ihre anderen Freunde von der High School, wollten die auch alle aufs College gehen?«

»Sie war ständig von Jungs umschwärmt. Bei den Männern hatte sie immer einen Stein im Brett. Hat sie heute noch. Aber das waren meist kleine Gangster. Sie hatte anscheinend immer was für Jungen mit einem gefährlichen Einschlag übrig.«

Bei dieser Bemerkung zuckte ich leicht zusammen, weil ich an meinen eigenen abwegigen Männergeschmack auf der High School denken mußte. Wenn mein strenger und oftmals dominanter großer Bruder nicht gewesen wäre, hätte ich auch auf der Straße landen können. »Und von diesen Nachwuchsganoven ist Ihnen keiner im Gedächtnis geblieben?« Schon als ich die Frage stellte, war mir klar, daß die High-School-Zeit wohl zu lange her war. Ich würde die Hälfte der Kids von damals nicht mal erkennen, wenn sie an mir vorbeigingen und mir einen Klaps auf den Hintern gäben.

Sie dachte einen Moment nach. »Mir fällt niemand ein,

der ihr jetzt, nach so langer Zeit, noch eins auswischen wollte. Einen abstrusen Brief schreiben? Das ist zu billig. Wozu soll Psychoterror nach so vielen Jahren noch gut sein? Wir waren doch alle Kinder damals. Es muß jemand aus neuerer Zeit sein, zu dem sie noch keine lange Beziehung hat und der einen Grund hat, ihr böse zu sein. Wer sollte sich sonst an sie heranmachen?« Ich spürte, daß sie mich auf Kenton ansetzen wollte, und griff den Wink auf.

»Was können Sie mir eigentlich über Kenton Daniels III erzählen?«

Sie lächelte hintergründig. »Was möchten Sie denn wissen?«

»Wie sieht die Beziehung zwischen ihm und Ms. Magic aus?«

»Das ist auch so etwas, über das sie mit mir nicht spricht. Aber ich habe den Eindruck, daß er ihr das Geld aus der Tasche zieht, und sie scheint ihn aus unerfindlichen Gründen zu brauchen, um irgendein Bedürfnis zu befriedigen. Mir ist diese Beziehung ein Rätsel.«

»Wie hat sie ihn kennengelernt?«

»Bei so einer Wohltätigkeitsveranstaltung, die irgendeine High-Society-Frauengruppe ihr zu Ehren gegeben hat. Ursprünglich hatte sie ihn als Berater eingestellt. Ihr Büro«, sie deutete mit dem Kopf nach rechts, »mit dieser extravaganten Einrichtung, das Haus – das ist alles echt Kenton Daniels mit seiner extravaganten, aufgeblasenen Art. Starmanda sieht das gar nicht ähnlich. Er bezeichnet sich als ›persönlichen Berater‹, was immer das heißen mag.« Sie verdrehte die Augen, und wir lachten einvernehmlich auf Kentons Kosten, während sie uns beiden noch einmal zwei Fingerbreit Scotch einschenkte. Allmählich wurde sie mir sympathischer. Aber vielleicht lag das nur an dem Scotch.

»Wie lange sind die beiden schon zusammen?«

»Etwa ein Jahr, würde ich sagen. Sie leben nicht zusammen. Er hat eine eigene Wohnung. Ich weiß nicht genau, wann sich die beruflichen Beratungen zu persönlichen Beratungen entwickelt haben, jedenfalls hört sie seitdem mehr auf ihn, und das ist nicht gut für sie.«

Und für dich auch nicht, dachte ich. In ihren Augen flackerte Verletztheit auf, dann sah sie wieder auf den Schreibtisch hinunter.

»Wie sieht denn Ihr eigenes Verhältnis zu Kenton Daniels aus?«

Sie verzog voll Abscheu den Mund. »Wir können einander nicht ausstehen. Wir machen auch kein Hehl daraus. Das ist allgemein bekannt. Es läßt sich nur schwer verbergen, wenn man mit jemandem nicht auskommt. Ich kann es besser überspielen als er.« Ihr Schulterzucken deutete vage in Richtung des Nachbarbüros. »Aber wir arbeiten beide für dieselbe Frau. Da drüben liegt sein Büro. Er hat einen Fitnessraum einbauen lassen. Mandy sagt, das Studio sei für sie selbst, aber meistens benutzt er es. Er kommt her, wann er lustig ist, als wär das sein Büro, und trainiert mit seinen Hanteln und an diesen Maschinen da.«

»Und das ärgert Sie?«

»Mir macht das überhaupt nichts aus. Tyrone hat manchmal mit ihm zusammen trainiert«, fügte sie als Nachsatz hinzu. »Hier im Büro und in diesem Fitnesscenter am anderen Ende der Stadt, zu dem sie beide gingen. Irgendwo in der Nähe von Belvington Heights, da wo Kenton wohnt. Die beiden hatten immer Sporttaschen, wo der Name draufstand. Gandy's Gym oder so ähnlich.«

»Das klingt ja, als wären Kenton Daniels und Tyrone Mason ziemlich eng befreundet gewesen.«

Sie dachte kurz nach, ehe sie antwortete. »Es kam schon vor, daß sie zusammen einen trinken gingen, sie haben miteinander gelacht und herumgealbert. Sie haben sich gut verstanden. Sie gingen beide in dieses Fitnesscenter, wie gesagt.«

»Wußten Sie, daß Tyrone Mason Ms. Magic erpreßt hat?«

Sie wirkte nicht überrascht. »Womit?«

»Das kann ich Ihnen nicht sagen.« Ich wich ihrem Blick aus, da ich fürchtete, ich könnte das bißchen Vertrauen verspielen, das Mandy Magic mir entgegengebracht hatte. »Glauben Sie, daß Kenton über diese Erpressung Bescheid wußte? Waren sie so eng befreundet?«

Paulines Lächeln war berechnend und zögerlich, als wüßte sie mehr, als sie mir erzählen wollte. »Sie hatten viele Gemeinsamkeiten, so viel kann ich Ihnen verraten. Bei der Beziehung der beiden würde mich gar nichts wundern. Aber Taniqua mochten sie anscheinend beide gern. Tyrone hat sie offenbar vergöttert, so wie sie aussah. Er hat ständig mit ihren Haaren rumgespielt, hat ihr gesagt, was sie anziehen soll, als wäre sie so etwas wie eine Babypuppe. Kenton war mit ihr befreundet, weil Tyrone es war. Mir kam die ganze Geschichte höchst merkwürdig vor.

Taniqua habe ich noch nie über den Weg getraut, obwohl sie so jung ist. Und Starmanda kann sagen, was sie will – nämlich, daß sie sich in Taniqua wiedererkennt –, aber Taniqua ist ihr trotzdem überhaupt nicht ähnlich. Ihr fehlt Starmandas Herzlichkeit.«

»Aber Taniqua hatte Tyrone sehr gern, und sie war offenbar am Boden zerstört, als er ermordet wurde.«

»So sah es aus. Bei Taniqua weiß man das nie. Sie ist hinterhältig und verschlagen. Kein Wunder, bei den Verhältnissen. Es ist mir schleierhaft, aus welcher verschrobenen Gefühlsregung heraus Starmanda sich um so ein Mädchen kümmern muß, aber sie ist ja eine sehr einflußreiche Frau, und wenn sie sich etwas vorgenommen hat, dann setzt sie es auch durch.« Ich wußte nicht recht, ob ihre Miene ein Kompliment ausdrücken sollte, aber sie forderte mich eindeutig auf, weiter nachzufragen.

»Im allgemeinen adoptiert man kleinere Kinder, keinen Teenager wie sie.«

»Sie wollte Taniqua, und sie hat sie gekriegt. Sie hat mir nie verraten, was sie an diesem Kind so Besonderes fand.«

»Wissen Sie irgend etwas über ihre Vorgeschichte?«

Sie lehnte sich im Sessel zurück, goß mir noch einen Schuß Scotch ein und den Rest in ihr eigenes Glas. Eine Zeitlang starrte sie düster ins Leere, als wüßte sie nicht recht, ob sie mir antworten sollte. »Ich habe rausgekriegt, daß sie einen Mann umgebracht hat. Taniqua mit ihrem hübschen Engelsgesicht. Sie hat den Freund ihrer Mutter ermordet. Ermordet. Und wer einmal Blut geleckt hat, wer einmal getötet hat, dem ist nichts mehr heilig. Einmal ein Mörder, immer ein Mörder, das ist jedenfalls meine Meinung.«

Ich schnappte nach Luft, als sie das sagte; die Vorstellung, daß Kinder töten, haut mich immer um. Aber auch Paulines Schroffheit, die kalte Verachtung in ihrem Blick machte mich betroffen. »Das ist ein sehr hartes Urteil über ein so junges Mädchen«, sagte ich schließlich. »Wie kam es denn dazu?«

»Angeblich war es Notwehr. Weil sie keinen Vater hatte, kam sie eine Zeitlang in Fürsorgeerziehung. Genau wie Starmanda. Jugendstrafanstalt. Sie war ja noch jung bei der Tat, vielleicht zwölf oder dreizehn. Die Unterlagen werden unter Verschluß gehalten, darum konnte ich nicht allzuviel herausfinden, und Starmanda hat mir nie viel darüber erzählt.«

»Vielleicht hat sie etwas an Taniqua gefunden, das sonst niemand gesehen hat.«

»Man kann ein Kind aus dem Ghetto herausholen, aber man kann das Ghetto nicht aus einem Kind herausholen.«

Das sagte sie ganz lässig dahin, aber es ging mir erstaunlich nahe. Ich versuchte, mir nichts anmerken zu lassen, fragte mich jedoch, ob das auch für mich und selbst für Mandy Magic galt. Wenn Pauline mich so gegen das Mädchen einnehmen wollte, dann wußte sie nicht, wer ich war und wo ich herkam.

»Das wäre dann wohl alles«, sagte ich kurz angebunden und ohne mich darum zu kümmern, ob man mir meinen Ärger anmerkte. Ich hatte so viel Scotch auf leeren Magen getrunken, daß mir alles völlig einerlei war. Außerdem würde ich wahrscheinlich sowieso nicht mehr von ihr erfahren.

Sie wirkte verwundert und dann enttäuscht. »Das ist alles?«

»Das war's«, sagte ich und stand auf, aber sie griff über den Schreibtisch hinweg nach meiner Hand, als wollte sie mich am Gehen hindern. »Da ist noch etwas, das ich Ihnen sagen möchte.« Sie machte eine dramatische Pause, um ihren Worten Nachdruck zu verleihen.

»Und das wäre?«

»Daß Starmanda Jackson mein ein und alles ist.«

Das hörte sich an wie ein Geständnis, und sie fixierte mich mit ihrem Blick, als wollte sie mir etwas mitteilen, das sie nicht laut auszusprechen wagte. *Ist sie verliebt in die Frau?* überlegte ich. *Und wenn ja, wie weit würde sie gehen, um diese Liebe zu schützen?* Ich betrachtete ihr Gesicht und versuchte zu entschlüsseln, was sie mir indirekt zu verstehen geben wollte, aber sie wandte sich schnell wieder ihrer Arbeit zu. Jetzt war sie es, die das Gespräch abbrach.

Sobald ich aus dem Büro heraus und im Fahrstuhl war, schaltete ich den Recorder aus und testete beim Herunterfahren, was auf dem Band war. Ich brannte darauf, mich irgendwo hinzusetzen und es mir genauer anzuhören, die Feinheiten und Pausen in unserem Gespräch auszuloten, zu hören, was mir möglicherweise entgangen war.

Ich spielte noch damit herum, als ich in die Garage kam. Johns hatte wieder Dienst. Ich gab ihm wieder fünf Dollar Trinkgeld, als ich sah, daß er oder vielleicht auch einer seiner Kollegen mein Notizbuch auf der Motorhaube gefunden und aufmerksam auf den Fahrersitz gelegt hatte, wo ich es leicht entdecken würde. Mein Vater war bei seinem Tod älter gewesen als dieser Mann, aber er hatte dasselbe ununterscheidbare Grau an sich gehabt. Man konnte unmöglich erkennen, wie alt er war und welche steinigen Pfade ihn an diesen Punkt in seinem Leben geführt hatten.

Eine gescheiterte Existenz.

Dieser Ausdruck drängte sich auf – genau das, was mein Bruder Johnny nie sein wollte, das hatte er sich geschworen.

Soweit war es auch nie gekommen. Er war wie ein Feuer, das heiß und schnell brennt und sich dabei verzehrt. Ich mußte kurz an Jake denken, dem diese Art des Scheiterns nie drohen würde. Ich war es inzwischen gewohnt, Traurigkeit in seinen Augen zu sehen, aber kein Scheitern, das nie. Mir fiel wieder ein, wie er und Ramona Covington sich berührt hatten, als sie aus dem Restaurant gingen. Ich legte den ersten Gang ein, dann mit einem heftigen Ruck den zweiten und fuhr unnötig schnell und aggressiv aus der Garage in mein Büro zurück.

Am Montag hatte er gesagt, er wolle heute mit mir darüber reden, was ihm auf der Seele lag, und das hatte ich fast die ganze Woche lang im Hinterkopf gehabt. Ich hatte mir verboten, ihn anzurufen. Doch als ich in mein Büro kam und das Telefon klingelte, da wußte ich, wer es war, und nahm eilends ab.

»Tamara.« Ich spürte ein kurzes Prickeln, wie immer, wenn er meinen Namen sagt. »Was machst du so spät noch im Büro? Ich habe gar nicht erwartet, dich noch zu erwischen.«

»Ich komme gerade von einem Termin zurück. Ich mußte mir ein paar Notizen machen«, sagte ich so knapp und sachlich, wie ich konnte, wobei ich meinen Computer einschaltete und mich abwartend im Stuhl zurücklehnte.

»Ich dachte, ich komm noch auf einen Sprung bei dir vorbei, wenn es dir recht ist. Ich wollte diese Geschichte mit dir besprechen. Etwas, das mir schon länger im Kopf rumgeht. Wenn du nichts anderes vorhast.«

Das hörte sich an, als sei ihm nicht ganz wohl dabei. Nervös. So hatte Jake sich noch nie angehört. »Wenn du magst. Natürlich.«

»Du klingst so reserviert, Tamara. Als hättest du etwas auf dem Herzen.« Er konnte mich genauso leicht durchschauen wie ich ihn.

»Es ist nichts weiter. Ich bin nur müde.«

»Du bist es leid, daß ich dich wegen Nichtigkeiten anrufe, ja?«

Ich mußte unwillkürlich lächeln. »Du rufst nie wegen Nichtigkeiten an, Jake. Komm nur vorbei, wenn du magst. Ich bin noch eine Weile da. Was ist denn los?«

Er zögerte einen Moment. In seiner Stimme lag die wohlbekannte Hoffnungslosigkeit. »Phyllis geht's gut. Denise auch«, sagte er schnell, und das klang schon besser. Ich konnte mir vorstellen, wie sich sein Blick erhellte. »In einer halben Stunde ungefähr?«

»Das paßt mir gut.«

Nachdem er aufgelegt hatte, saß ich noch einen Moment da und dachte daran zurück, worüber wir das letzte Mal gesprochen hatten, und ich überlegte, ob ich ihn nach seiner Beziehung zu Ramona Covington fragen sollte. Eigentlich war es doch komisch, daß wir über fast alles in unserem Leben so ehrlich miteinander reden konnten, nur darüber nicht. Nur einmal hatten wir die Grenze überschritten, die Leidenschaft und Freundschaft trennt. Eines Abends, kurz nachdem ich meinen Ex-Mann verlassen hatte, mußte Jake mich wieder einmal trösten. Damals hatte DeWayne etwas getan, das mich ganz besonders auf die Palme brachte. Mein Ex-Mann hatte mich ständig angelogen, und ich hatte mich schon fast daran gewöhnt. Aber diesmal hatte er Jamal etwas versprochen und sein Versprechen bedenkenlos gebrochen. Ich sah, wie mein Sohn so traurig guckte wie sonst immer ich, und das brachte das Faß zum Überlaufen und war mehr, als ich ertragen konnte. Ich fing an zu weinen, und Jake nahm mich fest in seine Arme. Ich weiß noch, welche Kraft von seinem Körper ausging und wie wohlig ich mich an ihn kuschelte. Er küßte mich leicht auf die Stirn und dann auf die Lippen, nur ein Hauch von einem Kuß, aber mich überlief ein so heftiger Schauer, wie ich es selten erlebt hatte. Wir hörten abrupt auf, dann berührten wir uns wieder, umarmten uns, und ich schmiegte mich an ihn mit einem Gefühl, das stärker war als ich. Ich wußte, daß auch er das spürte. Wir ließen voneinander ab, da wir das beide nicht zugeben mochten. Aber ich wußte selbst jetzt noch, daß er es nicht vergessen hatte, daß wir es mit jeder ausgedehnteren Berührung wieder aufleben lassen konnten. Wir kennen uns zu gut und wissen, wie sehr wir einander lieben oder aber uns gegenseitig verletzen können. Leidenschaft ist immer ein Wagnis; wenn sie einmal ausgebrochen ist, weiß man nie, was daraus entstehen und was sie zunichte machen kann. Ich schaltete den Computer ab, ohne irgendwelche Notizen einzugeben. Dann ging ich an meinen kleinen Kühlschrank und holte eine Flasche Deer Park Mineralwasser heraus, goß es in den Teekessel und wartete, daß es kochte.

Ob es sich lohnte, das Wagnis einzugehen?

Wieder überlegte ich. Ich konnte nicht vergessen, wie beklommen mir zumute war, als ich ihn mit einer anderen Frau aus dem Restaurant gehen sah. Da war eine Veränderung in mir vorgegangen.

Früher oder später wird einem doch die Rechnung präsentiert.

Ich ging in die Toilette am anderen Ende des Flurs, spülte

zwei Tassen aus und kehrte in mein Büro zurück, wobei ich die Tür hinter mir abschloß und kurz an Pauline Reese denken mußte. Leere Bürohäuser wirkten gespenstisch, nicht zuletzt dieses hier, auch wenn die Nacht manch ein eklatantes Problem gnädig in Dunkel hüllte.

In meinem Büro zog ich die Jalousien zu, und die Birne an der Decke, die nachts weniger grell erscheint, verlieh dem Raum einen erstaunlich weichen Glanz, in dem die verschiedenen Risse und Flecken auf dem abgetretenen graubraunen Teppich verschwanden. Ich goß etwas Wasser aus der Deer Park Flasche auf meine herrenlose Aloe; schuldbewußt stellte ich fest, daß sie umgetopft werden mußte. Die scheckige Farbe und die verschiedenen gewundenen Ranken, die jetzt aus dem lädierten Topf sprossen, erinnerten mich an die fremdartige Vegetation aus einem Horrorfilm der fünfziger Jahre. Ich riß ein Blatt ab und brach es durch, und eine klare Flüssigkeit sickerte auf meine Hand. Auf telepathischem Wege versprach ich der Pflanze, sobald ich Zeit hätte, würde ich sie mit nach Hause nehmen und dort verhätscheln und umtopfen.

Der Kessel pfiff, und ich goß kochendes Wasser in eine Tasse, ging mein Sortiment von Celestial Seasonings Tee durch und entschied mich für Lemon Mist; für den herben Kick von Red Zinger war es schon zu spät am Abend. Ich brauchte etwas Milderes. Als das Zitronenaroma aus der Tasse aufstieg, mußte ich wieder an Mandy Magic und Pauline Reese denken. Sie kannten sich, wie es so schön heißt, von Kindesbeinen an, und das brachte eine besondere Verantwortung, Anhänglichkeit und Liebe mit sich.

Ob Paulines unerwiderte Liebe hinter dem Briefchen

steckte? Ob diese Liebe der eigentliche Quell ihrer Animosität gegenüber Kenton war und der wahre Grund für ihre feindselige Haltung gegenüber Taniqua? Die beiden hatten ihr in bezug auf die Zuneigung ihrer besten Freundin – dem Gegenstand ihrer Liebe – den Rang abgelaufen. Vielleicht wollte sie sich auf diese verquere Art und Weise rächen. Wie tief das wohl saß? Die kleinen Vorfälle von Vandalismus, die Mandy bei unserem ersten Gespräch erwähnte – hatte sich da ein versteckter Zorn auf versteckte Weise Luft gemacht? Würde noch ein Briefchen kommen, noch drohender, noch feindseliger?

Jetzt wußte ich, daß es schlau von mir gewesen war, das Gespräch aufzunehmen, und sei es nur aus dem Grund, um Paulines wahre Gefühle gegenüber Kenton und Taniqua zu dokumentieren. Mandy Magic würde nicht glauben wollen, daß ihre älteste Freundin eine solche Feindseligkeit gegenüber zwei Menschen empfinden könnte, die sie so sehr in ihr Herz geschlossen hatte. Ihr würde die Vorstellung nicht gefallen, daß Pauline ihr aus geheimem Groll ein Briefchen geschickt haben könnte, das sie in Angst und Schrecken versetzen mußte. Waren das vielleicht nur vorübergehende Anwandlungen gewesen? Pauline trank offenbar mehr als nur ein bißchen; vielleicht war sie betrunken gewesen, als sie das Auto und die Bürotür beschädigte und das Briefchen schrieb. Jetzt bedauerte ich, daß ich sie nicht über ihr eigenes Verhältnis zu Tyrone Mason befragt und nicht wegen Rufus Greene nachgehakt hatte. Darüber würde ich später noch einmal mit ihr reden müssen. Was hatte ich sonst noch übersehen?

Mandy Magic war ein Mensch, der sich nicht unterkriegen ließ, und ich konnte mir denken, daß für sie Loyalität bei Freunden und Kollegen an erster Stelle stand. Plötzlich tat mir Pauline Reese leid, und ich bedauerte, daß ich mit meinem versteckten Recorder ihren Sturz herbeiführen würde. Was sollte aus ihr werden, wenn Mandy von ihren wahren Gefühlen erfuhr? Und Mandy würde es erfahren müssen.

Jakes lautes Klopfen unterbrach meine Gedankengänge.

»Tamara, das Schloß an der Haustür unten ist schon wieder kaputt. Du solltest Annie Bescheid sagen, daß sie noch mal einen Schlosser kommen läßt, der sich das anguckt«, sagte er mit besorgter Stimme, nachdem ich die Tür aufgeschlossen und ihn eingelassen hatte. Er trug wieder seine Anwalts-Uniform: Nadelstreifen, Schnürschuhe, gestreifte Hosenträger – alles, wie es sich gehört. Ich sah die Spuren von einer Woche Kampf für die Gerechtigkeit, als sein kraftvoller Körper erschöpft auf einen Stuhl fiel.

»Hast du noch mehr davon? Obwohl, ich könnte auch etwas Stärkeres vertragen, bei der Woche, die ich hinter mir habe.«

»Wenn wir nicht in das Biscuit einbrechen und uns den Johnnie Walker Red Label klauen wollen, von dem Wyvetta ständig redet, dann muß es bei Lemon Mist bleiben«, sagte ich und schenkte ihm eine Tasse ein.

»Danke.«

»Ist doch nur Tee.«

»Nicht für den Tee. Für alles. Und nicht nur heute. Dafür, daß ich einfach so bei dir vorbeikommen darf. Dafür …«

»Ach, um Himmels willen, Jake, hör schon auf!« fuhr ich ihn an, selbst erstaunt über meinen ärgerlichen Ton. Plötzlich wurde mir klar, daß ich wütend war, weil das alles für ihn selbstverständlich war. Er sah mich gekränkt an. »Wir kümmern uns umeinander, Jake«, sagte ich in milderem Ton. »Mal tust du mir einen Gefallen – mal tu ich dir einen Gefallen. Das weißt du doch.«

Er musterte mich skeptisch und nickte dann, um mir zu zeigen, daß er mich verstand, aber ich war überzeugt, daß er nichts begriffen hatte. Wir unterhielten uns eine Weile wie gewohnt über Jamal, über Denise, über alles außer Ramona Covington. Endlich erzählte er, warum er gekommen war.

»Ich überlege, ob ich Denise nicht auf eine Schule in einer anderen Stadt schicken soll, daß sie vielleicht von Phyllis wegkommen sollte, von dem, was sich in unserem Leben abspielt, von mir.«

Damit hatte ich nicht gerechnet, und das war mir auch anzusehen. »Auf ein Internat oder so?« fragte ich, da ich im Moment nicht recht begriff, was er meinte. Der Gedanke, ein Kind auf eine Schule in einer anderen Stadt zu schicken, war mir vollkommen fremd, das war etwas, das reiche weiße Leute – und mittlerweile auch reiche schwarze Leute – mit ihren Kindern machten, wenn sie ihre Ruhe vor ihnen haben wollten. Aber nicht Jake Richards. Ich betrachtete ihn eine Weile. Ich wußte nicht recht, was ich davon halten sollte. »Wegen Phyllis?«

»Das ist einer der Gründe.«

Ich sah ihn an und wußte, was der andere Grund war. »Und der andere?«

»Ich hab es neulich beim Mittagessen schon angedeutet.« Er vermied es sorgfältig, mir in die Augen zu schauen. »Ich glaube, sie sollte mal von mir wegkommen, ihren Gesichtskreis erweitern, sich neuen Herausforderungen stellen.«

»Und du mußt von ihr fortkommen?«

»Nein.« Wieder dieser gekränkte Blick. »Du weißt doch, wie lieb ich sie habe.«

»Das bezweifle ich ja nicht, Jake. Aber willst du meinen aufrichtigen Rat hören? Warum bist du nicht ehrlich zu dir? Nein. Ich glaube nicht, daß du sie wegschicken solltest.«

Jetzt kannte ich die Antwort auf die Frage, die mich die letzten Tage über beschäftigt hatte. »Ich meine, du mußt erst mal mit dir selbst ins reine kommen. Was dich und deine Tochter betrifft. Denk ja nicht, wenn du sie auf so ein Internat schickst, dann machst du damit etwas besser. Für sie nicht, und für dich auch nicht.«

»Für mich?« Er sah aufrichtig verwirrt drein.

»Du schläfst doch mit Ramona Covington?« Es war eine Feststellung in Form einer Frage.

Er sank auf seinen Stuhl zurück und sperrte vor Verwunderung den Mund auf, als hätte ich ihn geschlagen. »Ich glaube nicht, daß dich das etwas angeht.« Er hatte sich rasch wieder gefaßt, und als er mir antwortete, war seine Stimme todernst.

Jetzt sank ich auf meinen Stuhl zurück. Im Grunde meines Herzens wußte ich, daß er recht hatte, nicht aber, was ich dazu sagen oder jetzt machen sollte. Wir saßen schweigend da, vermieden es, uns anzusehen, und lauschten dem Knarren des alten Hauses und dann dem Autolärm vor dem Fenster. Wir wußten beide nicht, wie es nun weitergehen sollte. Die bedeutungsvolle Stille im Raum war mir unbehaglich. »Es ist nicht fair, daß du Denise auf ein Internat schicken willst, damit du dich nicht mit deinem schlechten Gewissen auseinanderzusetzen brauchst.«

»Ich habe überhaupt kein schlechtes Gewissen. Ich bin nur etwas im Streß, und ich glaube nicht…«

»Und Ramona Covington ist eine schnelle und leichte Methode, Streß abzubauen?«

»Das habe ich nicht gesagt.«

»Natürlich hast du das. Mir kannst du doch nichts vormachen.«

»Tamara, mach keine…«

»Keine große Sache daraus? Du schläfst doch mit ihr, stimmt's? Egal, was das über sie aussagt. Die Frage ist doch: Was sagt das über dich?« Jetzt saß ich auf dem hohen moralischen Roß, und ich genoß es. Doch die Wut schnürte mir die Kehle zu, und mir war heiß. Ich traute meiner Stimme nicht, darum nahm ich meine Tasse mit dem nach Zitrone duftenden Tee und zwang mich, davon zu trinken. Nach außen hin wirkte ich cool und erweckte den Eindruck, als hätte ich alles im Griff, aber meine Hand zitterte.

»Laß Ramona aus dem Spiel. Das ist alles nicht so, wie es aussieht. Es ist doch nicht so kompliziert, Tamara. Wir… sie…« Er brach ab, als suchte er nach Worten.

Ich führte den Satz für ihn zu Ende. »Sie was – bedeutet dir nichts? Sie ist nur zum Bumsen da? Und du weißt, daß ich dieses Wort nur in den Mund nehme, wenn es die Sache genau trifft, und hier trifft es doch wohl, oder nicht?«

»Tamara, darüber sollten wir nicht reden.«

»Da hast du recht.« Jetzt versuchte ich meinen Ärger nicht mehr zu verbergen. Ich war wütend auf ihn und wütend auf mich, daß ich eine solche Heuchlerin war, da ich doch im Grunde meines Herzens wußte, daß ich am liebsten selbst an Ramonas Stelle gewesen wäre. Aber ich war es nicht. »Wahrscheinlich hast du recht damit, daß es mich nichts angeht. Wir haben ja nichts miteinander. Nicht richtig.« Damit holte ich tief Luft, stand auf, ging zum Fenster und wich seinem Blick aus.

»Das ist nicht wahr, und das wissen wir beide.«

Ich drehte mich um und sah ihn an. »Aber warum Ramona? Ach, eben fällt es mir ein! Wie hast du dich noch ausgedrückt? Daß du weißt, du kannst tun und sagen, was du willst, es kann ihr alles nichts anhaben?«

Er schaute in den Tee in der Tasse, die vor ihm auf dem Schreibtisch stand.

»Glaubst du das wirklich, Jake? Daß du einen Menschen so benutzen kannst? Daß es auch nur eine Frau auf der Welt gibt, die so hartgesotten, so kaltblütig ist?« Ich konnte selbst nicht glauben, daß ich jetzt allen Ernstes die Ehre von Ramona Covington verteidigte, aber genau das tat ich, und damit auch meine eigene Ehre und die jeder anderen Frau, deren Stärke als Unverletzlichkeit mißverstanden wird.

»Tamara, was erwartest du von mir?«

»Sag mir die Wahrheit, Jake. Sag mir einfach die verdammte Wahrheit.«

Das Telefon klingelte, und ich ließ es klingeln, mir war egal, wer das war und was er wollte. Nach dem vierten Läuten würde Karen bei meinem Auftragsdienst abheben, und ich konnte sie später anrufen. Im Augenblick war mir alles andere unwichtig. Der Anrufer legte auf und rief fünf Minuten später wieder an. Ich wollte gerade abnehmen, da hörte es zum zweiten Mal auf.

»Du weißt doch, was du mir bedeutest«, sagte er, als es wieder still im Zimmer war.

»Ich weiß überhaupt nichts mehr.«

»Diese Sache hat überhaupt nichts mit dem Verhältnis zwischen uns, mit unserer Beziehung zu tun, Tam. Das weißt du doch.«

»Du schläfst also tatsächlich mit ihr.«

»Wenn es so wäre, würde dich das um Phyllis' willen ärgern oder um deiner selbst willen? Sei du doch zur Abwechslung auch einmal ehrlich.«

Ich überlegte kurz. »Okay. Ich will ehrlich sein. Für uns beide.« Aber es war nicht für uns beide, und das wußte ich auch. *Hätte ich mit ihm schlafen sollen? Sollte ich es jetzt? Was hatte mich daran gehindert?* Im stillen beantwortete ich mir diese letzte Frage: Das Wissen darum, daß es dann nie wieder sein würde wie zuvor, und es war überhaupt nicht abzusehen, was danach käme. So, wie es war, fühlten wir uns beide sicher und hatten das beide mit stillschweigender Dankbarkeit akzeptiert. *Doch was hatten wir uns versagt?* Nicht Phyllis war jetzt verletzt, sondern ich; und so sehr ich auch über ihn herfiel, mußte ich doch der Wahrheit ins Auge sehen, daß ich zu feige war, das zuzugeben. Er aber auch.

»Ich will jetzt nicht mehr darüber reden.« Das klang hilflos und unsicher, und ich konnte mich nicht erinnern, daß ich Jake je in diesem Ton hatte reden hören. Doch es hatte auch eine Endgültigkeit, die mich bewog, den Blick von ihm abzuwenden, da ich nun nicht weiter in ihn dringen konnte. Er hatte beschlossen, daß das nur ihn allein etwas anging, und dagegen konnte ich nichts machen. »Tamara, ich hab mich nie in deine Angelegenheiten eingemischt. Ich hab nie zugelassen, daß dergleichen unsere Beziehung stört. Und ich weiß, da waren viele Männer...«

»*Viele* Männer?« fragte ich, als traute ich meinen Ohren nicht, und das heiterte die Stimmung etwas auf.

»Na ja, ein paar... vielleicht einer.« Er lächelte, halb im Scherz, und da stellte sich unsere alte Verbundenheit wieder ein. Doch gleich darauf war sie wieder verschwunden.

»Einer oder zweihundert. Ist doch egal, es geht dich verdammt noch mal nichts an.« Ich warf ihm einen bösen Blick zu, und meine Stimme klang bedenklich kindisch.

»Das weiß ich besser als du, aber einer davon war wichtig – wie hieß er noch gleich?«

Basil Dupre. Ich sprach seinen Namen nicht laut aus, aber ich dachte sofort an ihn. Basil Dupre ist der Mann in meinem Leben, der es stets schafft, daß meine Selbstbeherrschung und mein Verstand sich in Luft auflösen. Selbst mitten in einem Streit mit Jake brauchte ich nur an diesen Mann mit seiner Anmut und Sinnlichkeit zu denken, und schon erschien ein schuldbewußt-freudiges Lächeln auf meinen Lippen. Ich trank einen Schluck Tee, damit die Tasse mein Lächeln vor Jake verbarg, und wich seinem Blick aus.

Er beantwortete seine Frage selbst. »Ich hab dich nie nach diesem Mann gefragt, obwohl du weißt, was ich von solchen Männern halte, und ich werde dich auch nie fragen.« Jetzt saß er auf dem hohen Roß, aber er verzog die Lippen zu dem Anflug eines Lächelns. Einen Moment lang wußte ich nicht, ob ich zurücklächeln oder ihm eine Ohrfeige geben sollte. »Und wenn ich es täte – wenn ich so dreist wäre, dich nach ihm zu fragen, dich wegen dieser... ähm... gegen jede Vernunft andauernden Beziehung zu diesem Mann zur Rede zu stellen, die im besten Fall ein Fehler ist und im schlimmsten Fall geradezu gefährlich – was würdest du dann sagen?«

»Ich würde dir die Wahrheit sagen«, antwortete ich, aber er wußte, daß das gelogen war.

»Hättest du nicht etwas Besseres finden können als Ramona Covington?« Damit brachte ich die Unterhaltung wieder auf für mich ungefährlicheres Terrain zurück.

»Tamara, ich hab es dir doch schon gesagt. Ich will nicht weiter über Ramona Covington reden. Das sind alles reine Mutmaßungen von dir.«

»Und ich soll nicht mutmaßen?«

»Ich muß mir das nicht weiter anhören.« Jetzt redete er wie ein kleines Kind, dann hielt er inne, holte tief Luft und faßte sich wieder. »Ich möchte nicht, daß sich zwischen uns irgend etwas ändert, Tamara. Dafür seid ihr, du und Jamal, mir zuviel wert. Und ich weiß, was meine Frau und meine Tochter dir bedeuten.«

»Hast du mal drüber nachgedacht, was diese Frau und diese Tochter wohl für Ramona Covington bedeuten?« Ich redete daher wie eine Staatsanwältin. Es war mir gleich.

»Die gehen sie gar nichts an.«

»Jake, du bist ein Idiot«, sagte ich in ruhigem, sachlichem Ton, aber ich meinte es ernst, und das wußte er auch. Er ließ den Kopf sinken. Mich ließ das völlig kalt.

»Tamara, du weißt, was du mir bedeutest.«

»Ich bin mir jetzt nicht mehr sicher.«

Wir saßen noch ein Weilchen so da. Dann räusperte er sich und schaute angelegentlich auf die Uhr. Er mußte jetzt gehen, das war uns beiden klar, denn keiner von uns wußte, was noch zu sagen wäre. Er stand auf. Ich starrte in meine leere Tasse. »Und was willst du nun mit Denise machen?« fragte ich, ohne ihn anzuschauen.

»Ich weiß noch nicht.«

Ich sah ihn an, mein Gesicht zu einer häßlichen Grimasse verzogen. »Paß bloß auf, daß dein Schwanz nicht das Denken für dich besorgt.«

Er zuckte sichtbar zusammen. »Du weißt, wie die Wahrheit über uns beide aussieht, Tamara.«

»Und wie sieht diese Wahrheit genau aus, Jake? Sag du es mir doch.«

Als er sprach, lag eine Zärtlichkeit in seiner Stimme, die ich bisher nur gehört hatte, wenn er von seiner Tochter redete. »Daß es unmöglich wäre, irgend etwas zu verschweigen, wenn ich mich so an dich binden würde, wie du es verdienst. Daß ich dir nicht ausweichen, dir nichts vorenthalten könnte. Ich müßte dir alles geben, was ich habe, und das kann und will ich im Moment nicht tun. Hast du dir wirklich überlegt, welchen Preis wir beide dafür bezahlen müßten? Wie vernichtend es sich auswirken könnte?«

»Und Ramona, was bist du der schuldig?«

Er lächelte schwach. »Eine gewisse Diskretion.«

»Geh jetzt, bitte.«

»Wir sind noch nicht am Ende.«

»Soweit es mich betrifft, ja.«

»Ich ruf dich an?«

»Lieber nicht.«

Er nickte, als hätte er verstanden, und machte die Tür hinter sich zu. Dabei drehte er den Knauf zweimal um, damit er sicher sein konnte, daß hinter ihm abgeschlossen war. Ich stand auf und sah vom Fenster aus zu, wie er ohne einen Blick zurück zu seinem Auto ging. Mein Herz hämmerte wie verrückt, und meine Kehle war derart zugeschnürt, daß ich kaum schlucken konnte. Ich packte meine Sachen zusammen und machte mich gleichfalls auf den Weg nach Hause.

Jamal übernachtete bei einem Freund, das Haus war leer und still, als ich heimkam. Außerdem war es kalt – der Heizkessel hatte wieder mal schlappgemacht. Doch das brachte auch eine gewisse Erleichterung mit sich, denn so konnte ich die Gedanken an Jake und Ramona verdrängen. Ich machte mich an dem Heizkessel zu schaffen, bis ich ihn wieder angezündet hatte. Dann holte ich mir eine Dose Suppe – schwarze Bohnensuppe von Goya – und machte mir ein Thunfisch-Sandwich, das ich aß, während ich mir am Fernsehapparat in der Küche irgendeinen Blödsinn ansah. Ich zwang mich, bis elf Uhr aufzubleiben, dann schrubbte ich die Badewanne mit Comet-Reiniger aus, schüttete ein, zwei Meßkappen Schaumbad aus dem Body Shop hinein und ließ die Wanne bis obenhin mit warmem Wasser vollaufen. Dann zündete ich zwei rechteckige Duftkerzen an, schenkte mir ein Glas Chardonnay ein, legte ein paar CDs von meiner geliebten Sarah Vaughan auf, bei der ich in Krisenzeiten immer Trost suche, und legte mich in die duftende Wanne, um darüber nachzudenken, was Jake gesagt hatte und was es bedeutete.

Ich könnte dir nicht ausweichen, dir nichts vorenthalten. Ich müßte dir alles geben, was ich habe, und das kann und will ich im Moment nicht tun. Hast du dir wirklich überlegt, welchen Preis wir beide dafür bezahlen müßten? Wie vernichtend es sich auswirken könnte? Ich wußte, daß er recht hatte, aber davon wurde weder mein Kummer geringer noch meine Eifersucht auf Ramona Covington und das, woran sie sich erfreuen durfte. Es war, als ob mir etwas überaus Kostbares genommen würde, von dem ich meinte, es gehöre mir. Aber in Wirklichkeit hatte ich es nie besessen, und mein Anspruch darauf war erlogen.

Als ich schließlich aus der Wanne stieg, waren meine Finger ganz runzelig, und mir schwindelte. Ich zwang mich, nicht an Jake zu denken, während ich mich rasch abtrocknete, mich mit Lotion einrieb und in ein seidiges Nachthemd schlüpfte, weil ich das Gefühl auf der Haut mochte. Um alle anderen Gedanken zu verdrängen, holte ich einen Krimi hervor, den Annie mir geliehen hatte und für den ich bisher nie Zeit gefunden hatte. Ich legte mir ein paar Kissen unter den Kopf und machte es mir im Bett gemütlich, der Fernseher lief, und das Buch lag aufgeschlagen da. Aber ich starrte ins Leere und konnte mich auf nichts konzentrieren.

Nichts hatte sich geändert, und doch war alles anders geworden.

Endlich fiel ich in unruhigen Schlaf, wachte auf, schaltete den Fernseher aus, schlief wieder ein und schreckte hoch, als ich merkte, daß das Telefon klingelte. Ich warf einen Blick auf die Uhr: vier Uhr morgens. *Jake!* dachte ich, ließ es aber weiterklingeln, und dann überlegte ich, ob es womöglich derselbe Anrufer war, der mich schon früher erreichen wollte. Panik überkam mich, als mir einfiel, daß etwas mit Jamal sein könnte. Ich griff nach dem Hörer, stieß dabei den Apparat um und setzte mich auf, um ihn wieder aufzuheben.

»Wer?« brachte ich schwerfällig hervor, da ich nicht einmal klar genug denken konnte, um »Hallo« zu sagen. Am anderen Ende war Schweigen, dann hörte ich jemanden weinen. Ich setzte mich kerzengerade hin, jetzt war ich hellwach, und mein Herz klopfte wie rasend. »Wer ist da?«

»Tamara?« Es war eine Frauenstimme, fremd und doch vertraut – die Stimme von Mandy Magic. »Sie ist tot. Jemand ist reingekommen, vielleicht eingebrochen. Hat das dämliche alte Telefon genommen, das sie unbedingt behalten wollte, hat es ihr wie einen Strick um den Hals geschlungen und ihr die Luft abgeschnürt. O Gott…« Ihre Stimme brach ab, und sie ächzte nur noch. »Ich hab es eben erfahren. Man hat mich gerade angerufen. Es tut mir leid. Ich wußte nicht, wen ich sonst anrufen sollte. Es tut mir leid.«

»Mandy?« schrie ich ins Telefon, obwohl ich wußte, wer es war, wußte, von wem sie sprach. Ich mußte sie dennoch fragen.

»Wer, Mandy, wer?«

»Meine Freundin, meine Pauline.« Ihr Schmerz zerriß mir fast das Herz.

»Woher weißt du es?«

»Sie haben mich angerufen. Die Polizei. Jemand hat sie gefunden. Vor ein paar Stunden, sie saß da im Büro und hat für mich gearbeitet. Jemand hat die Schnur von dem Telefon abgerissen und sie ihr um den Hals geschlungen. Jemand hat ihr die Luft abgedrückt.« Ich hielt den Hörer eine Weile in der Hand, ohne ein Wort herauszubekommen, und sie wiederholte, was sie gesagt hatte, im selben Tonfall und mit demselben Anflug von Hysterie, wie um sich selbst zu zwingen, es zu glauben.

»Wo bist du jetzt?«

»Zu Hause. Man hat mich angerufen. Und ich hab

draußen ein Geräusch gehört und hab die Tür aufgemacht, und da lag es auf der Treppe. Als ob es darauf wartete, daß ich herauskomme und es aufhebe.«

Ich hielt den Atem an, als ich die Frage stellte. »Wieder ein Briefchen?«

»Ja«, sagte sie endlich, und ihre Stimme war nur ein Hauch.

6

Sie konnten also jederzeit zuschlagen. Vielleicht hatten sie das schon immer gekonnt. Ich riet ihr, der Polizei alles zu erzählen, angefangen bei den Briefchen, die sie so beunruhigten. Paulines Tod hatte eine neue Situation geschaffen; es war doch immerhin möglich, daß zwischen den Morden an ihr und Tyrone ein Zusammenhang bestand. Ich wies Mandy auch darauf hin, daß sie Kenton und Taniqua immer mehr in Gefahr brachte, je länger sie es hinauszögerte. Schließlich ging sie dann zur Polizei. Und auch ich fühlte mich verpflichtet, den Cops mitzuteilen, was ich wußte.

Dabei hatte ich im Grunde gar nicht so viel zu bieten. Die Cops hörten sich ohne großes Interesse an, was ich zu sagen hatte, und taten dann die beiden Briefe als fehlgeleitetes Bemühen eines aufgebrachten Fans ab, sich bei Mandy Magic wichtig zu machen. Sie blieben dabei, daß Tyrone Mason schlicht und einfach das Opfer einer Räuberbande geworden war, die es auf Schwule abgesehen hatte. Ich merkte, daß sein Tod sie genauso gleichgültig ließ, wie das auch bei der Ermordung heterosexueller schwarzer Männer oft der Fall ist, und das machte mich wütend; aber ich konnte nichts dagegen tun. Was den Tod von Pauline Reese betraf, so gingen die Cops davon aus, daß sie einen Dieb überrascht hatte und dann umgebracht wurde, damit sie ihn nicht identifizieren konnte. Außerdem wurde Tyrone erstochen und Pauline erdrosselt. Unterschiedliche Tatwaffen und Vorgehensweisen wiesen in der Regel auf verschiedene Täter mit unterschiedlichen Motiven hin.

Im Laufe der folgenden Tage klammerte sich Mandy Magic immer mehr an mich, und mir fiel nichts ein, wie ich sie sanft abwimmeln konnte. Pauline Reese war ihre beste Freundin, ihre Vertraute und rechte Hand gewesen, und ihr plötzlicher, gewaltsamer Tod machte Mandy furchtsam und hilflos. Sie hatte sonst niemanden, an den sie sich halten konnte, und so mußte ich notgedrungen einspringen.

An diesem Samstag und dann am Sonntag und Montag nach dem Mord rief sie mich mindestens noch fünfzehnmal an, von sieben Uhr früh bis nachts um zwei. Oft brauchte sie einfach nur ein tröstliches Wort oder einen vernünftigen Rat, was sie tun und was sie zu ihrer eigenen Sicherheit unternehmen sollte. Meistens aber redete sie einfach drauflos über ihre Kindheit mit Pauline, ihre Freundschaft und was Pauline ihr bedeutet hatte, und daß sie ohne sie nicht leben könne. Sie brauchte offenbar jemanden, der sich ihren Kummer anhörte, und ich versuchte, ihr so gut wie möglich beizustehen. Allerdings hatte ich sie von Anfang an mit gemischten Gefühlen betrachtet. Unsere »Freundschaft«, wenn man es denn so nennen wollte, erschien mir unaufrichtig und gezwungen. Doch dann erinnerte ich mich, wie meine Großmutter immer mit gebratenem Huhn, Kuchen und Käsemakkaroni zur Stelle war, wenn eine Familie ein Schicksalsschlag getroffen hatte, und ich sah ein, daß Frauen sich gegenseitig mit ihrem Kummer nicht allein lassen. Daher blieb alles liegen, was ich übers Wochenende zu erledigen hatte, und ich hörte brav zu, wenn die Sister weinte. Abends war ich immer völlig fertig.

Die Cops waren am Wochenende nach dem Mord und fast den ganzen Montag mit der Untersuchung des Tatorts beschäftigt. Dazu zählte Paulines Büro, der kleine Empfangsbereich und der schmale Flur davor. Die Cops machten Fotos, suchten nach Fingerabdrücken und befragten uns alle – Mandy, mich und die verbliebenen Mitglieder ihrer Familie. Ich riet ihr, einen Anwalt hinzuzuziehen, und griff mehr als einmal zum Telefon, um Jake anzurufen, aber letztendlich ließ ich es dann doch bleiben. Ich wußte, daß ich mich früher oder später nach einem anderen umsehen mußte.

Mir war es immer unangenehm, eine Aussage bei der Polizei zu machen, sogar als ich selbst noch dazugehörte, aber die Cops waren mit meinen Ausführungen offenbar ganz zufrieden. Ich teilte ihnen mit, was Pauline mir über Kenton und Taniqua erzählt hatte, woraufhin sich ihre Neugier und ihr Interesse vor allem auf Kenton Daniels III und Paulines feindselige Haltung ihm gegenüber richtete. Es war nicht in das Büro eingebrochen worden, demnach mußte Pauline ihren Mörder entweder selbst eingelassen haben, oder er besaß einen Schlüssel. Auch in Paulines Zimmer wies nichts auf ein gewaltsames Eindringen hin. Nichts war in Unordnung gebracht, nichts verändert worden. Außer dem Opfer hatte man nichts angerührt. Es wurden keine Fingerabdrücke oder sonstige Spuren gefunden. Einiges deutete darauf hin, daß sie kurz das Büro verlassen hatte und unmittelbar darauf wieder zurückgekommen war, aber die

Polizei wußte weder, warum sie hinausgegangen war, noch wohin. Ein gesprächiger Cop, der sich an meinen Bruder erinnerte, als ich ihm meinen Namen nannte, teilte mir schließlich die offizielle Version des angenommenen Tathergangs mit.

Seiner Darstellung zufolge war ein neues Bauunternehmen mit Renovierungsarbeiten in den Büros direkt über und unter Mandy Magics Räumlichkeiten betraut worden. Die Generalschlüssel waren zwar nicht als solche gekennzeichnet, doch es wurde angenommen, daß sie einer unbefugten Person in die Hände gefallen waren. Das Reinigungs- und Sicherheitspersonal besaß ebenfalls Duplikate, demnach hätte sich auch ein Fremder Zutritt zu den Räumlichkeiten verschaffen können. Rätselhaft war allerdings nach wie vor, wie der Mörder in Paulines Zimmer gelangt war. Ich hatte den Cops erzählt, wie ängstlich Pauline an dem Abend gewirkt hatte und daß sie mit Sicherheit hinter mir abgeschlossen hatte. Anscheinend hatte sie die Tür aber noch einmal aufgeschlossen, sei es, um mit jemandem zu reden, sei es, weil sie einem Geräusch von draußen nachgehen wollte.

Mandy Magic hatte die Polizei um Erlaubnis gebeten, am Dienstag vormittag in ihr Büro zu gehen, um ihre Sachen zu ordnen und ein paar persönliche Unterlagen abzuholen. Da ihr Büro zur Tatzeit und auch jetzt noch verschlossen war, sah man darin kein Problem. Zu meiner großen Bestürzung gab sie außerdem an, ich sei ihr persönlicher Bodyguard, und beantragte, daß ich sie begleiten durfte, was gleichfalls genehmigt wurde. Also holte ich widerstrebend meinen alten Revolver aus dem verschlossenen Kasten, in dem ich ihn zu Hause im Schrank aufbewahre, steckte ihn in mein Schulterhalfter, zog einen weiten schwarzen Hosenanzug und schwarze Nikes an, womit ich wie eine Mafia-Killerin aussah, und versuchte den Eindruck zu erwecken, ich würde andere Leute beschützen. Ein mürrisch dreinblickender Cop beäugte mich mißtrauisch, als ich in das Büro kam, und kontrollierte meine Papiere so lange, daß ich schon glaubte, er würde sie mir nie zurückgeben. Endlich hielt er die Tür auf und führte mich hinein.

Paulines Büro war mit einem zotteligen gelben Band abgesperrt. Ich erschauerte, als ich daran vorbeiging, und wappnete mich innerlich für den Anblick des Tatorts. Ich glaube fest daran, daß ein gewaltsamer Tod in Häusern und Räumen ebenso seine Spuren hinterläßt wie bei Menschen, und hier hing eine gespenstische Stille in der Luft, die so deutlich war wie ein Geruch. Es gab fast keine greifbaren Anzeichen einer gewaltsamen Auseinandersetzung. Paulines Stuhl stand an derselben Stelle wie bei unserer letzten Begegnung, also hatte der Überfall sie vermutlich im Stehen überrascht. Das Telefon war natürlich nicht mehr da, es war in einen Beutel gesteckt und als Beweismittel gekennzeichnet worden.

Mandy Magic packte gerade Akten zusammen, als ich in ihr Büro kam. Hier war von der früheren Eleganz nichts mehr zu sehen. Es waren keine Lilien mehr in der Vase, und die Jalousien, die jetzt so langweilig und unattraktiv wirkten wie die in meinem Büro, waren heruntergezogen, um auch den letzten Rest Sonne fernzuhalten. Die Luft war stickig. Alle Aktenschränke standen offen. Auf dem Schreibtisch häuften sich Papierstapel. Erst vor einer guten Woche hatte ich Mandy hier gegenübergesessen, Kaffee getrunken und in meinem Glück geschwelgt, voller Ehrfurcht vor ihrer Macht und ihrem Ruhm. Doch an diesem Morgen wirkte sie wie eine gebrochene Frau, und als sie sprach, war es eher ein Flüstern.

»Wir waren unser Leben lang ein Team. Seit wir uns kannten, waren wir ein Team.«

Starmanda Jackson ist mein ein und alles.

»Sie hat mir erzählt, was Ihre Freundschaft für sie bedeutete«, sagte ich zum zwanzigsten Mal in drei Tagen, aber ich wußte, daß es ihr Trost brachte und daß sie es sicher nicht oft genug hören konnte. »Wie wird Taniqua mit der ganzen Sache fertig?« Mir war aufgefallen, daß wir in den letzten drei Tagen beide nicht von ihr gesprochen hatten.

»Ganz gut. Sie hat in ihrem Leben schon eine Menge Leid erfahren. So wie ich, vermutlich.«

Ich mußte an Pauline denken und daran, was sie von dem Mädchen hielt.

»Ich würde gern glauben, daß es ein Zufall war. Die Cops halten das ja für wahrscheinlich. Daß es nicht mir persönlich galt.« Sie blätterte zerstreut in ihren Unterlagen, dann ging sie ans Fenster, sah hinaus, setzte sich wieder und schaute mich an. »Schon möglich, daß es wirklich Zufall war. Aber die Leute denken sich allen möglichen Blödsinn über mich zusammen – daß ich mein Geld hier in der Schublade horte, daß ich noch mehr geben könnte, als ich ohnehin schon gebe. Die Leute sind so gemein, und ich weiß nicht mal, wer dahintersteckt.«

Movin' on up.

»Ja«, sagte ich. »Die Leute können sehr gemein sein.«

Wir saßen eine Weile schweigend da und hörten zu, wie der Cop am anderen Ende des Flurs die Tür aufmachte, mit monotoner Stimme auf jemanden einredete, der geklopft hatte, und hinter ihm die Tür wieder schloß. Dann klopfte er bei uns an und schaute, ohne eine Antwort abzuwarten, ins Zimmer hinein, und sein Blick bedeutete uns, daß die Zeit verging und er nach Hause wollte. Mandy warf noch einen gequälten Blick durch den Raum, als wollte sie sich verabschieden.

»Hast du ihnen von den Briefen erzählt?« fragte sie mich.

»Sie haben ihnen keine große Bedeutung beigemessen.«

»Vielleicht haben sie ja recht.«

»Sie meinen, sie hätten den Mord an Tyrone aufgeklärt. Sie glauben immer noch, daß es ein Raubüberfall war, der dann aus dem Ruder gelaufen ist. Und wegen Pauline…« Als ich ihre Reaktion sah, griff ich nach ihrer Hand und drückte sie beschwichtigend. »Die Polizei neigt anscheinend zu der Annahme, daß sich jemand die Schlüssel von den Bauleuten verschafft und sich dann hier eingeschlichen hat, und daß Pauline ein Geräusch hörte, nachschauen ging, jemanden entdeckte und wieder in ihr Büro rannte, um Hilfe zu holen. Ehe ihr das gelang, hat der Täter ihr vermutlich das Telefon entrissen und vor Wut die Schnur um ihren Hals geschlungen. So hat es sich ihrer Meinung nach wohl zugetragen.«

»Und der Brief, der gleich nach Paulines Ermordung kam?«

»Das halten sie für Zufall. Da hat sich jemand einen bösen Streich erlaubt.«

»Aber er ist doch gleich danach gekommen.«

»Sie glauben, daß du sehr aufgeregt warst und dich vielleicht in der Zeit geirrt hast, oder daß er schon am Vorabend dort hingelegt wurde. Daß es ein Zufall war.«

»Genau wie damals bei Tyrone?« Sie schüttelte ungläubig den Kopf. »Jemand hat es auf mich abgesehen«, sagte sie leise, und ich sah die Furcht in ihren Augen.

»Der Cop, der ältere, der hier war, möchte noch einmal mit Kenton und Taniqua reden. Hast du eine Ahnung, was er von ihnen will? Wenn sie es für versuchten Diebstahl halten, warum wollen sie dann noch einmal mit ihnen reden?«

»Vielleicht reine Routine.« Ich hoffte, ich hätte sie überzeugt. Sie konnte sich jetzt nicht auch noch um Kenton und Taniqua Gedanken machen, aber ich war mir sicher, daß ich nicht die einzige war, der Pauline anvertraut hatte, was sie von den beiden hielt. Ich überlegte, wo die beiden wohl am Vorabend gewesen waren, und schließlich fragte ich Mandy danach, denn die Polizei würde es sicher auch wissen wollen.

»Sie waren zusammen, aber ich weiß nicht, wo sie waren.« Einen Moment lang wirkte sie hilflos, dann warf sie den Kopf zurück, atmete tief ein und wieder aus, holte sich von irgendwoher Kraft und riß sich in Sekundenschnelle zusammen. Das hatte ich schon früher bei ihr erlebt, und ich bewunderte sie dafür.

»Du stehst Taniqua sehr nahe, nicht wahr?«

»Wir beschützen uns gegenseitig.«

»Darf ich dich etwas fragen?«

»Was denn?« Ihre Augen musterten mich argwöhnisch. Ich überlegte kurz, ob ich es nicht lieber lassen sollte, aber dann fragte ich sie doch. »Warum hast du sie adoptiert – ein älteres Kind, das solche Probleme hat?«

»Weil sie mich an ihre Mutter erinnert.« Sie warf einen Blick zur Tür, um sich zu vergewissern, daß sie auch ja geschlossen war. Von dem Cop war nichts mehr zu hören, aber sie sprach trotzdem im Flüsterton, und ich antwortete genauso.

»Bist du ihre Mutter?«

»Nein. Wie kommst du auf die Idee?« Sie hatte so lange mit der Antwort gezögert, daß ich es einen Moment lang für möglich gehalten hatte, auch wenn die Daten nicht aufgingen.

»Wegen der Art, wie du von ihr sprichst.«

»Ich liebe sie, weil ich ihre Mutter geliebt habe.«

»Wer war denn ihre Mutter?«

»Eine Bekannte aus meiner Zeit auf dem Babystrich. Sie hieß Theresa.« Das klang herausfordernd und fast schon hochmütig, als sollte ich es nur wagen, einen Kommentar dazu abzugeben. Dann lehnte sie sich zurück und starrte mit leicht verschwommenem Blick vor sich hin, was mir verriet, daß es noch mehr zu erzählen gab. Sie sprach mit eintöniger Stimme und völlig emotionslos, als ginge es um einen Fremden und nicht um sie selbst.

»Wir haben beide für Rufus Greene angeschafft. Sie war zwar älter als ich, aber trotzdem noch jung, höchstens siebzehn. Ich war erst fünfzehn, als ich das erste Mal auf den Strich ging, und bin dann die nächsten fünf Jahre bei Rufus geblieben, oder doch fast. Einmal bin ich für ein Jahr ausgestiegen, so zwischen siebzehn und achtzehn. Hab vorübergehend versucht, mein Leben zu ändern, aber die meiste Zeit war ich bei Rufus und hab für ihn angeschafft. Theresa hat mich angelernt, so gut sie konnte, wie eine Siebzehnjährige das eben versteht, wenn sie sich für wer weiß wie erfahren hält. Mein Gott, wir waren ja noch jung. Wenn ich an die Schweinehunde denke, die uns benutzt und fünfzehnjährige Kinder für Sex bezahlt haben – das schlimmste Zuchthaus ist noch zu gut für die.«

»Und was würdest du mit Rufus Greene anstellen?« unterbrach ich sie, weil es mich interessierte, welch entsetzliche Strafe sie wohl für ihn im Sinn hatte. Zu meinem Erstaunen lachte sie nur, ein verächtliches, halb belustigtes Kichern.

»Er hat nur ausgenutzt, was sowieso schon da war. Es fing an mit Jungs, die wir kannten. Damals machten wir es noch nicht richtig für Geld, vor allem war es eine Rebellion gegen unsere Eltern, daß wir die Jungs so in der Hand hatten. Weißt du nicht mehr, wie das war, damals Anfang und Mitte der sechziger Jahre? Vielleicht erinnerst du dich nicht mehr, aber das war die aufregende Zeit der Freiheit mit Sex and Drugs and Rock'n'Roll, selbst für Kids wie uns.

Theresa war damals schon auf sich gestellt, sie wohnte mit einer älteren Cousine zusammen, die ab und zu für Rufus anschaffen ging – Bunny hieß sie. Pauline war fort aufs College, und ich suchte eine Freundin. Theresa war viel mit meinem Cousin Harold zusammen. Wir haben uns auf Anhieb verstanden. Als ich dann von zu Hause wegging…«

»Du bist weggelaufen?«

»Ich war eins von diesen herumgestoßenen Kindern, um die sich keiner groß kümmert. Yeah, das war ich. Mein Stiefvater hat mich nebenbei auch mal gevögelt. Während seine brave Frau bei der Chorprobe ihre Stimmbänder strapazierte.«

Das erwähnte sie ganz beiläufig, so sachlich und nüchtern, als hätte sie mir erklärt, daß er sie in den Supermarkt mitnahm oder ihr für schlechte Noten Hausarrest erteilte. Mir wurde einen Moment lang schwindelig vor plötzlicher Übelkeit. Dabei hätte ich eigentlich nicht überrascht sein sollen. Ein junges Mädchen geht nicht auf den Strich, bloß um sich ein paar Dollars zu verdienen. Ich hätte schneller erkennen und begreifen sollen, was sie hinter sich hatte. Es lag in ihrer Stimme, mit der sie Tausenden Trost und Mut zusprach, und in dem Mitgefühl, mit dem sie sich derer annahm, die Hilfe brauchten. Auch sie war machtlos gewesen, und das wollte sie nie vergessen. Ich merkte, wie sie bei mir wieder an Sympathie gewann angesichts dieser neuen Enthüllung.

»Mandy, du bist von deinem Stiefvater vergewaltigt worden?«

»Eine alte Geschichte, nicht wahr? Yeah.« Sie zuckte gleichgültig die Achseln und lächelte auf eine Art, die – wie ich inzwischen wußte – bedeutete, daß etwas sie mehr schmerzte, als sie zugeben wollte. »Yeah, er hat mich vergewaltigt, ich und der gute Harold konnten nicht viel dagegen tun, außer, daß er meine Hand hielt, wenn ich nachts weinte. Wir hatten damals ein enges Verhältnis zueinander, und er versuchte mich zu beschützen, und dafür habe ich ihn immer geliebt, aber er war ja auch nur ein Kind. Er hat mich beschützt, so gut er konnte. Schließlich bin ich abgehauen. Hab mich eine Weile auf der Straße herumgetrieben. Hab eine Zeitlang mit einem verheirateten Mann zusammengelebt, der seine Frau verlassen hatte, und dann bin ich richtig anschaffen gegangen. Für mich war das eine einfache Art des Geldverdienens, der einzige Weg, der einem Kind offensteht, wenn es sich seinen Lebensunterhalt verdienen will. Eine Zeitlang ging alles gut, aber dann hat mich wieder so ein altes Schwein vergewaltigt, genauso alt wie mein Stiefvater, kannst du dir das vorstellen? Geschlagen hat er mich auch, vermutlich hat es ihm Spaß gemacht, kleine Mädchen zu schlagen und ihre Angst zu sehen. Hätte er das ein paar Jahre später versucht, dann hätte ich dem Scheißkerl die Kehle aufgeschlitzt, aber damals war ich noch zu unerfahren. Es war das erste und einzige Mal, daß ein Mann so mit mir umgesprungen ist, ohne dafür zu zahlen. Aber Theresa hat sich auf ihn gestürzt wie eine Katze. Wollte mich beschützen. Sie hat mich ständig beschützt, hat auf mich aufgepaßt, wie ein siebzehnjähriges Mädchen eben auf eine Fünfzehnjährige aufpassen kann. Und nach dieser Nacht meinten wir, wir bräuchten Hilfe da draußen auf der Straße, einen Beschützer. Und dann trat Rufus auf und zeigte uns, wie man ein Geschäft daraus macht.«

»War er viel älter als ihr?«

»Auch noch ein Kind. Neunzehn vielleicht? Er hatte nie mehr als höchstens fünf Mädchen, die für ihn anschafften. Ich, Theresa, ein kleiner Rotknochen namens Ruby, eine gewisse Jewel und Bunny. Keine von uns war über achtzehn, aber ich war die Jüngste. Rufus und die anderen Mädchen haben mir zum sechzehnten Geburtstag sogar eine Sweet-Sixteen-Party gegeben – so viel Coke, wie ich nur schniefen und trinken konnte. Kannst du dir das vorstellen? Wir waren noch richtige Kinder.«

Sie lehnte sich mit einem Lächeln zurück, als hätte das, was sie mir da erzählte, eine schöne, lange vergessene Erinnerung in ihr wach werden lassen. Sie zündete sich eine Zigarette an und löschte das Streichholz mit einer schnellen, nervösen Handbewegung. In den letzten Tagen hatte sie ständig geraucht. Ich roch es an ihren Kleidern und ihrem Haar. Selbst ihre Stimme war rauh, von den Zigaretten und vermutlich auch vom Weinen. Aber jetzt lag keine Bitterkeit darin. Die Stimme war völlig ausdruckslos, als hätte sie alle Schmach aus sich herausgeweint.

»Wie bist du da rausgekommen, Mandy?«

»Ich bin ausgestiegen. Ein, zwei Freunde haben mir geholfen. Manchmal kommt ein Engel in Teufelsgestalt daher, Tamara. Man darf sich da nicht täuschen lassen«, setzte sie in vertraulichem Ton hinzu. »Dann hab ich beim Sender angefangen. Von Rufus hab ich nichts mehr gehört, bis Taniqua den Mann umbrachte, der Theresa niedergeprügelt hat.«

»Rufus Greene ist also mit Taniqua zu dir gekommen und hat gesagt, das wäre Theresas Kind, und du müßtest ihm helfen.« Da war doch etwas faul an der Sache, und Rufus Greene traute ich sowieso nicht über den Weg.

Sie verteidigte ihn mit erhobener Stimme und großem Nachdruck. »Nein. Er ist nicht zu mir gekommen. Ich hab's auf den ersten Blick gesehen, daß sie Theresas Kind war. Daran gab es keinen Zweifel. Rufus hatte unauffällig ein Auge auf die Kleine gehabt. Hat Theresa Geld geschickt, damit sie für sie sorgen konnte. Und dann kam Theresa um.

Ich habe einmal eine Benefizveranstaltung für ein Frauenhaus moderiert. Dabei hörte ich von jenem legendären

Kind, das einen Mann getötet hat, weil der die Mutter geschlagen und umgebracht hatte. Die Sache ging mir sehr zu Herzen, aber ich hatte keine Ahnung, um wen es sich handelte, bis mir Taniqua begegnete, da war mir sofort klar, daß sie es gewesen sein mußte. Theresa war auch ausgestiegen, genau wie ich, aber ihr war das Glück nicht so hold wie mir. Sie war schwanger geworden, hatte Taniqua zur Welt gebracht und mußte dann so enden. Ich kenne keine andere Hure, die so vom Pech verfolgt war. Ich glaube, ich habe ihren Anteil vom Glück noch mit dazubekommen. Mehr als ihren Anteil. Ich hab immer Glück gehabt. Bin immer wieder auf die Füße gefallen. Irgend jemand hat mal gesagt, das käme daher, weil meine Mama da oben im Himmel nach mir schaut. Sie sorgt dafür, daß für ihr Baby am Ende alles gut ausgeht.«

Ich betrachtete sie eine Weile und mußte wieder daran denken, wie viele verschiedene Seiten diese Frau doch hatte, und ich fragte mich, ob Paulines Tod ihren Panzer endlich durchbrochen hatte und sie jetzt vielleicht nichts mehr vor mir verbarg. Oder etwa doch?

»Und welche Rolle spielt Rufus Greene bei der ganzen Geschichte?« Ich war immer noch skeptisch.

»Er dachte, er sei vielleicht Taniquas Vater. Theresa hatte ein engeres Verhältnis zu Rufus als ich. Sie standen sich immer nahe. Sie war sein besonderer Liebling, und er beschützte sie mehr als uns andere, und das wußten wir auch alle.«

»Ein Zuhälter und eine Nutte? Mandy, solch väterliche Fürsorge ist Zuhältern in der Regel fremd.« Das klang ungewollt schroff und sarkastisch, und ich erkannte an der Art, wie sie mich ansah, daß sie diese harschen Worte anmaßend fand. Sie schaute weg und fing wieder an, Akten zu stapeln.

»Es tut mir leid«, sagte ich.

»Du bist seit zwanzig Jahren der erste Mensch, dem ich diese Geschichte erzähle.«

»Ich wollte nicht…«

Sie fiel mir ins Wort. »Wie heißt es doch so schön, Tamara Hayle? Wer ohne Sünde ist, der werfe den ersten Stein? Du wirfst gleich mit schweren Brocken, nicht wahr, Sister? Rufus ist ein anderer Mensch geworden. Wir waren noch Kinder, die von nichts eine Ahnung hatten, und hielten uns dabei für wer weiß wie schlau. Ich war gerade mal fünfzehn, als ich meinen ersten Freier hatte, und zwanzig beim letzten – wenn man den überhaupt so nennen kann. Theresa war knapp achtzehn, und Rufus mit seinen Plattfüßen, die ihn vor Vietnam bewahrten, war selbst noch grün hinter den Ohren. Ein richtiger Zuhälter war er sowieso nie«, sagte sie mit verächtlichem Achselzucken.

»Wie meinst du das?«

»Er hatte nicht den Mumm dazu, diese fiese Kaltschnäuzigkeit, die ein echter Zuhälter braucht. Er war seinem Wesen nach kein Frauenhasser, und wir sind ihm alle auf der Nase herumgetanzt, nur Theresa nicht, die mochte ihn wirklich. Am Anfang war er nichts als ein kleiner Gauner ohne jeden Verstand, der sich irgendwie durchschlagen wollte, wie alle anderen auch. Herrgott, ich war kaltblütiger als er, und das wußte ich auch.«

»Mir kommt er ziemlich kaltblütig vor.«

»Wer kaltblütig aussieht, muß nicht unbedingt kaltblütig sein. Ich könnte dir einen Zuhälter zeigen, so rehäugig und milchgesichtig, wie du noch nie einen gesehen hast, und der schneidet dir die Zunge aus dem Hals, ohne auch nur mit der Wimper zu zucken. Die Hälfte der Zuhälter in Newark war hinter Rufus' Frauen her. Die andere Hälfte hat ihn schließlich aus der Stadt verjagt, weil er uns nicht mit Dope füttern wollte. Theresa ist gleich mit ihm mit.«

»Und du?«

»Ich ging damals schon eigene Wege.« Sie wich meinem Blick aus.

»Pauline hat was von einem Weißen erzählt, reich, wie sie sagte, der dich unter seine Fittiche genommen hat. Ich glaube, er hieß Elmer Brewster oder so ähnlich?«

Sie warf mir einen Blick zu, der mir bedeutete, daß sie sich auf dieses Thema nicht einlassen wollte, ehe sie auch nur ein Wort sagte. »Was hat sie denn über ihn erzählt?«

»Nicht viel.«

Sie lächelte, als sei sie erleichtert. »Und genau das werde auch ich erzählen. Nicht viel. Der Mann ist tot und begraben, da kommt's nicht mehr drauf an.«

»Genau, er ist tot und begraben – da kommt's doch nun wirklich nicht mehr drauf an.«

Ehe sie noch antworten konnte, klopfte der Cop an die Tür, und ich stand wie ein richtiger Bodyguard auf, öffnete und erklärte ihm, daß wir noch ein paar Minuten brauchten. Als ich mich wieder setzte, war Mandy schon wieder mit ihren Akten beschäftigt; ich vermutete, daß sie nichts Besonderes suchte, sondern sich nur ablenken wollte. Ich beobachtete sie ein Weilchen, bevor ich ihr noch eine Frage stellte.

»Warum war Rufus Greene vorige Woche vor deinem Haus, als ich da war?«

Sie sah auf und fuhr dann fort, Papiere in den Ordnern glattzustreichen und Unterlagen einzuheften oder herauszunehmen. »Er hat Taniqua nach Hause gebracht. Sie hatten Theresas Grab besucht. Sie liegt unten in South Jersey begraben. Am vergangenen Dienstag, als du hier warst, war ihr Todestag.« Ihre Stimme blieb völlig ausdruckslos bei dieser Erläuterung. Aber ich mußte an Pauline denken und was sie mir über das Mädchen erzählt hatte, und ich fror bis in die Knochen.

»Das war keine zwei Wochen, nachdem Tyrone ermordet wurde?«

»Ja, ich glaube.«

»Meinst du nicht, daß all das bei ihr Spuren hinterlassen hat? Der Todestag ihrer Mutter, Tyrones Tod, und daß sie selbst jemanden umgebracht hat. Und das alles so kurz hintereinander.«

»Nein. Taniqua ist ein anderer Mensch geworden, seit Theresa tot ist. Die Unterlagen über den Tod dieses Mannes werden unter Verschluß gehalten. Es darf niemals publik werden, daß sie die wahre Täterin war.«

»Aber manche Leute wissen Bescheid. Pauline zum Beispiel. Und Rufus Greene.«

»Ja. Er weiß Bescheid.«

»Trifft sie sich oft mit ihm?«

»Ziemlich oft.«

»Und du hast dem Mädchen gesagt, es soll lügen und ihn verleugnen?«

»Manchmal bleibt einem nichts anderes übrig. Hast du noch nicht mal das begriffen?«

Inzwischen hatte ich mich daran gewöhnt, wie schnell sie

von liebenswürdig und großzügig auf bissig und bösartig umschalten konnte, daher trafen mich ihr Tonfall und ihre Worte nicht so wie damals bei meinem ersten Besuch in ihrem Haus. Aber heute hatte auch ich ein Hühnchen mit ihr zu rupfen und war fest entschlossen, mit der Wahrheit nicht hinter dem Berg zu halten, auch wenn ihr die sicher nicht gefiel. »Du hast sie zum Lügen erzogen, Mandy, und du bist auch nicht immer ehrlich. Aber lügst du nicht auch dir selbst etwas vor? Kannst du mir das sagen? Lügst du dir selbst etwas vor?«

Sie stand auf, drehte mir den Rücken zu und zog Ordner aus den niedrigen hölzernen Aktenschränken an der rückwärtigen Wand. Ich beobachtete sie eine Weile, dann ging ich, ohne mich zu verabschieden.

»Ist sie fertig da drin?« fragte der Cop, als ich an ihm vorbeikam.

»Fragen Sie sie doch einfach selbst.«

»Dann noch alles Gute.«

Diesmal sprach ich nicht mit Johns, als ich meinen Wagen in der Garage abholte, obwohl ich an seinem verzweifelten, flehenden Blick erkannte, daß er etwas von mir erwartete – ein freundliches Wort oder ein paar Dollars, aber ich konnte weder das eine noch das andere erübrigen. Ich war zu erschöpft.

Als ich bei meinem Büro ankam, schaute ich schnell ins Biscuit hinein und war froh, daß Wyvetta mit einer Kundin beschäftigt war und ich dadurch auch mit ihr nicht zu reden brauchte. Ich zog sachte die Tür hinter mir zu, damit sie mich nicht hörte, und saß dann einfach so an meinem

Schreibtisch und dachte an Mandy Magic: daß es ihr in Fleisch und Blut übergegangen war, zu lügen und der Wahrheit aus dem Weg zu gehen, und daß sie gesagt hatte, ich würde den ersten Stein werfen. Ich machte mir Vorwürfe, daß ich so ohne Abschiedsgruß gegangen war. Die Frau hatte eine schlimme Zeit hinter sich. Aber ich auch, verdammt noch mal. Hatte ich noch nie gelogen, wenn ich mich für etwas schämte?

Immerhin hatte sie eine zeitliche Lücke für mich gefüllt – die Jahre zwischen 1966 und 1974, die Zeit, in der Pauline Reese aus ihrem Leben verschwunden war. Ich hatte genügend neue Namen, die ich mit auf meine Liste setzen und zumindest in Erwägung ziehen mußte. Ich schaltete meinen Computer ein, rief die Datei BB auf und tippte sie ein: Theresa, Ruby, Bunny, Elmer Brewster, Jewel. *Engel in Teufelsgestalt.* Auch das schrieb ich hin.

Wen hatte sie damit gemeint?

Ich hatte keine Familiennamen außer Brewster, aber vielleicht kam mir noch eine Idee, wie ich nach den anderen im Strafregister fahnden könnte. Doch letzten Endes waren es wahrscheinlich nicht mehr als Namen. Bis auf Rufus Greene hatten sich womöglich alle längst aus dem Staub gemacht, und das beste war, sie zu vergessen.

Das Telefon klingelte, und ich nahm den Hörer ab. Es war Jamal. Ein Lächeln huschte über mein Gesicht.

»Ma?«

»Yeah.«

»Wann kommst du nach Hause?«

Jamal fragt mich sonst nie, wann ich nach Hause komme. Im allgemeinen hält er meine Abwesenheit für einen Segen, weil er dann Zeit hat, seinen Hip-Hop voll aufzudrehen, sich die neuesten Hits im Radio anzuhören und so lange zu telefonieren, bis er eine Delle am rechten Ohr hat. Doch in den letzten achtundvierzig Stunden hatte ich kaum zehn Worte mit ihm gewechselt. »Ich bin schon am Gehen, Jamal«, sagte ich schuldbewußt, speicherte meine Datei und beendete das Programm.

»Soll ich was zum Abendessen machen?«

Der Junge hatte wahrlich Sehnsucht nach mir, aber mir war an dem Abend ganz und gar nicht nach seinen Kochkünsten zumute. »Nein. Ist schon okay, Baby. Hast du Lust auf eine Pizza? Ich besorg uns eine auf dem Heimweg.«

»Hört sich gut an.«

Ich legte auf, lehnte mich in meinem Stuhl zurück und sprach ein stummes Dankgebet für mein Leben. Ich mußte keine Lügengeschichten über meine Vergangenheit erzählen und über meine Gegenwart – meistens jedenfalls – auch nicht. Ich hatte verdammtes Schwein gehabt.

Ich sah den Recorder mit der Aufnahme von Pauline Reese, erwog kurz, mir das noch einmal anzuhören, bis ich mir klarmachte, daß da nichts drauf war, was ich nicht schon auswendig kannte. Ich hatte noch den Klang jedes einzelnen Wortes von ihr im Ohr. Ich stellte den Computer aus und wollte schon meine Sachen nehmen und gehen, wie ich es Jamal versprochen hatte. Da fiel mir ein, daß ich seit Donnerstag abend nicht mehr bei meinem Auftragsdienst angerufen hatte.

Karen meldete sich mit ihrer üblichen nasalen Stimme schon nach dem ersten Läuten.

»Na, Ms. Hayle, ich hab ja seit Tagen nichts mehr von Ihnen gehört. Zu Hause alles in Ordnung? Haben Sie auch diese Grippe gehabt, die jetzt überall rumgeht? Was macht Ihr Sohn? Haben Sie wieder mal interessante Leute kennengelernt?«

»Mir geht's gut, Karen, danke«, sagte ich kühl in der Hoffnung, damit alle weiteren Fragen abzuwehren. Obwohl Karen mich noch nie persönlich gesehen hat, steckt sie ständig ihre Nase in meine Angelegenheiten und gibt ohne Bedenken ihren Senf dazu, worauf ich gut verzichten kann. Sie meint es nicht böse, und ab und zu ist auch eine nützliche Bemerkung dabei, aber an dem Nachmittag ging mir ihre »Anteilnahme« auf die Nerven. Für diese Woche waren schon genug Leute in meine Privatsphäre eingedrungen.

»Gab es Anrufe für mich?«

»Nur zwei.«

»Von wem?«

»Beide von ein und derselben Person. Also, das war am vergangenen Freitag. Hörte sich an, als hätte die Anruferin etwas Wichtiges zu sagen. Sie meinte, sie würde später wieder anrufen. Ich dachte, Sie hätten mittlerweile schon mit ihr gesprochen.«

Ich verdrehte die Augen und war dankbar, daß sie mich nicht sehen konnte.

»Wer hat denn angerufen, Karen, und wann?« fragte ich so geduldig wie möglich.

»Hmmm.« Ich hörte, wie sie in ihren Papieren kramte. Ich war nur einer von vielen Kunden, für die sie Anrufe entgegennahm, und sie ließ sich keine Gelegenheit entgehen, mich das – dezent oder auch nicht – spüren zu lassen.

»Wollen mal sehen. Der Anruf kam letzten Freitag. Die Dame hat zweimal angerufen. Nach sieben, darum waren Sie wahrscheinlich nicht mehr da, hm? Ich bin froh, daß Sie sich mehr Freizeit gönnen, Ms. Hayle. Lady, Sie sind wirklich eine fleißige Sister, und ich bewundere Sie echt dafür, aber jeder braucht nun mal ...«

»Wer hat angerufen, Karen?«

Bei meinem strengen Ton riß sie sich sofort zusammen. »Pauline Reese.«

Im ersten Moment brachte ich kein Wort heraus.

Karen mußte gemerkt haben, daß es am anderen Ende der Leitung totenstill wurde, und ihr Ton wurde gewichtig und ernst. »Ist alles in Ordnung, Ms. Hayle?«

»Was hat sie gesagt, Karen?« Mir versagte die Stimme.

Karen kennt sich mit Stimmen aus wie andere mit Büchern, und sie weiß die Pausen zwischen den Worten zu deuten. Jetzt hörte sie auf meine Stimme und sprach dann sanft, aber zügig weiter. »Beim ersten Anruf sagte sie nur, sie würde Sie Montag wieder anrufen, und kurz darauf rief sie noch mal an und hat dabei gelacht, als wär sie verlegen. Das habe ich auch notiert, Ms. Hayle, weil es ihr vielleicht peinlich war, daß sie Sie belästigt, oder sie fand etwas komisch, und dann hat sie gesagt, sie hätte da etwas oder jemanden gesehen. Ich hab das nicht ganz verstanden, denn um die Wahrheit zu sagen, es klang so, als hätte die Lady sich schon einen oder zwei genehmigt, wenn Sie verstehen, was ich meine. Etwas oder jemand, so ähnlich hörte es sich an, und das sollten Sie wissen, und daß es vielleicht nichts zu bedeuten hätte, aber es käme ihr komisch vor, und es könnte ja wichtig sein. Dann hat sie aufgelegt.«

»Sie hat ›etwas oder jemand‹ gesagt?«

»Tut mir leid, Ms. Hayle, ich wünschte, ich hätte sie besser verstanden. Tut mir leid. Aber Sie wissen ja, wenn einem der Bourbon zu Kopfe steigt, kommt die Zunge nicht hinterher. Können Sie damit was anfangen, Ms. Hayle?«

Ich bejahte und legte rasch auf.

Hätte ich ihr das Leben retten können?

Pauline Reese hatte ihren Mörder gekannt, da war ich mir sicher. Es war jemand, der mühelos Zugang zu ihr und den Büroräumen hatte. Was hatte sie mir sagen wollen? Warum hatte ich wegen Rufus Greene nicht nachgehakt? Wieder machte ich mir schwere Vorwürfe, überlegte, ob ich das Band abspielen sollte, um mir noch einmal anzuhören, wie schnell sie geantwortet hatte, als ich seinen Namen erwähnte, aber dann dachte ich, vielleicht hätte ich mir das nur eingebildet, und wenn ich jetzt wieder ihre Stimme hörte, würde es das nur noch schlimmer machen. Pauline Reese war tot. Ich hatte meine Chance verpaßt.

Ich schaltete den Computer wieder ein und verfluchte beim Warten ungeduldig seine Langsamkeit. Als er betriebsbereit war, schaute ich mir die Namen in der BB-Datei an, las noch einmal die nachfolgenden Notizen durch und tippte dann hinter die Namen von Tyrone Mason und Pauline Reese einen Nachsatz ein – *Verstorben, Mörder unbekannt.* Komisch, daß ich ihren Namen direkt nach seinem eingegeben hatte, als folgte ich, genau wie der Mörder, einem seltsamen, undurchschaubaren System. Ich starrte auf ihren Namen auf dem Monitor, und jetzt waren mir meine Worte peinlich. Ein Weib mit Haaren auf den Zähnen, hatte ich damals geschrieben. Auf ihren Namen folgte KENTON

DANIELS III; TANIQUA; MANDY MAGIC und schließlich RUFUS GREENE. *Was du beim Namen nennst...* Der Ausspruch meiner Großmutter fiel mir ein, und ich verdrängte ihn rasch. Ich wollte jetzt nichts von ihren Weisheiten hören, die ich im Hinterkopf gespeichert hatte.

Das Telefon klingelte, und ich drehte mich vom Computer weg und nahm ab.

»Jamal.« Zuerst war ich mir gar nicht sicher, ob er das war, bis ich den dröhnenden Hip-Hop erkannte. »Stell das leiser«, brüllte ich reflexartig.

»Hey, Ma, ganz cool bleiben.« Er schlug diesen gönnerhaften Ton an, in dem nur halbwüchsige Jungen mit ihren Müttern reden.

»Ich bin in einer halben Stunde da.«

»Deshalb ruf ich nicht an. Laß dir Zeit. Laß dir Zeit. Hör mal, da ist so ein... ähm... Mädchen gekommen und will mit dir reden. Sie sagt, sie kennt dich und muß dich unbedingt gleich sprechen.« Er sprach das Wort »Mädchen« mit dem Unterton von Bewunderung und Interesse aus, den Männer an sich haben, wenn ihnen etwas gefällt. Ich war es nicht gewohnt, diesen Unterton in seiner neuerdings tiefen Stimme zu hören.

»Was für ein Mädchen?« Ich richtete mich kerzengerade auf; mein mütterlicher Instinkt war sofort hellwach.

»Hey... ähm, Ms., was haben Sie gesagt, wie Sie heißen?« Ich spitzte die Ohren bei seinem flirtenden, neckischen Ton – wieder etwas, das ich nicht gewohnt war.

»Taniqua«, sagte sie.

7

Sie fläzten sich mit verschränkten Armen auf meinen abgenutzten alten Küchenstühlen, wie Teenager das so tun, wobei sie sich gegenübersaßen. Als ich zur Haustür hereinkam, drehte Taniqua mir den Rücken zu, aber ich sah Jamals Gesicht. Er schaute mich an, als wäre ich in ein interessantes, vertrauliches Gespräch hineingeplatzt. Diese teenagerhaft-überhebliche Verdrießlichkeit habe ich in letzter Zeit schon oft erlebt – immer dann, wenn ich seiner Meinung nach eine verbotene Grenze überschreite. Im allgemeinen ignoriere ich das.

Mein Sohn ist in letzter Zeit reservierter geworden. Ich versuche, das nicht persönlich zu nehmen. Ich weiß ja, im Grunde ist das nur eine alberne Abgrenzung von Sohn zu Mutter, von Mann zu Frau auf seinem tastenden und bisweilen stolpernden Weg zur Männlichkeit. Wahrscheinlich ist das ganz natürlich. Je mehr Jamal in die Höhe schießt und je tiefer seine Stimme wird, desto mehr neue Grenzen werden stillschweigend gezogen und neue Barrieren errichtet. Er ist verschlossener als früher, aber er ist auch fürsorglicher geworden. Außerdem legt er eine neue Sanftheit an den Tag, als hätte er begriffen, daß er stärker und größer ist als ich und daß diese neue Überlegenheit eine gewisse Verantwortung mit sich bringt. Als ich jetzt den beiden gegenübertrat, mußte ich mit einer seltsamen Mischung aus Wut, Dankbarkeit und Bedauern an Jake denken. Er war mir über Jahre hinweg eine unersetzliche Hilfe dabei, den Jungen ganz allein aufzuziehen. Mit seinem Vater wollte Jamal schon lange nichts mehr zu tun haben, und Jake Richards hatte in seiner klugen und sensiblen Art eine riesige Lücke ausgefüllt – und das so oft, daß ich es schon für selbstverständlich hielt. Ich fragte mich, wie er wohl auf die Situation reagiert hätte, der ich mich an dem Abend gegenübersah.

»Hey, Ma.« Jamal stand schnell auf und küßte mich auf die Wange, wie er das immer macht. »Taniqua?« Er lächelte kokett, als wäre er nicht sicher, ob er ihren Namen richtig ausgesprochen hatte. Sie lächelte zurück und nickte bestätigend. Ich lächelte nicht. »Taniqua sagt, sie hat dir etwas zu…«

»Guten Tag, Taniqua«, unterbrach ich ihn kühl. Der Tonfall sollte ihm meine Verärgerung zeigen und ihr bedeuten, daß sie in einen Bereich eingedrungen war, in dem sie nichts zu suchen hatte. Jamal machte ein langes Gesicht und warf mir einen leicht verwirrten Blick zu. Taniqua drehte sich ganz um, sah mir ins Gesicht. Sie schaute verständnislos drein und hatte die dunkelroten Lippen zu einem verwunderten Schmollen verzogen. Sie wirkte wie ein verschrecktes und verunsichertes kleines Mädchen. Ich kam mir vor wie ein Kinderschreck.

Als ich das Büro verließ, hatte es angefangen zu regnen. Mein Mantel war pitschnaß, und hinter mir zog sich eine Wasserspur durch den Raum. Jamal nahm Papiertücher von der Rolle über der Spüle, um das Wasser aufzuwischen und mich wieder freundlich zu stimmen. Ich riß ihm ein Tuch aus der Hand und trocknete, immer noch grollend, meine Aktentasche ab.

»Kann ich dich mal kurz sprechen, mein Sohn.« Ich machte eine Kopfbewegung zum Wohnzimmer hin.

Er warf mir einen unschlüssigen Blick zu. »Soll ich erst das hier aufwischen?«

»Nein.«

»Bestimmt nicht?«

»Entschuldige uns einen Moment, Taniqua.« Ich ging rasch aus dem Zimmer, und Jamal folgte mir, wobei er den Kopf hängen ließ wie ein junger Hund, der etwas ausgefressen hat.

»Was liegt an, Ma?« fragte er, als wir außer Hörweite waren.

Ich packte ihn am Arm und zog ihn zu mir her. »Ich werd dir sagen, was anliegt. Junge, hast du den Verstand verloren, daß du hier fremde Leute rein…«

»Whoa! Junge?!« unterbrach er mich unnötig laut, als wäre er ein Mann, was mich noch wütender machte.

»Ja, *Junge*! Solange du hier in *meinem* Haus stehst, *mein* Essen ißt, deine CDs auf der von *meinem* Geld gekauften Anlage hörst, bist du für mich ein Junge.« Meine Stimme wurde eine ganze Oktave höher, aber mir entging nicht, daß er mich um Haupteslänge überragte. Alle Männer in meiner Familie waren groß, und er schlug ihnen nach. Ich brauche schon seit drei Jahren nicht mehr an hohe Regale heranzulangen, Lebensmittel zu schleppen und Schnee zu schippen. Aber manchmal wirken sich seine Größe und sein Gewicht auch zu meinem Nachteil aus, vor allem, wenn ich ihn anschreie, was nur selten vorkommt. Er war immer ein braves

Kind, doch als ich jetzt zu ihm aufsah, ging mir durch den Kopf, wie sehr ich ihm körperlich unterlegen war und daß ich ihn niemals zu etwas zwingen konnte. Zum Glück hat sich meine elterliche Autorität nie auf rohe Gewalt oder Handgreiflichkeiten gestützt. Ich habe mich immer vernünftig mit ihm auseinandergesetzt, und unser Verhältnis gründet sich seit eh und je auf gegenseitigen Respekt und Liebe. Jetzt sah er mich finster an, doch dann erschien ein Lächeln auf seinem Gesicht, und er sprach mit leiserer Stimme weiter.

»Ma, ich bin kein Baby mehr.« Das war eine ruhige und vernünftige Feststellung, die er mir nicht ins Gesicht schleuderte. Er entwickelte sich zu einem Mann, wie ich ihn erzogen hatte, der nie die Stimme oder die Hand gegen eine Frau erheben würde.

»Ich weiß, mein Sohn.« Auch ich dämpfte meine Stimme.

»Aber ich mag es nicht, wenn du Fremde hier ins Haus läßt.«

»Aber Ma. Sie ist doch ein Mädchen«, erklärte er geduldig, als wäre mir das bisher entgangen, und es änderte alles.

»Dessen bin ich mir bewußt.«

»Sie hat hier geklingelt, wir sind ins Gespräch gekommen…«

»Worüber?« fragte ich mißtrauisch, und er schwieg einen Moment lang.

»Wenn du es genau wissen willst, wir haben über Stan gesprochen, den Kater aus unserer Straße.«

»Stan, den Kater?«

»Er ist hier auf die Veranda gekommen. Ich hab ihm was von dem Katzenfutter gegeben, das du für ihn gekauft hast, und Taniqua hat gesagt, sie hat sich schon immer ein Haustier gewünscht, und ihre Mutter hat es nie erlaubt. Dann hat sie angefangen, von ihrer Mutter zu erzählen – und wieso hast du mir nicht gesagt, daß du für Mandy Magic arbeitest! Wie konntest du mir so was verschweigen?« Er runzelte indigniert die Stirn.

»Berufsgeheimnis. Mit anderen Worten, es ging dich nichts an.«

»Dann haben wir über unsere Eltern geredet. Sie hat gesagt, ihre Mom ist echt komisch. Sie ist ziemlich über sie hergezogen. Ich hab aber nichts Schlechtes über dich gesagt.«

»Da bin ich aber dankbar.«

»Und dann hat es angefangen zu regnen, nein, zu gießen, darum hab ich gesagt, sie soll doch reinkommen, und sie hat ja gesagt, und das war's. Was glaubst du denn, was sie vorhatte? Mich ins Wohnzimmer zerren und sich an mir vergehen?«

»Deinen Sarkasmus kannst du dir sparen, Jamal.«

»Ich will nur, daß du ein bißchen Vertrauen zu mir hast. Ich kann auf mich selbst aufpassen.« Er richtete sich zu seiner vollen Größe auf. »Was hätte ich denn machen sollen, sie einfach da draußen auf der Veranda stehenlassen, bis du nach Hause kommst?«

»Na ja, du hättest sie nicht hereinlassen sollen.«

»Als sie mir sagte, wer ihre Mutter ist, da wußte ich, daß das eine wichtige Klientin ist. Ich wollte dir nicht den Job vermasseln, indem ich ihre Tochter da draußen im kalten Regen stehenlasse. War das Mandy Magic, die ständig hier angerufen hat?«

»Yeah«, sagte ich. Jetzt verstand ich das Ganze etwas besser und war nicht mehr so wütend.

»Und außerdem sieht Taniqua wirklich umwerfend aus!«

»Genau das meine ich.« Jetzt wurde ich wieder ärgerlich. »Sie ist ein hübsches Mädchen und zieht sich ... aufreizend ... an, und das ist der wahre Grund, warum du sie in unser Haus gelassen hast, stimmt's?«

Er verdrehte die Augen. »Ich würde Jeans und Pullover nicht aufreizend nennen.«

»Wie oft hab ich dir schon gesagt, mein Sohn, die schönste Verpackung taugt nichts, wenn eine Bombe drinsteckt.«

Er trat einen Schritt zurück, verschränkte die Arme vor der Brust, und in seinen Augen flackerte Neugier auf. Wenn ich gehofft hatte, ihn abzuschrecken, dann hatte ich eindeutig die falschen Worte gewählt. »Willst du damit sagen, daß in dieser Verpackung eine Bombe steckt?«

»Ich will damit nur sagen, daß auch bei Menschen der Schein manchmal trügt.«

Das schien ihn nicht zu überzeugen. »Sagst du nicht immer, ich soll die Menschen nicht vorschnell nach ihrer Herkunft oder ihrem Aussehen beurteilen?«

»Yeah.«

»Und?«

»Und – was?«

»Vielleicht solltest du nicht vorschnell über Taniqua urteilen. Vielleicht ziehst *du* die falschen Schlüsse.« Er bedachte mich mit einem triumphierenden Grinsen.

»In diesem Fall kannst du mir glauben.«

»Okay«, sagte er mit einem verstohlenen Blick zur Küche hin. »Darf ich ihr wenigstens auf Wiedersehen sagen?«

»Es wäre mir lieber, wenn du es nicht tätest.«

»Dann tust du es an meiner Stelle?«

»Ich sag ihr, du mußtest weg.«

»Na schön.« Er sah mich kritisch an. »Tja, dann richte ihr doch aus, ich ruf sie später an«, sagte er mit spöttischem Augenzwinkern. »Wenn meine Mommy im Bett ist«, fügte er mit übertrieben hoher Stimme hinzu.

Ich warf ihm einen bösen Blick zu, und er rannte in sein Zimmer hinauf, wobei er vor sich hin sang und immer zwei Stufen auf einmal nahm.

Als ich wieder in die Küche kam, hatte Taniqua den Platz gewechselt und saß jetzt auf Jamals Stuhl. Sie hatte die Augen geschlossen, als versuchte sie zu schlafen oder etwas zu vergessen, das ihr Furcht einflößte. Ich sah sie an und versuchte, mir das Gesicht ihrer Mutter vorzustellen. Theresa war damals ein so junges Mädchen gewesen wie Taniqua heute, nicht viel älter als Jamal, nicht viel älter als Mandy Magic, als sie anfing, auf den Strich zu gehen. Taniqua hatte eine schwarze Coach-Tasche neben sich auf dem Boden stehen. Mit seiner Aufmachung war das Mädchen der Traum eines jeden halbwüchsigen Jungen – enge Jeans, noch engerer Pullover, viel zu viele Goldklunker. Doch nicht einmal die geschmacklosen Ohrringe, die gewagt an ihren zarten Ohrläppchen baumelten, konnten ihrer Schönheit etwas anhaben. Ich konnte gut verstehen, daß Jamal – genau wie Männer, die doppelt so alt waren wie er – von ihr hingerissen war. Hinterhältig und verschlagen, so hatte Pauline Reese sie charakterisiert, aber jetzt sah sie weder hinterhältig noch verschlagen aus. Nur müde und sehr jung.

»Taniqua?« sprach ich sie an und setzte mich auf den Platz ihr gegenüber. Sie fuhr erschreckt hoch, als hätte ich sie aus dem Schlaf gerissen. »Hast du geschlafen?«

»Nein. Was ist mit Jamal?« Sie schlug träge die Augen auf und sah sich in der Küche um. Ihre Stimme war für einen so jungen Menschen erstaunlich lasziv. Einen Moment lang schien sie nicht recht zu wissen, wo sie war.

»Er mußte weg. Ich soll für ihn auf Wiedersehen sagen«, antwortete ich, wie versprochen.

»Er ist sehr nett.«

»Weiß deine Mutter, wo du bist?« fragte ich rasch, um jede weitere Diskussion über meinen Sohn abzuwenden.

»Nein. Sie hat eine Menge um die Ohren, wo Pauline jetzt tot ist und alles. Ich wollte sie nicht behelligen.«

»Was führt dich hierher, Taniqua?«

»Ich hab Angst, Tamara.«

»Wovor?«

»Vor Kenton.« Ich versuchte, ihren Blick zu deuten, und dabei mußte ich wieder an das vernichtende Urteil von Pauline Reese denken.

Aber wie verschlagen konnte ein achtzehnjähriges Mädchen schon sein?

»Warum hast du Angst vor ihm?«

»Ich glaube, er hat Pauline umgebracht.«

Ihre Stimme war völlig ausdruckslos, und sie sah nicht aus wie jemand, der um sein Leben fürchtet. Keine zitternden Lippen oder hervorquellenden Augen. Einfach nur cool und gelassen. *Was will sie wirklich?* überlegte ich.

»Warum glaubst du das?«

»Weil er die Polizei angelogen hat.«

»Was hat er denn gesagt?«

»Daß wir an dem Abend zusammen waren.«

»Demnach stimmt das nicht?«

»Doch, aber dann ist er weggegangen.« Sie stand auf, ging zur Küchentür und sah sich um. »Wie groß ist Ihr Haus?«

»Für uns reicht's.« Ihr Themenwechsel verblüffte mich.

»Wohnen Sie hier allein mit Jamal?«

»Ja.«

»Wo ist sein Daddy?«

»Wir sind geschieden.«

»Versteht er sich gut mit seinem Daddy?«

»Wie verstehst du dich denn mit deinem Daddy?« Ich wollte das Gespräch wieder auf sie und den Grund ihres Kommens bringen. Sie legte den Kopf schief, als hätte sie mich nicht richtig gehört und verstünde nicht ganz, was ich wollte, dann setzte sie sich wieder auf ihren Stuhl, wachsam und abwartend und mit weit aufgerissenen Augen. »Erzähl mir doch von deinem Vater, und warum du mich damals über ihn angelogen hast.«

»Rufus?«

»Yeah.«

»Er kümmert sich um mich. Wie ein richtiger Vater ist er nicht. Aber er kümmert sich um mich.«

»Macht er dir angst?« Ich beobachtete, ob sie Furcht erkennen ließ, aber es deutete nichts darauf hin.

»Nein.«

»Hat deine Mutter ... hat Mandy Angst vor ihm?« Mandys Worten zum Trotz war ich immer noch überzeugt, daß er etwas mit der Sache zu tun hatte, daß er tiefer darin verwickelt war, als beide zugeben mochten.

»Vor Rufus?« fragte sie wieder. Diesmal war es nur ein Murmeln, und in ihren Augen schimmerte etwas auf, das ich nicht deuten konnte. Aber sie kam wieder auf ihr Thema zurück, auf Kenton.

»Ich glaube, daß er sie umgebracht hat, weil er gesagt hat, er geht ins Büro zurück, in den Fitnessraum dort, und es war schon spät, und er hat Pauline gehaßt, und er hat gesagt, sie hätte sterben sollen und nicht Tyrone, und jetzt ist sie tot, und ich hab Angst, Tamara.« Die Worte strömten nur so aus ihr heraus, wie das bei Lügen oft der Fall ist, aber jetzt lag auch Furcht in ihrem Blick und ihrer Stimme. Ich fragte mich, ob das Mädchen womöglich nur eine gute Schauspielerin war.

»Hast du ihn nach dem Mord noch einmal gesehen?«

»Nein. Er weigert sich, die Wohnung zu verlassen. Mich hat er schließlich reingelassen, nachdem ich darum gebeten hatte. Aber ich mußte erst bitten. Wenn ich anrufe, ruft er nicht zurück, und wenn er ans Telefon geht, dann fragt er sofort, wer dran ist und was ich will. Er benimmt sich, als hätte er etwas verbrochen oder als hätte er große Angst, aber er will nicht verraten, wovor.«

»Hast du Mandy davon erzählt?«

»Nein. Hab ich doch schon gesagt. Meine Mom ist so traurig wegen Pauline, da will ich sie nicht belasten. Sie hat in letzter Zeit nicht viel geschlafen.«

»Fürchtest du, daß Kenton… ähm… dir auch etwas antun könnte?« Ich konnte mich nicht überwinden zu sagen, »dich ermorden könnte«.

»Ich weiß nicht.«

»Warum hast du der Polizei nichts davon erzählt? Sie hat dich doch mehrfach befragt, stimmt's?«

»Nein. Nur einmal.«

»Soll ich anrufen und einen Termin für dich ausmachen –
und vielleicht mitkommen, damit du ihnen erzählen kannst,
was du mir erzählt hast?«

»Nein. Ich will ihm keine Schwierigkeiten machen«, sagte
sie zu meinem Erstaunen, aber vielleicht wollte sie nur sich
selbst nicht in Schwierigkeiten bringen. Vielleicht steckte sie
tiefer in der Sache drin, als sie zugeben wollte. Vielleicht
sollte eher Kenton Angst vor ihr haben.

»Hast du mit Kenton Daniels geschlafen?« Ich bemühte
mich um einen wertfreien Ton und machte mir bewußt, daß
Mandy Magic das Mädchen zum Lügen erzogen hatte. Aber
sie machte so große Augen und schüttelte mit so viel ju-
gendlicher Verächtlichkeit und Empörung den Kopf, daß sie
wohl doch die Wahrheit sagte.

»Ich und mit Kenton ins Bett gehen? Nein. Ich bin noch
Jungfrau«, sagte sie mit einer seltsamen Mischung aus Stolz
und Verlegenheit, bei der ich lächeln mußte. Da wurde mir
klar, daß es eigentlich keinen richtigen Grund zu der Annahme gab, daß sie miteinander geschlafen hatten. So etwas
hatte Mandy Magic bei unserem Gespräch in ihrem Haus
auch schon durchblicken lassen, daß er um sie herumflat-
terte, aber nie landen konnte. Ich hatte aus dem Aussehen
und dem Benehmen des Mädchens, wenn sie mit Kenton zusammen war – als ob sie ein Geheimnis miteinander hätten
–, voreilige Schlüsse gezogen. Vielleicht hatte Jamal ja recht.
Vielleicht urteilte ich zu rasch und unterstellte zu viel.

»Hat er je versucht, dich zu verführen?«

»Mich rumzukriegen? Kenton? Nein.«

»Ihr scheint ein sehr enges Verhältnis zu haben.«

»Kenton hilft mir manchmal, wenn ich Probleme hab. Ich

helf ihm auch oft aus der Patsche. Wie Tyrone das früher auch getan hat.« Bei der Erwähnung seines Namens ließ sie den Kopf hängen, und als sie mich wieder ansah, hatte sie Tränen in den Augen.

»Du hast ihn sehr gern gehabt, nicht wahr? Tyrone, meine ich.«

»Wie ich meine Mom und manchmal auch Rufus liebhabe. Ihn hab ich auch lieb, so ab und zu«, sagte sie, als wollte sie mir etwas über Rufus mitteilen, das ich ihrer Meinung nach wissen sollte.

»So ab und zu«, wiederholte ich. »Und mit deiner Mom meinst du wohl Mandy?«

»Meine Mom«, sagte sie noch einmal, fest und mit fragendem Blick, als wüßte sie nicht, wie ich auf die Idee kommen sollte, es könnte jemand anderes sein, und wieder dachte ich, daß sie vielleicht doch nicht die verschlagene kleine Lügnerin war, als die Pauline sie hingestellt hatte. Da fing sie leise an zu weinen, und ich ließ sie eine Weile in Ruhe, bevor ich weitersprach.

»Taniqua, als ich neulich bei euch war, da warst du mit Rufus … mit deinem Vater fortgewesen. Kannst du mir etwas darüber erzählen?«

Sie sah mich an. »Woher wissen Sie das?«

»Ich weiß es einfach.«

»Wir waren am Grab meiner richtigen Mutter.«

»Denkst du oft an sie?« Ich merkte sofort, was das für eine dumme Frage war; der Ausdruck des Mädchens sprach Bände.

»Nachts denk ich an sie. Ich denke daran, wie wir immer miteinander geredet haben und wie lieb sie mich gehabt hat

164

und was sie alles für mich getan hat – wie sie mir ihren Mantel gegeben hat, wenn es kalt war, was sie gekocht hat, wie wir die Suppe mit Wasser gemischt haben, damit sie länger reicht, und dann haben wir Tabascosoße und Zwiebeln dazugetan, und dann nannte sie das Ma's Spezialsuppe, und es war echt lecker. Manchmal muß ich weinen, wenn ich daran denke, und dann denk ich an William Raye.«

»Den Mann, der sie umgebracht hat?«

»Den Mann, den ich umbringen mußte.«

Sie sagte das so, daß mir ein kalter Schauer über den Rücken lief, und wieder dachte ich, wer einmal getötet hat, dem ist nichts mehr heilig. Welche Alpträume hatte der Todestag ihrer Mutter und Jahrestag ihres ersten Mordes wieder geweckt? Sie schloß erneut die Augen, diesmal ganz fest, und wiegte sich hin und her in einem langsamen und bedächtigen Rhythmus, wiegte sich in den Schlaf.

»Was ist denn, Taniqua?«

»Es geht alles kaputt.«

»Wie damals?« Mit dieser Frage warf ich alle Vorsicht über Bord, denn ich weiß ja, wie sich eine traumatische Erfahrung an jedem Jahrestag wiederholt, wie jeder gewaltsame Tod die Erinnerung an andere gewaltsame Todesfälle wieder heraufbeschwört. Ich weiß es, weil ich es selbst erlebt habe.

»Warum müssen alle, die ich liebhabe, immer sterben?« fragte sie wie ein kleines Mädchen, und es lag ein Schluchzen in ihrer Stimme, das mich in tiefster Seele erschütterte. Ich faßte über den Tisch nach ihrer Hand. Das war wohl auch so ein mütterlicher Instinkt, ebenso stark wie das Bedürfnis, Jamal zu beschützen. Aber sie versteifte sich, als wollte sie sich zusammenreißen, und da wußte ich, daß sie mir nicht traute. Instinktiv zog ich mich zurück, und sie ließ die Hand, die ich gehalten hatte, zu einer festen kleinen Faust geballt in ihren Schoß fallen.

»Manchmal, wenn so wie jetzt ein schreckliches Ereignis auf das andere folgt, sieht es aus, als gäbe es nichts anderes, als würde das niemals aufhören, aber so ist es nicht«, sagte ich. »Es kommt auch wieder anders für dich ... und für Mandy. Das verspreche ich dir.«

»Das können Sie mir doch gar nicht versprechen, oder?«

»Nein.«

»Wissen Sie schon, wer Tyrone umgebracht hat?« Das klang wie eine Herausforderung, fast wie eine Kampfansage, als wollte sie mich zu einer konkreten Aussage verleiten, zu der ich ja nicht in der Lage war.

»Nein.«

»Das haben Sie doch auch versprochen.«

»Nein. Das habe ich niemals versprochen.«

»Aber Sie wollten Ihr Bestes tun und haben überhaupt noch nichts herausgefunden.«

»Nein, hab ich nicht. Vielleicht kannst du mir weiterhelfen.«

»Wie?«

»Ich brauche noch ein paar Informationen.«

»Von wem?«

»Vielleicht von dir, Taniqua. Ich hab alles mögliche über Tyrone gehört, von allen möglichen Leuten. Erzähl du mir doch auch was über ihn.«

Sie atmete durch die Nase ein und rutschte auf dem Stuhl herum, und nach einer Weile fing sie so leise an zu sprechen, daß ich sie kaum verstehen konnte. »Er konnte sehr nett sein. Er hat mir gezeigt, wie ich mich anziehen und was ich mit meinen Haaren machen soll. Er hat mir Geheimnisse erzählt. Geheimnisse von anderen Leuten.« Sie lächelte schelmisch, und ich lächelte zurück, als hätte ich Verständnis dafür. »Aber manchmal hatte ich auch eine Wut auf ihn. Jetzt zum Beispiel.«

War es das, was ich mir erhofft hatte?

»Was hat er getan?«

»Da war was in dem Album, das er mir hinterlassen hat. Ich hab da so Bilder gefunden. Das waren gemeine Bilder von meiner Mom. Die haben mich wütend gemacht.« Sie griff in die Tasche neben ihren Füßen und zog einen Packen Fotos heraus, die von einem Gummiband zusammengehalten wurden. Da wußte ich, warum sie gekommen war.

Es waren sechs Fotos, alle mit den Jahren verblichen und verzogen und verknickt, als hätte sie jemand weggesteckt und dann vergessen. Ich sah sie mir an und erkannte an der Kleidung – ausgestellte Hosen, rückenfreie Oberteile und Schuhe mit Plateausohlen –, daß alle etwa zur selben Zeit aufgenommen worden waren, Ende der sechziger und Anfang der siebziger Jahre. Auf allen war Mandy Magic zu sehen. Starmanda Jackson.

Die ersten beiden stammten offensichtlich aus ihrer Zeit auf dem Strich. Sie hatte ein teenagerhaft-keckes »mir-kann-keiner«-Lachen aufgesetzt, ihre langen Haare waren zu einer zerzausten Hochfrisur nach oben gekämmt, und sie war stark geschminkt. Ihr aufgetakeltes Äußeres, ihre Hot Pants und das knappe Oberteil ließen keinen Zweifel daran, wozu sie sich anbot. Und sie war ganz in Rot gekleidet.

Rot wie das Chanel-Kostüm neulich. Rot wie der Rubin an ihrem Finger. *Rot wie die Lieblingsfarbe von Rufus Greene.*

Hier auf dem Foto lehnte er an einem roten Auto. Das Alter hatte es nicht gut mit ihm gemeint, wie mir jetzt auffiel. Früher sah er gut aus, auf eine abgebrühte, unnahbare Art, die manche Frauen reizvoll finden. Damals hatte er noch eine reine Haut gehabt, und er war schlanker gewesen, aber er hatte bereits diesen durchdringenden Blick, der einem durch Mark und Bein ging. Die letzten beiden Fotos waren anders als die anderen. Ich drehte sie um; es stand kein Datum oder sonst eine Angabe darauf. Auf beiden war Mandy zu sehen, die ein winziges, in weiße Decken gehülltes Baby im Arm hielt. Der Mann neben ihr hatte große Ähnlichkeit mit dem Foto von Tyrone Mason, das ich gesehen hatte; vermutlich war es sein Vater Harold Mason. Demnach war das Baby wahrscheinlich Tyrone. Das war nicht die Mandy von den anderen Bildern. Sie wirkte zarter, trauriger und ließ die Schultern hängen wie nach einer Niederlage. Ihr mattblaues Kleid hätte jemand anders gehören können; es hing lose um ihren kleinen Körper. Auf beiden Fotos hatte sie das Gesicht etwas zur Seite gedreht, vielleicht um der Kamera zu entgehen, und sah zu Boden. Sie trug kein Make-up, nicht einmal Lippenstift. Das war ein ganz anderer Mensch als das ausgekochte kleine Luder auf den ersten beiden Fotos.

»Das also war Harold Mason«, sagte ich leise.

»Er muß Tyrone sehr geliebt haben. Er sieht so glücklich aus«, sagte Taniqua.

»Du hast dir diese Bilder oft angeschaut, nicht wahr?«

»Aber jetzt will ich sie nicht mehr sehen. Außer meiner Mom und Rufus sind alle auf dem Bild tot. Nur meine Mom und Rufus nicht.«

Ich sah die Bilder noch einmal durch, dann gab ich sie Taniqua zurück.

»Ich will sie nicht haben.« Sie legte sie mit dem Gesicht nach unten auf den Tisch, als hätte sie sich daran verbrannt.

»Das wolltest du mir zeigen, nicht wahr?«

»Yeah.«

»Wußtest du von der Vergangenheit deiner Mutter – deiner beiden Mütter – und deines Vaters, bevor du das gesehen hattest?«

»Ich hab es mir zusammengereimt.«

Ich seufzte, nahm noch einmal die Bilder in die Hand, betrachtete sie und schnürte dann wieder das Gummiband darum.

»Mandy und deine Mutter waren noch blutjung«, sagte ich, so sanft ich konnte. »Genau wie du. Da macht man auch mal einen Fehler. Man sieht es ein, wenn man erwachsen wird. Man weiß, Fehler gehören dazu, darum nimmt man sie hin und begreift, daß sie zwar schlimm waren, aber daß man über sie hinausgewachsen ist. Man hat sie überwunden, und nur das allein zählt.« Ich kratzte meine ganze Weisheit zusammen. Taniqua schwieg, und ihr Blick war viel zu traurig für einen so jungen Menschen.

»Tyrone hat diese Bilder also aufbewahrt?« Wahrscheinlich hatte er sie beim Tode seines Vaters in dessen Alben entdeckt, so wie Taniqua sie dann bei Tyrone gefunden hatte. Für Tyrone Mason waren sie ein Freifahrschein zu einem Leben in Saus und Braus auf Mandy Magics Kosten gewesen. Zwanzig Riesen, damit er dieses Geheimnis für sich behielt, die Fotos nicht weitergab. Höchstwahrscheinlich hatte Tyrone sich und seinen Vater auf dem Bild erkannt und sich ausgerechnet, wann es aufgenommen wurde. »Wer weiß sonst noch von diesen Fotos?«

»Rufus. Er ist auf einem drauf. Er sagt, er erinnert sich, wann sie aufgenommen wurden.«

»Weiß er, daß du sie mir jetzt zeigst?« Wenn er bei der Erpressung von Mandy mit Tyrone unter einer Decke gesteckt hatte, dann war meine Lage vielleicht prekärer, als mir bewußt war. Sie sah zum Fenster hin, und ich folgte ihr mit meinem Blick. »Er hat dich hergebracht?« Entsetzen überfiel mich bei diesem Gedanken, und ich versuchte, da sie mir nicht in die Augen sah, die Antwort und vielleicht eine versteckte Botschaft oder Absicht aus ihrem Gesicht abzulesen. Doch dann sagte ich mir, daß sie nur ein verschrecktes Kind war. Wahrscheinlich steckte gar nicht mehr dahinter. »Ich fahr dich heim. Du brauchst ihn nicht anzurufen«, sagte ich rasch. Ich gab mir Mühe, mir meinen Schreck nicht anmerken zu lassen und so ungezwungen wie möglich zu sprechen. Aber ich mußte mit allem rechnen, und ich hatte Angst.

8

Und dazu hatte ich allen Grund. Als ich am nächsten Abend von der Arbeit nach Hause kam, stand sein Auto vor meinem Haus. Ich ging schnell hinein, schlug die Tür zu, schloß hinter mir ab und sah nach meinem Sohn, der in seinem Zimmer an den Hausaufgaben saß. Ich traute mich nicht, aus dem Fenster zu schauen, und wartete eine halbe Stunde, bevor ich wieder nachsah. Rufus Greene wartete immer noch vor meinem Haus, genau wie er vor Mandy Magics Haus gewartet hatte. Ich kann es nicht leiden, wenn mir etwas Angst einjagt. Ich mag es nicht, wenn sich mir der Magen zusammenzieht und mir kalt wird bis in die Fingerspitzen. Ich mag es nicht, wenn ich mein Herz bis zum Hals klopfen höre.

Jamal merkte offenbar nichts von meiner Furcht, was mich wunderte, weil er mich sonst immer völlig durchschaut, aber an dem Abend war er mit seinen Gedanken woanders, und ich war dankbar dafür. Ich wollte nicht, daß mein Sohn mit seinem eben erwachenden Gefühl männlicher Überlegenheit sich verpflichtet fühlte, mich zu beschützen. Zum Glück stand ihm am nächsten Tag eine Chemiearbeit bevor, und beim Abendessen nahm er abwechselnd einen Bissen von seinem kreolischen Huhn und schaute in seine Aufzeichnungen. Er war mit Kücheputzen an der Reihe, aber ich nahm es ihm ab, damit er weiter lernen konnte.

Er rannte dankbar nach oben und schlug die Tür hinter sich zu, und bald darauf hörte ich seinen CD-Recorder dröhnen – ohne Musik kann er angeblich nicht lernen. Ich ging nicht nach oben, um wie üblich eine heftige Debatte darum zu führen. Diesmal ließ ich ihn einfach gewähren.

Ich machte die Küche schön langsam sauber, wobei ich mich besonders eines Traubensaftflecks annahm, der sich zwei Wochen zuvor auf meine mehr oder weniger weiße Resopal-Arbeitsplatte geschlichen hatte. Ich putzte sogar zehn Minuten lang den Kupferboden von einem der Revere-Töpfe, die ich von Johnny geerbt hatte. Hauptsache, ich hatte ein bißchen Zeit totgeschlagen, bevor ich wieder aus dem Fenster spähte. Als ich es endlich tat, war es schon fast neun Uhr, und das Auto stand immer noch da. Ich zog den Mantel über und ging nach draußen, um Rufus Greene zur Rede zu stellen. Beim Näherkommen sah ich, daß er mich im Rückspiegel beobachtete.

»Haben Sie endlich doch Ihren feinen Hintern hier rausgeschwungen«, sagte Rufus Greene, während er aus dem Auto stieg und sich in einer Pose dagegenlehnte, die er wohl für wahnsinnig cool hielt. Diesmal trug er einen grünen Kammgarnanzug, aber der breitkrempige schwarze Hut fehlte. Sein Haar wurde oben und an den Seiten schütter. Wenn er sprach, ließen seine Zähne, die kindlich klein und unregelmäßig waren, das pockennarbige Gesicht weniger gefährlich erscheinen.

»Warum parken Sie hier vor meinem Haus?«

»Ich will mit Ihnen reden.«

»Worüber?«

»Über etwas, das ich Ihnen sagen muß.«

»Machen Sie, daß Sie von mir und meinem Haus wegkommen, sonst hole ich die Polizei.«

»Sie wollen mir die Bullen auf den Hals hetzen? Weswegen? Ich hab Ihnen doch gar nichts getan. Ich parke nicht mal vor Ihrem verdammten Haus. Sondern gegenüber. Sie wollen mir für nichts und wieder nichts die Polizei auf den Hals jagen.« Vor lauter Empörung verengten sich seine Augen zu Schlitzen. Eine derartige Wut hatte ich schon oft gesehen – bei Verbrechern, die immer wieder mit der Polizei in Konflikt gerieten. Aber auch bei unschuldigen schwarzen Männern, die ohne jeden Grund von den Cops schikaniert wurden. Und bei meinem eigenen Sohn.

»Was wollen Sie hier?« Mir war inzwischen klar, daß es keinen Sinn hatte, die Polizei zu rufen.

»Hab ich doch gesagt. Wir müssen miteinander reden.«

Im Fenster meiner Nachbarin flackerte ein schmaler Lichtstreifen auf; offenbar hatte sie die Jalousie zur Seite gezogen, um nachzusehen, was vor sich ging. Ich fluchte still vor mich hin. Diese Frau kümmerte sich mehr um meine Angelegenheiten als ich selbst. Das hätte mir gerade noch gefehlt, daß sie überall herumerzählte, ich würde mit einem ehemaligen Zuhälter Umgang pflegen. Wie alle alten Gauner hatte Rufus Greene ein Näschen für anderer Leute Unbehagen und sah sich mit einem schnellen Blick um. Ein durchtriebenes Lächeln huschte über sein Gesicht.

»Hübsch haben Sie's hier, Tamara Hayle. Sieht man gleich, daß Sie unter anständigen Menschen aufgewachsen sind und sich wohl nie mit so knüppelharten Problemen rumschlagen mußten wie andere von uns. Nicht mal meine eigene Tochter ist davon verschont geblieben. Taniqua.« Er beobachtete meine Reaktion, als er ihren Namen nannte. Ich ließ mir nichts anmerken. »Sie wollen doch sicher hören, was ich über sie zu sagen habe? Aber solange ich hier draußen in der Kälte rumstehe, sag ich kein Wort.«

»Sie kommen mir auf keinen Fall ins Haus«, entgegnete ich streng und unnachgiebig. Er erschrak; offenbar hatte er mich und die Situation falsch eingeschätzt.

»Hat ja niemand gesagt, daß ich ins Haus reinwill.«

»Dann werden wir wohl hier draußen stehenbleiben.«

»In dem Fall hab ich Ihnen nichts zu sagen.« Damit drehte er sich um.

»Es geht um Taniqua?« Ich wollte ihn noch nicht ziehen lassen.

»Yeah, Taniqua und diese andere.«

»Theresa?«

Sein Blick verriet Erstaunen, dann Traurigkeit. »Nein. Starry.«

»Mandy Magic?«

»Yeah. Starry.« Jetzt waren die alte Großspurigkeit und Dreistigkeit wieder da. »Um wen soll's denn sonst gehen?« Er sah über die Straße zu meinem Haus und den anderen in der Reihe hin. »Ich möchte, daß Sie sich das anhören, weil ich Achtung vor Ihnen habe, Tamara Hayle. Ich habe Achtung vor Ihnen.«

»Sie kennen mich doch gar nicht.«

»Wenn ich wo hingeh, dann weiß ich, was ich tu. Kommen Sie.« Er deutete mit dem Kopf auf sein Auto. »Ich weiß, daß Sie mich nicht in Ihr Haus lassen wollen, und ich weiß auch, daß Sie nicht zu mir kommen werden. Gehen wir irgendwohin, wo man sich unterhalten kann, ein öffentliches Lokal, wo man trotzdem ungestört reden kann. Dann sag ich Ihnen, was mir durch den Kopf geht.« Er hielt kurz inne und fügte dann hinzu: »Ich vertraue Ihnen, weil meine Tochter Ihnen vertraut. Und deshalb können Sie mir auch vertrauen.« Seine Stimme klang seltsam verführerisch, und mir wurde peinlich bewußt, was schwache, sehr junge Frauen einst zu ihm hingezogen hatte. Es war diese unheimliche Mischung aus Bedürftigkeit und roher Gewalt in seiner Stimme und seinem Auftreten, wozu noch ein Unterton von reinem, dunklem Sex kam. Doch bei mir versagte sein Zauber.

»Ich fahre Ihnen in meinem Auto hinterher«, sagte ich.

»Wie Sie wünschen.« Er stieg in seinen Wagen, ließ den Motor aufheulen und dann weiterlaufen. Ich ging ins Haus zurück und erklärte Jamal, ich müsse weg und sei bald wieder da. Außerdem ging ich an meinen Schrank, holte den Revolver heraus, den ich in den letzten zwei Tagen häufiger in der Hand hatte als in den drei Jahren davor, und steckte ihn in mein Schulterhalfter. Dann war ich bereit, Rufus Greene zu folgen.

Es war ein schwerer Revolver, anders als die leichteren Waffen, die manche Leute heutzutage mit sich herumtragen, und als ich mich in den Blauen Dämon setzte, spürte ich ein Ziehen im Rücken und im Nacken. Aber eigentlich machte mir nicht das Gewicht zu schaffen, sondern die Vorstellung, daß ich den Revolver womöglich einsetzen müßte. Doch bei so einem Mann hatte man wohl lieber eine Waffe dabei; man konnte sie jederzeit einsetzen müssen.

Aber was hieß das eigentlich – so ein Mann? Ich beobachtete, wie seine schemenhafte Gestalt sich im Takt der
Musik bewegte, die offenbar aus dem CD-Recorder in seinem Auto dröhnte. Mit neunzehn war er Zuhälter gewesen.
Mit zwanzig hatte man ihn aus seiner Heimatstadt gejagt,
weil er nicht kaltblütig genug war. Er hatte ein Kind mit
einer Frau, die für ihn angeschafft hatte. Mein Gefühl sagte
mir gar nichts über diesen Mann, ich konnte ihn weder einordnen noch durchschauen. Auf meinen Ghetto-Instinkt
konnte ich mich verlassen, aber dieser Mann hatte mehr
durchgemacht, als ich je erlebt hatte. Er war in einer Welt
groß geworden, die ich nur aus billigen Filmen und alten
Fernsehsendungen kannte.

Aber er war auch Vater, und das verstand ich. Er liebte
sein Kind. Er hatte für seine Tochter gesorgt, hatte versucht,
eine kleine Rolle in ihrem Leben zu spielen, und das war
mehr, wie ich wütend dachte, als mein eigener Ex-Mann
DeWayne Curtis im vergangenen Jahr für meinen Sohn getan hatte. Und es war eine leichte, kaum merkliche Veränderung mit ihm vorgegangen, als ich von Theresa sprach.

Wir fuhren in eine Gegend, die ich noch nie gesehen hatte;
die Nebenstraße ging von einer menschenleeren größeren ab
und war allem Anschein nach seit den dreißiger Jahren nicht
mehr neu gepflastert worden. Sie hatte etwas Trübseliges an
sich, etwas Totes, das mich Schlimmes befürchten ließ.
Rufus Greene bremste in einer schmalen Straße, wo Kinder
in einem Autowrack spielten und ein älterer Mann auf
einem kaputten Küchenstuhl saß, als wäre er von aller Welt
verlassen, und Selbstgespräche führte. Seine verzweifelte
Miene ließ mich für einen Moment an Johns denken, den

Mann aus der Tiefgarage, und dann an meinen Vater, in dessen Leben es so wenig Schönes gegeben hatte – außer uns. Vielleicht war auch Taniqua das einzige, was Rufus Greene im Leben vorzuweisen hatte.

Er parkte vor einem Laden, der wie eine Bar oder ein Club ohne Namen aussah. Das Fenster war schwarz gestrichen, und das Nachbarhaus war völlig ausgebrannt. Er stieg aus und kam auf mich zu, wobei er mir mit einer Kopfbewegung bedeutete, ich solle ihm folgen. Ich zögerte einen Moment und überlegte, ob ich nicht lieber umdrehen und in die Stadtviertel zurückfahren sollte, die ich kannte: die Innenstadt mit ihrem glitzernden neuen Zentrum der Künste und der neuerwachten Hoffnung. Das Ironbound mit seinen Restaurants, aus denen der Duft von Hummer und Safranreis drang. Die Fischbratbuden und die nach Räucherstäbchen riechenden Tante-Emma-Läden in der Central Ward. Dies hier war eine Gegend ohne jede Hoffnung, noch trostloser als die Mietskasernenviertel, in denen ich aufgewachsen war.

Innen machte die Bar jedoch keinen allzu schlechten Eindruck. Sie war schummrig beleuchtet und mit Plastikstühlen aus zweiter Hand und einer Couch möbliert, die fast den ganzen Raum einnahm. In einer Ecke stand ein mit rotschwarzem Stoff verkleideter Tresen und in einer anderen eine altertümliche Music-Box, die sich auch in einem Antiquitätenladen ganz gut gemacht hätte. Auf einem Hocker hinter der Bar saß ein Mann Ende Sechzig, dessen Gesicht im Licht des Fernsehers vor ihm wie versteinert wirkte. Es roch nach Zigaretten und menschlichem Elend, aber die an der Rückwand aufgereihten, funkelnden Spirituosenflaschen waren von erster Qualität, genau das richtige für Männer, die einen anständigen Drink zu schätzen wissen. In solchen Lokalen hatte mein Vater verkehrt, als ich noch klein war, sie waren eher ein sozialer Treffpunkt als sonstwas; hier gingen angejahrte Kleinganoven ein und aus, die nichts zu bieten hatten als alte Narben und Geschichten, die niemand hören wollte.

Doch an dem Abend waren keine Zuhörer da. Rufus Greene geleitete mich erstaunlich galant zu einem Ecktisch. Ich setzte mich – wie der legendäre Bill Hickok – so, daß ich die Tür sehen konnte, da ich keine Lust auf Überraschungen hatte. Der Bartender brachte Rufus eine Flasche Courvoisier und zwei Gläser. Rufus bot mir mit einer Geste davon an und schenkte sich selbst ein, trank das Glas in einem langen, geräuschvollen Zug aus und schenkte sich sofort nach. Ich mußte an Pauline Reese denken.

»Warum haben Sie mich hierhergeführt?«

»Ich wollte, daß Sie sehen, wo ich herkomme. Wo wir alle herkommen. Aus welchen Verhältnissen.«

»Das habe ich jetzt gesehen. Was wollen Sie mir sagen?«

»Hey, Moment mal, Baby. So alt bin ich noch nicht, daß ich nicht mehr weiß, was es heißt, einer schönen Frau gegenüberzusitzen.«

»Lassen Sie den Quatsch, und kommen Sie zur Sache.« Ich warf ihm einen bösen Blick zu, damit er merkte, daß ich es ernst meinte. Er nahm noch einen Schluck, langsam und sichtbar genüßlich, um mir zu zeigen, daß er sich von mir nicht drängen ließ und daß er bestimmte, wo es langging.

»Es gibt nicht viele Leute, denen ich über den Weg traue – Sie sollten sich geschmeichelt fühlen«, sagte er, und ich rutschte unbehaglich auf meinem Stuhl herum. Er lächelte. »Taniqua sagt, Sie haben einen Sohn, etwa im selben Alter wie sie. Sie sagt, er ist ein netter Junge. Sie sagt, es hat ihr Spaß gemacht, mit ihm zu reden. Ich hab ihn gesehen, als er von der Schule nach Hause kam. Sieht aus, als ob er Basketball spielt oder so. Scheint ein guter Junge zu sein. Ich hab mir gedacht, da verstehen Sie sicher, was ich Ihnen sagen will. Sie haben ja auch ein Kind, genau wie ich.«

Ich wußte nicht recht, worauf er hinauswollte und warum er von meinem Sohn sprach, aber es gefiel mir nicht. Ich fixierte angestrengt sein plötzlich ausdrucksloses Gesicht; er hatte den Kopf erhoben und musterte mich, als ließe ihn die ganze Welt völlig kalt. Ich betrachtete das abstoßende Gesicht und die Augen, die einem bis auf den Grund der Seele drangen, wie sie es jetzt bei mir taten. Mir klopfte das Herz. Ich ließ mir meine Furcht nicht anmerken.

»Sagen Sie nie wieder ein Wort von meinem Kind.« Ich sprach so leise, daß er sich vorbeugen mußte, um mich zu verstehen. »Nehmen Sie seinen Namen nie wieder in den Mund, und reden Sie nie wieder darüber, wo Sie meinen Jungen gesehen haben, oder irgend etwas anderes über ihn. Verstanden?«

Er musterte mich mit einem belustigten Lächeln. Ich zuckte nicht mit der Wimper und wagte nicht zu atmen. Sein Blick wurde sanfter, und mir fiel wieder ein, daß Mandy gesagt hatte, sie sei kaltblütiger als er. Und ich war kaltblütiger als Mandy.

»Okay«, sagte er, genau wie ich erwartet hatte, denn er wollte etwas, das nur ich ihm geben konnte – was immer das sein mochte.

»Nun erzählen Sie mir, was Sie von mir wollen.«

»Ich habe Angst um meine Tochter«, sagte er leise. Vielleicht war es die Art, wie er das sagte, oder sein eindringlicher Ton und sein kummervoller Blick – jedenfalls mußte ich an Jake denken, der so grundverschieden war von diesem Mann, aber die Zärtlichkeit und Besorgnis kamen bei beiden aus der selben Kammer des Herzens. »Sie hat sich in irgendwas reinziehen lassen. Ich begreife das nicht. Ich weiß nicht, was es ist. Ich weiß nur, daß ich sie nicht so verlieren will, wie ich ihre Mama verloren habe. Wo ich sie grade erst richtig kennenlerne. Richtig mit ihr zusammen bin.«

»Erzählen Sie mir erst mal von Mandy Magic.«

Zunächst wirkte er überrascht, dann versteifte er sich, als machte er sich auf eine unangenehme Sache gefaßt. Schließlich entspannte er sich wieder und grinste, und auch diesmal ließ er sich Zeit. »Geht sie immer noch ganz in Rot?«

»Yeah.«

»Steht ihr gut, was? Sie hatte keine Ahnung, wie gut ein dunkelhäutiges Mädchen in Rot aussehen kann, bis ich es ihr gesagt habe. Gibt nichts Schöneres als Rot, wenn eine Frau so dunkle Haut hat. Das bringt sie erst richtig zur Geltung, die schöne schwarze Haut. Hat sie nicht vergessen, was? Sie hat nicht vergessen, wo sie herkommt.«

»Wo kommt sie denn her?« fragte ich, obwohl ich das ja wußte.

»Nichts zu reißen und nichts zu beißen, wie wir anderen auch. Hat versucht, sich mit leeren Händen durchzuschlagen.«

»Wie welche anderen auch?« fragte ich, als hätte ich keine

Ahnung, und er sah kurz weg, während er leise die Namen vor sich hin sagte, die auch Mandy mir genannt hatte.

»Ich. Bunny. Jewel. Ruby – das war Terries Cousine. Sie alle. Ich hab immer Starry zu Starmanda gesagt. Das ist ihr richtiger Name, Starmanda Jackson. Keine Ahnung, wo sie den Quatsch mit Mandy Magic herhat, aber Starmanda Jackson war der Name, den ihre Mutter ihr gegeben hat, und unter dem Namen hab ich sie gekannt.«

»Seit wann nennt sie sich Mandy?«

Er klopfte gedankenverloren mit dem Finger an sein Glas, dann sah er mich verwundert an. »Sie hat Ihnen wohl nicht viel über sich erzählt?«

»Nein.«

Er lachte rauh und schallend, und sein Lachen hallte in dem leeren Raum. Der Mann vor dem Fernseher warf uns einen ärgerlichen Blick zu, dann sah er wieder auf den Bildschirm. »Da hat sich ja nicht viel verändert. Sie hat nie viel von sich rausgelassen.«

»Dann hat sie sich den Namen wohl ausgedacht?«

»Nee. EB hat ihr den Namen Mandy verpaßt. Hört sich an, als wär sie ein weißes Mädchen, nicht? Aber er hatte gern Ladies wie Starry. Schwarz und hübsch, so wie sie.«

Nach einigem Nachdenken begriff ich, wer EB sein mußte: Elmer H. Brewster. Der reiche Weiße, von dem Pauline erzählt hatte, der Besitzer der Rundfunkstation, bei der Mandy gearbeitet und die sie dann selbst gekauft hatte. Der Ort, an dem sich ihr Leben verändert hatte, an dem aus Starmanda Jackson schließlich Mandy Magic wurde.

»Und Sie haben die beiden miteinander bekannt gemacht, EB und Starry?«

Er kicherte obszön in sich hinein und gab mir damit wortlos zu verstehen, welcher Art diese Bekanntmachung gewesen war.

»Wie alt war sie damals?«

»EB stand auf junge Dinger. Unverdorben sollten sie sein. Aber in dem Fall gab es kaum was, das dieses Mädchen noch nicht gemacht hatte oder andere mit ihr gemacht hatten. Hat sie Ihnen vom alten Mason erzählt? Von diesem Scheißkerl, der sich an ihr vergangen hat, als sie noch ein Kind war?«

»Ja.«

»Das hat sie Ihnen also erzählt, ja?« Er kicherte und starrte dann in sein Glas, als redete er mit der Flüssigkeit darin. »Dem hab ich in den verdammten Arsch getreten, daß ihm die Scheiße zu den Ohren rauskam, als sie bei mir angefangen hat. Ich kann es nicht ausstehen, wenn so ein Kerl sich an jungen Mädchen vergeht. Ich wußte mit meinen neunzehn Jahren, was Sache war. Hab ihm so lange in seinen verdammten Arsch getreten, bis er die Engel singen hörte. Kleine Gefälligkeit für Starry. Zum Geburtstag.« Mehr sagte er nicht darüber, aber mir dämmerte allmählich, woher Mandys Anhänglichkeit an ihn kommen könnte. Er trank wieder einen Schluck, als erinnerte er sich mit einem gewissen Vergnügen daran, was er da getan hatte. »Gerade erst fünfzehn war sie, als sie bei mir anfing. Und knappe sechzehn, als ich sie mit EB bekannt machte. Jung und schön und schwarz. Nachdem sie bei ihm gelandet war, wollte er keinen anderen an sie ranlassen, und sie hat sich gefügt. Jedenfalls soweit ich weiß.«

»Wie alt war er?«

»Anfang Siebzig vielleicht. Bei alten weißen Männern läßt sich das schwer sagen.«

»Und er wußte, daß sie noch so jung war.« Ich bemühte mich um einen wertfreien Ton; es gelang mir nicht.

Er schüttelte den Kopf, als sei er verblüfft über meine Naivität. »Sind Sie so dumm, oder tun Sie nur so, Baby? Wo sind Sie denn aufgewachsen? In einem Garten? So ein alter Knacker kriegt doch nur dann mal einen hoch, wenn er was vögeln kann, wo die Titten hochstehen, wenn ihm der Schwanz runterhängt. Aber Starry hatte noch was zu bieten, das EB gefiel. Sie war klug. Starry war schon immer klug. EB war auch klug, und aus dem Grund hat es wie von selbst gefunkt zwischen den beiden. Außerdem war er gut zu ihr. Hat sie wieder auf die Schule geschickt. Hat ihr einen Job verschafft bei seinem Radiosender. Hat dafür gesorgt, daß sie nichts tun mußte, was sie nicht wollte, um sich ihren Unterhalt zu verdienen. Hat mich die meiste Zeit auch noch dafür bezahlt, daß ich auf sie aufpasse, sie von der Straße fernhalte. Ein Sugar Daddy, wie er im Buche steht. Der Traum jeder jungen Nutte. Haben Sie den Film *Pretty Woman* gesehen? Ich hab mir das angeschaut, und da hab ich mir gesagt, ist doch genau wie bei Starry und EB, bloß daß EB nicht aussah wie Richard Gere.«

Ein Engel in Teufelsgestalt.

»Hat EB ihr bei seinem Tod alles vermacht?«

»Nein. Er hat es ihr nur leichter gemacht, sich durchzuschlagen. Hat ihr beigebracht, wie sie es anstellen kann. Hat sie darauf gedrillt. Ich hab immer zu EB gesagt, er behandelt sie wie eine Tochter. Hat ihm wohl gefallen, seine Tochter zu vögeln.« Er lachte und schüttelte dann nachdenklich den

Kopf. »Starry war Ende Zwanzig, als er den Löffel abgegeben hat, und da war sie schon ›Mandy Magic‹ mit einem
neuen Namen, einer eigenen Show und allem Drum und
Dran.« Er hielt einen Moment inne, als hinge er einer
schmerzlichen Erinnerung nach, dann fuhr er fort, als wäre
er selbst verwundert. »Aber es mußte von einem Weißen
kommen. Das hasse ich so an schwarzen Frauen. Die kriegen immer alles von weißen Männern. So eine Schande,
verflucht noch mal!« Er stürzte den Rest in seinem Glas in
einem langen Zug hinunter und schenkte sich neu ein, wobei er mich anfunkelte.

»Hassen Sie sie deshalb? Weil sie sich mit Hilfe eines
weißen Mannes hochgeboxt hat? Haben Sie und Tyrone
Mason sie deshalb mit ihrer Vergangenheit erpreßt, und
haben Sie ihr die beiden Briefe geschrieben, um ihr angst zu
machen, nachdem Sie ihn umgebracht hatten?« Das war eine
gewagte These, aber ich ließ es einfach drauf ankommen und
überlegte dabei, ob die ganze Geschichte vielleicht von einer
verqueren Auffassung von schwarzem Mannesstolz her-
rührte.

Er sah mich mit einem merkwürdigen Blick an. »Sie meinen, ich hasse Starry? Ich hasse die Frau nicht. Ich hasse
sie nicht, denn sie vergißt einem nie etwas. Niemals. Darum
hat sie auch meine Tochter bei sich aufgenommen. Tyrone
Mason? Das ist doch die kleine Schwuchtel, der sie die Kehle
aufgeschlitzt haben, nicht? Ich hab überhaupt nichts gegen
Tyrone Mason. Er war nett zu meiner Tochter, also hab ich
nichts gegen ihn. Fragen Sie lieber mal bei seinem Freund
Kenton Daniels dem Dritten nach.«

Wenn er lächelte, sah man nur die Spitzen seiner kleinen

Zähne, aber die höhnische, gemeine Art, wie er das sagte, machte mir klar, was er meinte.

»Die beiden waren befreundet?« fragte ich, als wäre ich tatsächlich in einem Garten aufgewachsen.

»Was glauben Sie denn, Baby, zwei Männer wie die und so, wie die sich benommen haben.«

»Aber wie kann das sein? Ich dachte, Kenton und Taniqua hätten so eine Art Verhältnis miteinander?«

»Taniqua ist noch zu jung, um irgendwas mit irgendwem zu haben«, sagte er gereizt wie ein fürsorglicher Vater, was mich überraschte.

»Wie gut kennen Sie Ihre Tochter?«

Einen Moment lang wirkte er ratlos, dann legte sich ein Schatten über seine Augen, und seine Dreistigkeit war verflogen. Wieder lächelte er, aber diesmal anders, ein Lächeln voller Zärtlichkeit und Stolz, wie ich es von Jake kannte, wenn er von Denise sprach. »Die Kleine kann eine Menge vertragen. Mehr als ihre Mama, sogar mehr als ich, aber manchmal frage ich mich, wie lange das gutgehen kann.« Er sah mich mit schiefgelegtem Kopf an und sprach dann weiter. »Ich seh's Ihnen an, daß Sie nicht viel von mir halten, stimmt's?«

»Ich hab was gegen Zuhälter«, sagte ich ehrlich.

»Ich bin ja kein Zuhälter mehr. Die Flausen sind mir vergangen, wie mir die Haare ausgegangen sind.« Das sollte witzig sein, aber ich fand es nicht lustig.

»Ich war ja selbst noch ein Kind, und ich hab mir verziehen, was ich damals getan hab. Das geht nur mich und Gott was an und sonst niemanden, Tamara Hayle. Für Taniquas Mutter konnte ich nicht dasein, aber für sie werde ich dasein.

Sie ist das einzige, was mir noch geblieben ist, das einzige Anständige, das ich im Leben vorzuweisen habe. Ich würde mein Leben geben, um zu beschützen, was mir gehört. Wenn ich für die beiden dagewesen wäre, dann hätte sie diesen Mann nie umbringen müssen. Sie wollte sich und ihre Mama verteidigen. Das wär mein Job gewesen, nicht ihrer.«

Er stand auf, als hätten ihm seine eigenen Worte Auftrieb gegeben, und ging an die Music-Box. Er steckte ein paar Münzen hinein, sah zu, was passierte, und kam dann an unseren Platz zurück, lauschte und nickte vor sich hin, während ein alter Song von Smokey Robinson spielte. Eine Weile hing jeder von uns seinen eigenen Gedanken nach.

»Wie hat sie ihn umgebracht?« fragte ich schließlich, weil ich irgendwie spürte, daß das, was er mir sagen wollte, mit dem Mann zu tun hatte, den seine Tochter getötet hatte, mit der Erinnerung an ihre Mutter und mit dem, was er hätte tun sollen und nicht getan hatte.

»Wissen Sie, wie das ist, wenn man einen Menschen umbringt?«

»Ja«, sagte ich, denn ich wußte es.

»Wenn man das Messer spürt, die Klinge dreht, spürt, wie das Fleisch eines Menschen unter der eigenen Hand nachgibt wie Brot. Wenn man das Blut aus ihm rausspritzen sieht, das ist anders als alles, was man je erlebt hat. Wer einen Menschen ersticht, der dringt bis ins Innerste seines Wesens vor, das ist nicht so, wie wenn man jemanden erschießt. Da ist keine Distanz dazwischen, den bringt keine Kugel um. Du selbst bist es, der das tut. Wie wenn man jemanden erwürgt oder erstickt. Man spürt, wie das Leben aus ihm rausläuft, und das ist mit nichts auf der Welt zu vergleichen.«

Er sah mich an und nahm das Entsetzen wahr, das mir ohne Zweifel im Gesicht geschrieben stand. Aber dasselbe Entsetzen las ich auch in seinem Blick. Dann schaute er weg, als schämte er sich, und sprach weiter. »Und das hat mein Baby getan – sie hat William Raye erstochen, geradewegs ins Herz, und hat zugesehen, wie das Leben aus ihm rauslief auf den Boden, auf dem sie stand.«

Und wer einmal Blut geleckt hat, wer einmal getötet hat, dem ist nichts mehr heilig.

»Das wollten Sie mir also erzählen? Daß Taniqua einen Menschen umgebracht hat. Daß sie zugesehen hat, wie jemand stirbt, den sie getötet hat?«

»Das müssen Sie auch wissen. Was das Mädchen gesehen hat. Was sie durchgemacht hat. Was sie getan hat.«

»Wie sehr hat sie das geprägt, was sie da gesehen hat?«

Statt einer Antwort sagte er: »Sie haben ein weites Herz, Tamara Hayle. Das sehe ich Ihnen an. Meine Tochter hat das auch gemerkt – deshalb ist sie zu Ihnen gegangen und wollte mit Ihnen reden. Würden Sie sie beschützen vor dem, was sie bedroht? Versprechen Sie mir das? Geben kann ich Ihnen nichts, außer daß ich Ihnen was schuldig bin, und ich bin ein Mann, der seine Schulden bezahlt.«

»Aber wovor soll ich sie denn beschützen?«

»Ich weiß es nicht«, sagte er, und in seinem Blick lag eine Verzweiflung, wie ich sie selten gesehen hatte.

9

Ich mochte Rufus Greene nicht und hatte schon gar kein Vertrauen zu ihm, aber die Verzweiflung, die ich in seinem Blick gelesen hatte, als er mich bat, seine Tochter zu beschützen, ging mir nicht aus dem Sinn. Als ich jedoch Mandy Magic am nächsten Morgen von unserem Gespräch erzählte, ließ sie weder Besorgnis noch sonst eine Gefühlsregung erkennen. Ich hätte wissen sollen, daß ihrer Stimme nichts anzumerken sein würde. Ich mußte Mandy vor mir sehen, um an die Wahrheit heranzukommen. Ihr Gesichtsausdruck verriet sie immer: der matte Blick, das Zögern bei der Wortwahl, der sarkastisch verzogene Mund. Mit ihrer schönen Stimme verdiente sie ihr Geld, die hatte sie stets unter Kontrolle.

Ich wußte, daß Paulines Tod sie erschüttert hatte, doch wenn ich nachts ›The Magic Hours‹ anhörte, dann schien es, als wäre überhaupt nichts passiert. Wenn sie im Radio sprach, war sie wieder die alte Mandy Magic: selbstbewußt, hilfsbereit, verständig im Umgang mit hilflosen und vom Pech verfolgten Menschen. Den hilfsbedürftigen, verschreckten Teil ihres Wesens – die aus dem Gleis geworfene Mandy, die ich in den letzten Tagen nur zu oft erlebt hatte – versteckte sie und wurde zu Ms. Mandy Magic, wobei ihre Stimme so rein und aufrichtig klang wie eh und je. »Will-

188

kommen bei ›The Magic Hours‹«, sagte sie Nacht für Nacht, und nichts deutete darauf hin, was sie durchgemacht hatte. Manch einer würde sagen, sie verstand einfach ihr Geschäft, eine durch und durch professionelle Radio-Moderatorin, die ihre privaten Kümmernisse ausklammern kann. Aber ich spürte, daß es nicht nur das war, daß in ihrer Persönlichkeit etwas Wesentliches fehlte, daß sie einen Teil von sich ausgelöscht hatte um des schieren Überlebens willen.

Doch vor den nächsten Ereignissen sollte sie sich nicht verstecken können. Wochen später, als ich genügend Abstand zu dem Geschehen gewonnen und ein paarmal tief durchgeatmet hatte, fragte ich mich, ob sie oder ich irgendeine Möglichkeit gehabt hätte, den Gang der Ereignisse zu beeinflussen. Aber im nachhinein ist man immer klüger, und als ich an dem Donnerstag nachmittag Kenton Daniels anrief, konnte ich ja nicht ahnen, wie bald sich die Dinge gewaltsam zuspitzen würden.

Es schien mir der logische nächste Schritt zu sein, Kenton Daniels aufzusuchen. Taniqua wie auch Rufus Greene hatten durchblicken lassen, daß Kentons Beziehung zu Tyrone Mason weiter ging, als er andere wissen lassen wollte. Und wenn das stimmte, dann hatte er sicher auch bei der Erpressung von Mandy seine Hand im Spiel gehabt. Ich verstand immer noch nicht ganz, in welcher Beziehung sie zu ihm stand, selbst wenn Kenton »zweigleisig fuhr«, wie man manchmal so sagt. Mir war nicht recht klar, ob ich Taniquas Darstellung von seiner Rolle bei dem Mord an Pauline trauen sollte, aber ich wußte, daß er der Polizei etwas verheimlichte, und das genügte mir. Der Brother hatte etwas zu verbergen. Das spürte ich in den Knochen.

Und trotzdem glaubte ich nicht, daß er mir wirklich gefährlich werden konnte, was entweder dumm von mir war oder einfach so etwas wie Pfeifen im dunklen Wald. Er wußte ja, daß die Polizei ein Auge auf ihn hatte, und da wäre eine ermordete Privatdetektivin in seiner näheren Umgebung so ziemlich das letzte, was er gebrauchen konnte. Um die Wahrheit zu sagen, machte ich mir um Kenton Daniels weniger Sorgen als darum, wie ich Mandy beibringen sollte, daß ein so enger Vertrauter womöglich an Tyrones Erpressungskomplott beteiligt war. Also packte ich wieder meinen Recorder in die Tasche und steckte den Revolver ins Holster. Zur Sicherheit sozusagen.

Ich rief Kenton Daniels aus einer Telefonzelle vor seinem Haus an. Beim ersten Mal nahm keiner ab. Mir fiel wieder ein, daß Taniqua gesagt hatte, er gehe meistens nicht ans Telefon, darum wartete ich fünf Minuten, dann versuchte ich es noch einmal und wollte es diesmal eine Weile klingeln lassen, bevor ich auflegte. Schon beim ersten Läuten meldete sich ein Anrufbeantworter, woraus ich schloß, daß er ihn wahrscheinlich gerade erst eingeschaltet hatte und jetzt neben dem Telefon saß und gespannt mithörte. Ich schlug einen möglichst professionellen Ton an, nannte meinen Namen und erklärte, ich habe Informationen über Pauline Reese und Tyrone Mason, die ich an die Polizei weitergeben würde, doch aus Gefälligkeit gegenüber meiner Klientin Mandy Magic wollte ich ihn vorab davon unterrichten. Ich fügte hinzu, meine »Quellen« hätten mir mitgeteilt, daß er sich in der Nacht von Paulines Ermordung nicht an dem Ort aufgehalten hatte, den er der Polizei angegeben hatte. Außerdem ließ ich ihn wissen, daß ich in seiner Gegend war und in fünf Minuten noch einmal anrufen würde, und wenn er dann noch nicht zu Hause sei, könne er sich später mit meinem Büro in Verbindung setzen und mich dort zu erreichen versuchen. Wie ich vermutet hatte, nahm er den Hörer ab, noch ehe ich auflegen konnte. Er sprach vorsichtig und zögernd, als wüßte er nicht recht, was er sagen sollte. Der großspurige Kenton Daniels iii, der in Mandy Magics Haus herumspaziert war, als wäre das alles aus seiner Tasche bezahlt, war nicht wiederzuerkennen. Schließlich erklärte er sich bereit, mich zu empfangen, aber ich mußte ihm versprechen, daß ich allein käme, und er schwor, er würde mich nicht hereinlassen, wenn er sich dessen nicht ganz sicher wäre.

Das Haus, in dem er wohnte, stammte aus den zwanziger Jahren, und das sah man ihm auch an. Es lag in Bloomington, fast an der Grenze zu Belvington Heights. Dort hatte – Wyvetta zufolge – auch Tyrone Mason gewohnt, so nahe an den Heights, daß es als gute Adresse gelten konnte, aber eindeutig keine teure Gegend. An dem altmodischen Aufzug in Kentons Haus hing ein lieblos hingeklatschtes Schild mit der Aufschrift »Defekt«. Ich war froh, daß seine Wohnung im ersten Stock lag. Als ich durch den menschenleeren Korridor ging und die schwach beleuchtete Treppe hinaufstieg, flackerte das Licht an der Decke dermaßen, daß ich schon fürchtete, bald im Dunkeln zu stehen.

Ich steuerte schleunigst auf mein Ziel zu. Den Recorder hatte ich zum Glück schon unten im Flur eingeschaltet. Kenton machte die Tür auf, noch ehe ich klopfen konnte. Zweifellos hatte er durch den Spion geschaut, während er auf mich wartete.

Er trug rote Trainingshosen und ein schmuddeliges weißes T-Shirt, Gesicht und Hals waren feucht, als käme er gerade aus der Dusche. Seine Turnschuhe standen oben offen, und er hätte sich mal wieder rasieren sollen. Die Wohnung roch muffig. Sie war wie eine schrille, fetzigere Version von Mandy Magics Wohnzimmer – geblümter Chintz mit Kente-Stoff kombiniert, zierliche Glasfiguren neben Zaire-Masken. Ein Cocktail aus englischem Landhausstil und urbanisiertem Afrika. Die heruntergelassenen Jalousien ließen keine Sonne herein, wodurch die Wohnung kleiner und dunkler wirkte, als sie in Wirklichkeit war; es hätte ebensogut Mitternacht wie Mittag sein können. Neben Kenton stand eine lädierte Sporttasche aus einem seltsamen metallischen Material mit dem Aufdruck »Gandy's Gym« in abblätternden goldenen Lettern auf dem Fußboden. Man konnte meinen, er sei eben erst nach Hause gekommen. Weiter hinten im Raum hing ein altertümlicher Satz Hanteln von verschiedener Größe und verschiedenem Gewicht in einem Gestell, die sich bestimmt auch als Waffe einsetzen ließen, wenn Kenton der Sinn danach stand. Ich war froh, daß ich meinen Revolver umgeschnallt hatte. Ich setzte mich auf die kleine, mit einem schmutzigbraunen Überwurf bedeckte Couch und stellte meine Tasche auf den Tisch. Er zog sich einen Stuhl aus dem Eßzimmer heran, nahm mir gegenüber Platz und klopfte mit dem linken Fuß einen abgehackten Rhythmus auf den Boden. Ich kam ohne höfliche Umschweife direkt zur Sache.

»Haben Sie Pauline Reese umgebracht?«

Ihm fiel die Kinnlade herunter, seine Augen traten hervor, und er warf theatralisch den Kopf zurück. »Was erlauben Sie sich eigentlich, hier reinzukommen und mir eine dermaßen bescheuerte Frage zu stellen, als wären Sie ein verdammter Cop? Eins muß ich Ihnen ja lassen, Lady – Sie haben Mumm in den Knochen. Chuzpe, so nennt man das wohl. Wer hat Ihnen denn so was erzählt?«

»Sagen wir mal probehalber Taniqua.« Ich tischte ihm den Namen auf, um zu sehen, wie er reagierte. Er enttäuschte mich nicht.

»Taniqua.« Er wiederholte ihren Namen betulich und affektiert. »Wieso sollte sie Ihnen so was erzählen?«

»Weil sie Angst hat vor Ihnen.«

»Taniqua und Angst vor mir? Taniqua ist mein Mädchen. Nicht zu fassen.« Er fuhr sich mit dem Handtuch über Gesicht und Hals, dann ließ er sich, immer noch mit verwirrter Miene, auf seinen Stuhl zurückfallen. »Hat Mandy Ihnen das erzählt?«

»Mandy hab ich nichts davon gesagt.«

Er fing wieder an, sich den Nacken zu frottieren, und wischte sich leicht über die Schultern, alles offenbar zu dem Zweck, mich nicht ansehen zu müssen. »Warum nicht? Sie arbeiten doch für sie, oder nicht?«

»Sie hat eine Menge um die Ohren, und ich hatte keine Lust, sie damit zu belasten, daß ihr Liebhaber womöglich ihre beste Freundin umgebracht hat.«

»Ich bin nicht ihr Liebhaber. Soweit ich weiß, hat Mandy weder Liebhaber noch Freunde oder Freundinnen oder sonst welche Beziehungen, seit Pauline Reese tot ist. Ich glaub, Ms. Mandy hat für den Rest ihres Lebens genug Sex gehabt.«

Dieser kleine Seitenhieb sagte mir, daß er ganz genau

wußte, was Tyrone Mason gegen Mandy in der Hand hatte, aber ich ließ mir nichts anmerken. Die Frage nach Tyrone konnte ich mir trotzdem nicht verkneifen: »Was für ein Verhältnis hatten Sie denn zu Tyrone Mason?«

»Sie sind doch nicht etwa hergekommen, um über Tyrone zu sprechen, oder?«

»Ich glaube, das hängt alles miteinander zusammen«, sagte ich wahrheitsgetreu, womit ich ihm wohl unnötig viel verriet.

»Sie haben gesagt, Sie wissen etwas, das ich auch wissen sollte.« Er beäugte mich mißtrauisch. »Sie haben gesagt, Sie wissen etwas über Paulines Tod.«

»Erzählen Sie mir erst von Tyrone.«

Er schaute weg, seine Miene verfinsterte sich, und seine Schultern hingen plötzlich nach unten, als hätte ihn jemand mit einem Ruck von innen zusammengezogen. Ich beschloß, aufs Ganze zu gehen.

»War er Ihr Liebhaber?«

»Nein.« Er zuckte die Achseln, als wäre ihm sowieso alles egal, und fügte hinzu: »Jedenfalls noch nicht.«

»Sie hätten es sich also gewünscht.«

»Ich hatte mich noch nicht zu meiner Homosexualität bekannt, ich mochte nicht zugeben, daß ich schwul bin.« Er ging zum Kühlschrank und öffnete ihn geräuschvoll. Ein Schwall abgestandener Luft mit dem Geruch von verdorbenen Lebensmitteln und faulem Gemüse zog ins Zimmer. Er holte eine kleine Flasche Evian heraus, öffnete sie und goß sich Mineralwasser in ein elegantes, langstieliges Wasserglas, dann setzte er sich wieder mir gegenüber und schlug die Beine übereinander.

»Kennen Sie dieses Gefühl der Zerrissenheit, wenn man nicht weiß, wie man sich einordnen soll, zu wem oder wohin man gehört? Wahrscheinlich nicht.« Er betrachtete mich eine Weile und setzte dann mit verächtlichem Lachen hinzu: »Sie kommen mir vor wie eine Lady, die immer genau weiß, wer sie ist, woher sie kommt und wohin sie geht.«

Ich lächelte halbherzig und staunte, wie man sich so täuschen kann. Immerhin herrschte jetzt eine andere Atmosphäre – lockerer und entspannter. Zumindest im Augenblick schien er mir gegenüber keine Vorbehalte zu haben. »Manchmal trügt der Schein.«

»Ja, das stimmt.« Er zog seinen Stuhl näher heran und brachte damit eine vertrauliche Note in das Gespräch. »Als ich klein war, wußte keiner, was ich nun eigentlich bin«, sagte er nach einer Pause. »Sie wußten es wahrscheinlich auch nicht, als ich damals in Mandys Büro kam. Für andere war ich mein Leben lang ein Rätsel. Ist er schwarz? Ist er weiß? Ist er ein Latino? Ist er ein Inder? Ich hab dann meistens Lügen erzählt, weil ich es selbst nicht wußte.«

»Sie hatten darunter zu leiden, daß Sie eine so helle Haut haben?« Die Frage drängte sich auf.

»Der Weiße. Das war mein Spitzname, der Weiße. Bis ich es schließlich satt hatte und mir schwor, ich würde so kaltblütig werden wie der schwärzeste Neger, den man sich denken kann. Darum hab ich mich auf der High School mit der schlimmsten Bande herumgetrieben. Ich hatte das Geld, und sie hatten den großen Durchblick und ließen auch einen ›Weißen‹ mitmachen, solange er für sich selbst bezahlte und für sie gleich mit. Am Ende hat meine Mutter – der Herr sei ihrer lieben, unbedarften Seele gnädig – mich nach Boston auf eine Privatschule für reiche Kinder geschickt. Da wurde ich für einen Puertoricaner gehalten, darum nannten sie mich Chico, und das kam der Sache immerhin näher als ›Weißer‹, also hab ich mir gedacht, damit kann ich leben. Zu weiß, um ein Schwarzer zu sein, und zu schwarz, um ein Weißer zu sein. Ganz schön bescheuert, nicht wahr?«

»Kinder können sehr grausam sein«, ließ ich das übliche Klischee verlauten.

»Aber mein Vater war ein Heiliger, stimmt's?« Er lächelte verkniffen. »Schwarz und stolz darauf, obwohl seine Haut genauso gelb war wie meine. Der wußte genau, wer und was er war, und das ließ er sich auch nie nehmen. Sein Vater, mein Großvater, war ganz genauso. Haben Sie je versucht, einem Mythos nachzueifern?«

Ich lächelte teilnahmsvoll, denn ich wußte wohl, wie das ist. Als ich bei der Polizei anfing, war ich die erste Zeit vor allem damit beschäftigt, ein ebenso guter Cop zu sein, wie mein Bruder es meiner Meinung nach gewesen war. Ich war ständig bemüht, seinem Mythos nachzueifern, seinem guten Namen gerecht zu werden, bis er sich eine Kugel in den Kopf schoß und damit alles zunichte machte. Doch das war lange her. Inzwischen tat es nicht mehr weh, wenn ich daran zurückdachte, wie hart ich gearbeitet hatte, um seinem Andenken Ehre zu machen.

Kenton lachte kurz und hell auf, als er meinen verständnisvollen Blick sah. »Sie wissen, wovon ich rede, nicht wahr?«

»Ja.«

»Aber wie sich herausstellte, war meine helle Haut noch das wenigste. Als ich in Boston auf die Schule ging, da ist, ähm, etwas passiert.« Er hielt kurz inne und spielte mit dem Handtuch herum, wischte sich damit über die Hände, wich wieder meinem Blick aus, dann faltete er das Handtuch zusammen und legte es auf seinen Schoß, als hätte er eine Entscheidung getroffen. Er sah mir direkt ins Gesicht, ohne zu zwinkern oder den Blick abzuwenden. »Ich habe mich in einen anderen Mann verliebt. Es war nicht von langer Dauer, weil ich mich noch nicht zu meinen Gefühlen bekennen konnte, und das habe ich seither ständig bereut.« Er wartete auf eine Reaktion von mir, die nicht kam.

»Und Tyrone Mason war der zweite Mann, in den Sie sich verliebt haben?« Ich griff der Sache vor, weil ich darauf brannte, Tyrone wieder ins Spiel zu bringen, aber er ließ sich von mir nicht drängen.

»Tyrone habe ich eher bewundert als geliebt. Er war offen schwul – und stolz darauf, und er hätte jedem ins Gesicht gespuckt, der ihm nicht mit dem gehörigen Respekt begegnete.«

»Ich habe aber auch andere Dinge über Tyrone gehört, die nicht ganz so schmeichelhaft sind.«

Kenton nickte zustimmend. »Meine Mutter hätte einen Mann wie Tyrone einen Halunken genannt. Er kannte keine Scham, aber er wußte, wer er war, zumindest in sexueller Hinsicht, und davon habe ich auch etwas über mich gelernt. Wir waren kein Liebespaar, aber er hat mir beigebracht, daß es völlig in Ordnung ist, so zu sein, wie ich bin. Er hat mich in eine Welt eingeführt, in der ich mich zu Hause fühlte, und dafür werde ich ihm mein Leben lang dankbar sein.«

»Wußten Sie, daß er Mandy Magic erpreßt hat?«

»Ich konnte es mir denken. Sie hat ihre Geheimnisse. Ich

hab mich da rausgehalten. Zwischen mir und Mandy ist auch nicht alles eitel Sonnenschein.«

Diese Haltung gegenüber der Erpressung seiner Freundin – und Wohltäterin – schien mir bedenklich, deshalb hakte ich nach. »Haben Sie diese Briefe geschrieben?«

Er sah aufrichtig gekränkt aus. »Nein. Ich dachte, die hat jemand geschrieben, der mit Tyrone zusammenarbeitet. Und eins will ich mal klarstellen. Wenn Tyrone Mandy erpreßt hat, dann hatte ich nichts damit zu tun. Ich hab es nicht mal genau gewußt.« Er ging quer durchs Zimmer, packte eine der kleineren Hanteln mit festem Griff und machte ein paar Armbeugen damit. Ich war erleichtert, als er sie wieder hinlegte.

»Wer hat ihn Ihrer Meinung nach getötet?«

Er seufzte und schüttelte den Kopf. »Ich weiß es ehrlich nicht. Tyrone hat oft mit dem Feuer gespielt. Er hat gern Männer in diesem Park da aufgelesen. Das hat ihm einen Kick gegeben. Vielleicht war es einer von diesen Typen. Vielleicht haben die Cops ausnahmsweise mal recht.« Er setzte sich wieder hin, ließ den Kopf hängen, legte die Hände vors Gesicht und fuhr fort: »Er war wirklich in Ordnung. Ich weiß, das hört sich jetzt alles an, als wär er ein Dreckskerl gewesen, aber er war wirklich in Ordnung. Er war nett zu Taniqua. Richtig nett. Ich versuche jetzt, ein bißchen seine Rolle zu übernehmen. Aber ich bin nicht Tyrone. Ich hab nicht soviel Geduld mit ihr. Er hat ihr von mir erzählt.« Einen Moment lang wirkte er verunsichert, dann entspannte sich seine Miene. »Er hat ihr von mir erzählt, daß ich versuche, mit mir ins reine zu kommen und so. Zuerst war ich wütend deswegen. Ich fand, ich könnte selbst ent-

198

scheiden, wem ich dieses Geheimnis anvertraue, aber sie hat es niemandem weitererzählt.«

»Sind Sie sich da sicher?«

Einen Moment lang wirkte er beunruhigt, dann zuckte er die Achseln. »Das ist jetzt auch egal.«

»Was halten Sie eigentlich von Rufus Greene?«

»Über Rufus Greene denke ich lieber nicht nach.«

»Dann wissen Sie also, wer er ist.«

»Taniqua hat es mir erzählt.«

»Haben Sie je mit ihr über ihre Beziehung zu ihrem Vater gesprochen?«

»Nein«, sagte er allzu rasch, und ich dachte bei mir, daß Kenton Daniels wie die meisten Leute nur mit den Wahrheiten herausrückte, die ihm am wenigsten schaden würden. Ich konnte ihm das nicht einmal zum Vorwurf machen. Aber ich hatte noch nicht alles über sein Verhältnis zu Mandy Magic erfahren. Ungeachtet dessen, was Pauline Reese mir erzählt hatte, zweifelte ich doch noch, ob nicht Tyrone Mason die beiden zusammengebracht hatte, um dann gemeinsam mit Kenton gegen Mandy intrigieren zu können. Doch als ich ihn danach fragte, bestätigte seine Erklärung Paulines Geschichte.

»Sie hat mich bei irgendeiner gesellschaftlichen Veranstaltung angesprochen.« Er trank einen Schluck Evian-Wasser, langsam und schlürfend, als wäre es Champagner. »Sie hat gesagt, daß sie meinen Vater kennt«, fuhr er dann fort. »Ich stand da mit dem Mädchen, mit dem ich damals ging. Zu der Zeit hab ich noch versucht, daß es mit Mädchen klappt. Mandy kam an und fragte, ob ich mit Dr. Kenton Daniels Jr. verwandt bin, und als ich ja sagte, hat sie mir ihre

Karte gegeben und gesagt, wenn ich mal irgendwas brauche, dann soll ich sie anrufen. Ich konnte es gar nicht fassen. Das Mädchen übrigens auch nicht.«

Er lächelte bei der Erinnerung und schüttelte verwundert den Kopf. »Also hab ich die Dame am nächsten Morgen angerufen, bevor sie mich vergessen konnte oder wieder nüchtern wurde oder was weiß ich. Zuerst dachte ich, daß sie sich an mich ranmachen will. Das haben nämlich viele ältere Damen bei mir versucht.« Er lächelte affektiert, als wäre er stolz darauf. Ich nickte eifrig, was für ihn wohl so aussah, als könnte ich das gut verstehen. »Aber Mandy war schwer in Ordnung. Ich war damals so gut wie pleite. Sie hat mich als Berater und Innenarchitekt eingestellt und sich ganz allgemein um mich gekümmert.«

»Finden Sie das nicht merkwürdig, daß sie Sie einfach so bei sich aufgenommen hat?«

»Yeah. Mir kam das auch merkwürdig vor. Aber so ist sie eben manchmal, großzügig und hilfsbereit, ohne daß man weiß, warum. Ein andermal fällt sie dann über dich her wie eine Viper oder ein Pitbull. Macht dich zur Schnecke, ohne dir auch nur guten Morgen zu wünschen.«

»Sie sagten vorhin, daß zwischen Ihnen nicht alles eitel Sonnenschein ist.«

»Das war bei allen von uns so. Bei mir. Bei Pauline, bei Tyrone, selbst bei Taniqua, obwohl sie ein ängstlicher Teenager ist. Wir sind alle total von ihr abhängig. Im Grunde sind wir gar nichts ohne sie.«

Das sagte er so, als wäre es eine ganz normale Feststellung, als machte ihm das nichts aus und als wäre es ihm auch nicht peinlich, in einer derartigen Lage zu sein und es fast ungeniert zuzugeben. »Aber das ist doch nicht Mandys Schuld.«

»Wie man's nimmt. Sie weiß andere nie recht zu würdigen. Sie kann einem den letzten Nerv töten, aber wer sie zum ersten Mal sieht, der hält sie für souverän wie nur was.«

Ich sagte natürlich nichts, aber ich verstand nur zu gut, was er meinte. »Hat Sie Ihnen je erzählt, was sie mit Ihrem Vater zu tun hatte?«

»Nur, daß sie ihm einen Gefallen schuldig ist, mehr nicht.«

Er lächelte kaum merklich und fügte dann hinzu, als wäre es ihm eben erst eingefallen: »Bei unserer ersten Begegnung sagte sie, daß sie ein Foto von mir auf dem Schreibtisch in seinem Sprechzimmer gesehen hätte. Da muß ich noch ein Kind gewesen sein, denn sie hat gesagt, ich sei in einem Garten gewesen. Das war der Garten meiner Mutter. Ich fand es unglaublich, daß sie sich an so eine Einzelheit erinnert. Sie muß ja selbst noch ein Kind gewesen sein.«

»Dann haben Sie Tyrone also bei der Arbeit für Mandy kennengelernt?«

»Wir haben immer Witze darüber gemacht. Sie hat Tyrone eingestellt, weil sie mit Daddy Harold befreundet war, wie Tyrone seinen Vater nannte, und mich hat sie eingestellt, weil mein alter Herr ihr mal einen Gefallen getan hat. Das komische war, daß diese Väter uns beide nicht ausstehen konnten.« Er betrachtete mich einen Moment und überlegte offenbar, ob er mir trauen konnte, wobei er mich abwesend ansah, als würde er mit sich ringen, und ich meinte so etwas wie Unruhe oder Argwohn in seinem Blick zu erkennen. »Wissen Sie, wie spät es ist?«

»Fast vier.«

Er fing wieder an, mit dem Fuß auf den Boden zu klopfen, und ich mußte unwillkürlich hinschauen, denn es war das einzige Geräusch im Raum. Plötzlich stand er auf und sah sich im Zimmer um, als wollte er es aufräumen, als erwartete er Besuch. Es war eine Veränderung vorgegangen, und ich wußte nicht, woran das lag. »Sie sind schon zu lange hier. Ich muß mich fertigmachen, ich muß weg.«

»Haben Sie Angst?« Zuerst dachte ich, er würde mir keine Antwort geben, aber schließlich tat er es doch.

»Yeah. Vor dem Mörder von Pauline Reese.« Das war so lässig dahergesagt, daß ich nicht wußte, ob ich es ernst nehmen sollte. Er schaute unbehaglich zur Tür und dann wieder zu mir. »Als ich Sie hier reingelassen habe, da haben Sie gesagt, Sie wüßten etwas über ihren Mörder. Hat der Sie hergeschickt? Da Sie mich noch nicht erschossen haben, nehme ich an, die wollen etwas von mir. Aber was?«

Ich zögerte mit einer Antwort, da ich nicht wußte, was ich von ihm halten und wie ich weiter vorgehen sollte. Sein flehender Blick bat um eine Wahrheit, die ich nicht kannte und nie gekannt hatte.

»Erzählen Sie mir zuerst, was Sie wissen«, sagte ich.

»Ich habe Ihnen die Wahrheit gesagt.«

»Über die Nacht, als Pauline Reese getötet wurde.«

Er schüttelte abwehrend den Kopf und sagte erst einmal nichts, daher antwortete ich selbst für ihn. »Ich weiß, daß Sie nicht mit Taniqua zusammen waren, wie Sie es den Cops weismachen wollten. Wo waren Sie?«

»Wissen Sie das nicht?«

»Sie waren dort, nicht wahr?« riet ich aufs Geratewohl

und spielte damit einen Trumpf aus, den ich gar nicht in der Hand hatte. Das Unglück wollte es, daß der Recorder in meiner Tasche genau in dem Moment merkwürdige knakkende Geräusche von sich gab. Wir schauten beide gleichzeitig zu der Tasche hin.

»Was ist da in der Tasche?« Seine Augen zogen sich argwöhnisch zusammen. Mir blieb nichts anderes übrig, als die Wahrheit zu sagen.

»Ich benutze manchmal ein Tonbandgerät bei meiner Arbeit.« Ich holte es aus der Tasche, nahm das Band heraus und gab es ihm. »Da. Sie können es haben. Es tut mir leid.«

»Verdammtes Aas«, zischte er.

»Ich bin kein Aas, nur vorsichtig.« Es herrschte schlagartig eine Atmosphäre von Mißtrauen und Feindseligkeit.

»Wer hat Sie geschickt?«

»Ich arbeite doch für Mandy Magic«, sagte ich kleinlaut, aber er ignorierte das.

»Was wollen sie?«

»Wer?«

»Die Leute, die Sie hergeschickt haben.« Der paranoide Ton in seiner Stimme wirkte komisch, fast schon grotesk.

Ich zögerte. »Wenn Sie dort waren, dann wissen Sie doch sicher auch, was die wollen?« Ich hatte mich entschieden, ihm nicht zu widersprechen.

Er stand auf, ging ein paar Schritte, dann drehte er sich um und sah mich an, und ich erschrak. Sein Gesicht war wutverzerrt, und da stand ich auch auf, bereit, mich notfalls zu verteidigen, und überlegte, wie lange es im Zweifelsfall dauern würde, bis ich meinen Revolver herausgeholt hatte.

»Warum spielen Sie diese Spielchen mit mir?« Er sprach

im Flüsterton, und ich verstand ihn kaum. Ich warf einen verstohlenen Blick auf die Hanteln in der Ecke. Außer seinen Händen waren das die einzigen Waffen, die er gegen mich einsetzen konnte. Ich überlegte, wie weit er wohl gehen würde und wie gewalttätig er werden könnte, wenn er gereizt war. Aber er hatte bestimmt den Wulst unter meiner Jacke bemerkt. Plötzlich verzog er das Gesicht, und seine Unterlippe begann zu zittern. »Was wollen Sie von mir?«

Jetzt hatte ich die Oberhand, dessen war ich mir sicher, daher bluffte ich, um zu sehen, was er wußte. »Wenn Sie dort waren, dann müssen Sie doch wissen, wer es war.«

»Was haben die gesagt?«

»Nichts.« Ich mußte improvisieren.

»Warum haben die sie umgebracht? Warum? Ich hab sie doch auch gehaßt. Aber warum umbringen?«

»Wenn Sie dort waren und wenn Sie gesehen haben, wer sie ermordet hat, warum sind Sie dann nicht zur Polizei gegangen?«

Er sah mich forschend an und reckte dann plötzlich dreist das Kinn vor. »Glauben Sie ja nicht, daß ich das nicht noch tue. Das können Sie denen ruhig sagen.«

»Wer sind *die*?« fragte ich ruhig in dem Bemühen, die Vertrautheit wiederherzustellen, die zwischen uns geherrscht hatte, bevor er das Tonband entdeckte, machte mir allerdings wenig Hoffnung.

Er schüttelte den Kopf, als wollte er unangenehme Gedanken verscheuchen und Klarheit gewinnen, und als ich ihn so betrachtete, ging mir kurz durch den Sinn, daß ich vielleicht doch von Anfang an hätte ehrlich zu ihm sein sollen.

»Sie wissen es nicht, stimmt's? Sie waren dort, und Sie haben nicht gesehen, wer es war, stimmt's?«

»Nein.«

»Und jetzt haben Sie Angst, daß ich mit einer Botschaft von dem Mörder komme, stimmt's?«

»Hören Sie auf, mich zu verarschen! Hören Sie auf, mich fertigzumachen!«

»Ich will ja nur herausfinden, was passiert ist, damit ich Ihnen helfen kann.«

»Mir kann keiner helfen.« Sein schreckerfüllter Blick sagte mir, daß er sich vor mir fürchtete, und das gefiel mir nicht.

»Ich werde jetzt ehrlich zu Ihnen sein«, sagte ich schließlich. »Wir können aufhören, uns gegenseitig etwas vorzumachen. Niemand hat mich geschickt. Ich weiß auch nicht mehr als Sie. Heikle Befragungen nehme ich immer auf. Manchmal geschieht das mit Zustimmung der betreffenden Person. Manchmal auch nicht. Ich finde das selbst nicht gut, aber das bringt die Sache so mit sich. Vorgestern abend war Taniqua bei mir zu Hause und hat mir erzählt, daß sie denkt, Sie hätten Pauline Reese umgebracht. Sie hat gesagt, Sie wären nicht mit ihr zusammengewesen, wie die Cops meinen, Sie wären alleine losgezogen. Warum sagen Sie mir nicht, was Sie wissen? Alles, was in der Nacht passiert ist.«

»Was hat Taniqua Ihnen erzählt?«

»Daß Sie in der Nacht mit ihr zusammen waren, aber etwa eine Stunde vor dem Mord an Pauline weggegangen sind.«

»Okay«, sagte er, als wäre er das Versteckspiel leid. Er ließ mich nicht aus den Augen, während er mir den Rest der Geschichte erzählte.

»Ich wußte nicht viel von Taniquas Vergangenheit. Tyrone kannte sie, aber er hat mir nie etwas davon erzählt. Sie wissen Bescheid?« Ich nickte, und er hielt kurz inne und sprach dann weiter. »An dem Abend hat sie es mir zum ersten Mal erzählt. Warum, weiß ich nicht. Sie sagte, daß sie jetzt alles wieder vor Augen hat, wie sie den Kerl erstochen hat, und daß sie total fertig ist, weil Tyrone auch erstochen wurde, und daß sie völlig durcheinander ist deswegen und nicht weiß, was sie denken soll. Das kommt mir alles zu bekannt vor, hat sie immer wieder gesagt. Ich wußte nicht, was sie damit meinte, aber mir war auch sonst nicht wohl dabei, wie sie dahergeredet hat. Sie ist doch noch ein Kind, und dann mit so einer Vergangenheit… nach Tyrones Tod und allem… ich wollte einfach fort von ihr. So ein ungutes Gefühl eben – nennen Sie es, wie Sie wollen, aber ich war in letzter Zeit auch ziemlich schlecht drauf. Vielleicht war das nicht richtig von mir, aber ich wollte einfach nichts mit ihr zu tun haben. Wo sie einen Menschen umgebracht hat und alles. Sie war mir unheimlich.«

»Also haben Sie sie an dem Abend zu Mandy nach Hause gebracht?«

»Nein. Sie wollte nicht nach Hause. Ich hab sie da abgesetzt, wo sie sich manchmal mit ihrem Vater trifft, so eine Bruchbude irgendwo in Newark. Sie ist reingegangen und wollte auf ihn warten, und ich bin nach Hause gefahren. Ich kam zu Hause an und hatte immer noch keine Ruhe, und in dem Zustand hilft's mir manchmal, wenn ich Sport treibe, also hab ich mir gedacht, ich geh rüber zu Gandy's und trainiere noch ein bißchen, aber als ich da ankam, hatten sie schon geschlossen, und ich wollte nicht zurücklaufen, darum hab ich ein Taxi angehalten. Als ich dann mit der Sporttasche und allem in das Taxi gestiegen bin, da hab ich gedacht, ich kann ja auch in den Fitnessraum im Büro gehen und mit dem Taxi zurückfahren, und das hab ich dann getan.« Er stand auf und war plötzlich so nervös, wie er angeblich in jener Nacht gewesen war, er wanderte einmal in dem kleinen Zimmer herum und setzte sich dann wieder hin. Ich beobachtete ihn schweigend.

»Demnach war Rufus in der Nacht, als Pauline starb, mit ihr zusammen?«

»Das weiß ich nicht. Ich hab das Mädchen nur an dieser Bruchbude abgesetzt und bin dann zurückgefahren.« Er machte einen hilflosen Eindruck, als wüßte er nicht, was er noch sagen sollte, oder als wäre es ihm unangenehm, es auszusprechen.

»Eins nach dem anderen«, versuchte ich ihm zuzureden, aber er sah durch mich hindurch, als hätte er mich nicht gehört.

»Ich bin im Büro angekommen, hab die Tür aufgeschlossen und kurz bei Pauline reingeschaut. Sie hat hochgeguckt, als ich reinkam, aber gesagt hat sie nichts, hat mir nur so einen bösen Blick zugeworfen und dann weitergearbeitet. Ich hab das Weib leise verflucht, wie immer, und bin in den Fitnessraum gegangen. Der liegt am anderen Ende des Flurs, weit weg von ihrem Büro. Sie konnte ein richtiger Kotzbrocken sein, und es hat mich immer angestunken, wenn sie so getan hat, als wär ich Luft für sie. Ich hab die Tür zugeknallt und abgeschlossen, weil ich mir dachte, wenn die herkommt und was von mir will, dann soll sie sehen, wo sie bleibt. Ich hab eine Weile auf den Sandsack eingeboxt, ein paar Hanteln gestemmt, dann bin ich auf den Stairmaster. Ich hab die Eingangstür klappen hören und gedacht, daß Pauline jetzt nach Hause geht, darum hab ich mich nicht weiter darum gekümmert. Ungefähr eine Viertelstunde später hab ich gehört, wie die Tür wieder aufgeht und zuknallt. Da hab ich eine kurze Pause eingelegt und gelauscht, hab sie in ihr Zimmer gehen hören und mir gedacht, sie hat wohl was vergessen. Dann ist die Tür wieder zugeknallt, etwa zehn Minuten später. Da hab ich gedacht, jetzt ist sie wieder weg.

Ich bin aufs Laufband gegangen, und das macht einen Höllenlärm, weil es ein billiges Ding ist, hab James Brown in meinen Kassettenrecorder gelegt und angefangen zu laufen. Dann hab ich ein Krachen und einen Knall gehört, und das muß ziemlich laut gewesen sein, weil es sogar James Brown übertönt hat. Ich hab den Kassettenrecorder abgestellt und gehorcht. Als ich nichts hörte, hab ich ihren Namen gerufen, und dann kam jemand durch den Flur und wollte die Tür zum Fitnessraum aufmachen. Ich hatte solche Angst, daß ich mir fast in die Hosen gemacht hab, und ich war verdammt froh, daß die Tür abgeschlossen war. Ich hab gefragt, wer da ist, aber da war dieser Mensch schon wieder weg, die blöde Eingangstür ging auf und schlug wieder zu.«

Sein Blick huschte zu meinem Gesicht, dann zur Wohnungstür und dann wieder zu meinen Augen zurück, die er angestrengt fixierte.

»Ich hab rübergerufen, weil ich wissen wollte, ob mit Pauline alles in Ordnung ist, und dann hab ich noch etwa zehn Minuten gewartet, hab eine Hantel zu meinem Schutz mitgenommen und die Tür zum Büro aufgeschlossen und bin in ihr Zimmer gegangen, um mal nachzusehen. Ihre Tür stand offen, und da war Pauline und hatte ein Telefonkabel um den Hals wie eine Schlinge. Ich kann mich gar nicht erinnern, wie ich aus dem Zimmer gegangen bin und meine Tasche geholt habe und wie ich überhaupt aus dem Haus rausgekommen bin. Aber ich weiß noch, wie kalt es war, als ich nach draußen kam. Ich weiß noch, daß ich dachte, ich müßte mich übergeben, und wie ich mich zusammengerissen habe, damit ich nicht auf die Straße kotze wie so ein dämlicher Besoffener. Komisch, an was für einen Blödsinn man denkt, wenn so was passiert. Ich bin zu einer Telefonzelle in der Nähe gegangen und hab die Polizei angerufen. Ich hab immerzu gezittert, weil ich wußte, daß der Täter noch einmal wegen mir zurückgekommen war.«

Sein Fuß klopfte schon wieder. Draußen auf dem Flur schlug irgendwo eine Tür zu. Bei dem Geräusch fuhr er hoch, und seine Augen waren schreckgeweitet.

»Ich weiß, die kommen mich holen, weil sie ja nicht wissen, ob ich sie erkannt habe oder nicht. Die wissen nicht, was ich gehört hab und was nicht. Die wissen nicht, ob ich sie gesehen hab oder nicht.«

»Sie wissen aber, daß Sie noch nicht zur Polizei gegangen sind.«

»Aber sie wissen nicht, ob ich's nicht noch tue.«

»Dann bleibt Ihnen keine andere Wahl, als es wirklich zu tun.«

»Die Cops denken bestimmt, daß ich es war«, sagte er verzweifelt. »Sie haben mich schon zweimal verhört. Die wissen, daß sie mich gehaßt hat und ich sie auch. Wenn sie erfahren, daß ich in der Nacht dort war, dann glauben sie bestimmt, daß ich sie umgebracht hab. Da bin ich mir sicher. Dann hängen sie mir womöglich auch noch den Mord an Tyrone an. Für die Nacht damals hab ich auch kein Alibi. Dann nehmen die Cops genau wie Sie an, daß ich mit Tyrone ein Verhältnis hatte, und meinen, ich hätte erst ihn und dann Pauline umgebracht... Da ist noch etwas, das Sie wissen sollten«, sagte er nach einem Moment, wobei er sich zu mir vorbeugte und so leise sprach, als wäre noch jemand anders im Zimmer. »Tyrone hat mir etwas von dem Geld gegeben, von den zehn Riesen, die er von Mandy hatte. Er hat es mir geliehen. Ich wollte es ihm zurückzahlen. Ich glaube, Pauline wußte das. Ich bin mir fast sicher.«

Offenbar hatte er vergessen, daß er noch vor zehn Minuten so getan hatte, als hätte er nichts Genaues über die Erpressung gewußt. Wieder meldete sich mein Argwohn gegen ihn. *Hatte ich ihn falsch eingeschätzt?* überlegte ich. *War alles andere genauso gelogen?*

»Dann haben Sie sie also doch umgebracht, nicht wahr?« sagte ich, als wäre mir nun endlich alles klar, was gar nicht stimmte. Aber meine Stimme war kühl, und ich fixierte ihn mit meinem Blick, wartete darauf, daß er mir auswich; er tat es nicht. Seine Augen waren völlig ausdruckslos. Ich wußte nicht, was ich von ihm halten sollte, wie ehrlich er mir gegenüber war und ob er wirklich soviel Angst hatte, wie es den Anschein hatte. Ich richtete mich auf und machte mich bereit, zu meiner Waffe zu greifen, falls ich sie brauchen sollte. Auf seinem Gesicht zeigte sich Erstaunen und dann Wut und Angst, als hätte er gemerkt, daß er einen Fehler gemacht hatte.

»O Gott«, sagte er.

»Ich will es Ihnen noch einmal anders erklären.« Ich beobachtete, ob er irgendeine Reaktion zeigte, aber er wirkte zu überrascht und schockiert, um sich zu wehren. »Sie wußten, daß sie in jener Nacht dort war und Überstunden machte. Sie haben Ihren Wagen zu Hause stehenlassen. Sie sind mit einem Taxi hingefahren. Sie haben aufgeschlossen. Sie hatten einen Streit mit der Frau. Sie hat Sie zur Rede gestellt, wahrscheinlich wegen dem Geld, das Sie und Tyrone von Mandy erpreßt hatten. Vielleicht hat sie auch durchblicken lassen, daß Sie etwas mit dem Mord an Tyrone zu tun hatten, und hat sich über Ihre Beziehung zu ihm lustig gemacht. Sie sind wütend geworden. Sie wollten sich ja beherrschen, aber dann haben Sie doch das Telefonkabel genommen und sie umgebracht, indem Sie es ihr um den Hals gelegt und so fest zugezogen haben, wie Sie nur konnten. Und Sie haben die Polizei nicht gerufen, Sie haben sie einfach liegenlassen wie einen toten Vogel, bis jemand sie gefunden und die Polizei gerufen hat. Und jetzt erzählen Sie mir Ihre Geschichte, um zu sehen, ob ich Ihnen das abnehme, ob ich wirklich was gegen Sie in der Hand habe. Aber eins will ich Ihnen ganz klar sagen. Wenn mir etwas passiert, dann wandern Sie geradewegs ins Gefängnis, wo Sie hingehören, weil eine Menge Leute wissen, daß ich hier bin, und ich gehe davon aus, daß ich dieses Haus genauso verlasse, wie ich es betreten habe. Also machen Sie am besten reinen Tisch, verstecken Sie sich nicht länger vor der Welt, und reden Sie es sich von der Seele.«

»Verdammte Scheiße«, sagte er mit schwacher, ängstlicher Stimme. »Ich hab Ihnen alles erzählt, weil ich dachte, ich könnte Ihnen vertrauen.«

»Dann rufen wir eben die Polizei an und erzählen ihr, was Sie wissen«, sagte ich sanfter.

»Kommt gar nicht in Frage. Ich halte einfach den Mund und mache, daß ich von hier wegkomme, so schnell es geht. Wenn ich bei der Polizei aussage, dann sperren sie mich wegen dem Mord an Pauline ein. Sie bringen mich mit dem Spiel in Zusammenhang, das Tyrone mit Mandy getrieben hat, genau wie Sie, und dann behaupten sie, ich hätte Pauline umgebracht, um sie zum Schweigen zu bringen, genau wie Sie.«

»Was hindert mich daran, der Polizei zu berichten, was Sie mir gerade erzählt haben?«

»Da steht einfach Aussage gegen Aussage. Und ich weiß, daß Mandy mich bei der Polizei decken wird, wenn ich sage, daß ich Taniqua bei Rufus abgesetzt habe, weil sie sonst vielleicht Taniqua verdächtigen. Sie konnte Pauline auch nicht leiden, und die Cops wissen das, weil ich es ihnen nämlich erzählt habe. Mandy liebt Taniqua über alles«, sagte er mit einem Anflug von Neid, der mich überraschte. »Und wo waren denn Taniqua und ihr zwielichtiger Vater, als es Pauline erwischt hat? Vielleicht hatte Pauline ja mit den beiden auch ein Ding laufen.« Er sprach in verschwörerischem Ton, als stünden wir beide auf einer Seite wie Waffengefährten in einem gemeinsamen Kampf. Aber was er da sagte, war mir auch schon in den Sinn gekommen. Dann bog er es anders hin. »Die wissen, wer ich bin, aber ich weiß nicht, wer die sind. Sobald der wahre Täter geschnappt ist, kann mir nichts mehr passieren. Aber bis dahin mach ich mich rar, wie gesagt.«

»Was wollen Sie jetzt tun?« fragte ich leicht beunruhigt.

»Das lassen Sie mal meine Sorge sein.«

»Am besten gehen Sie zur Polizei. Nehmen Sie sich einen guten Anwalt, sagen Sie ihm, was Sie wissen, und dann gehen Sie zur Polizei. Wenn Sie wollen, komme ich mit.«

»Zu Ihnen hab ich kein Vertrauen mehr«, maulte er wie ein verzogenes Kind.

»Das tut mir leid. Aber ich hatte auch meine Zweifel.«

»Ist ja egal«, sagte er leichthin, als meinte er es ernst, und mit einem gleichgültigen Achselzucken. »Würden Sie jetzt bitte gehen.«

»Hören Sie auf mich, Kenton. Gehen Sie mit mir zur Polizei. Ich hab einen Revolver, also kann Ihnen niemand was tun. Die Cops können Ihnen Schutz bieten, wenn Sie ihnen alles sagen, was Sie wissen, die ganze Geschichte von Anfang an, ohne zu lügen und jemandem etwas vorzumachen.«

»Nein.«

»Bestimmt nicht? Vielleicht können Sie…«

Er fiel mir ins Wort. »Würden Sie jetzt bitte gehen«, wiederholte er, ganz höflich und wohlerzogen, wie seine »liebe, unbedarfte« Mama es ihm wahrscheinlich beigebracht hatte, aber sein Blick huschte wie bei einem kleinen, gehetzten Tier zum Fenster hin und im Zimmer herum. Darum gab ich ihm die Hand, wünschte ihm Glück und ging. Und das war das letzte Mal, daß ich ihn lebend sah.

10

Sein Mörder hatte im Schatten des Treppenhauses auf ihn gelauert, und das Messer war so scharf und schnell, daß Kenton Daniels auf der Stelle tot war. Er wurde nicht in der Nacht umgebracht, sondern am frühen Abend, nur wenige Stunden, nachdem ich von ihm fortgegangen war. Außer dem Mörder war ich wahrscheinlich der letzte Mensch, der ihn lebend gesehen hatte, und was er in seiner Verbitterung zu mir sagte, waren womöglich die letzten Worte, die er zu einem anderen Menschen sprach.

Hatte ich seinen Mörder zu ihm geführt?

Der Täter oder die Täterin würde weiter morden, da war ich mir sicher, würde weitergehen auf dem Weg nach oben, bis Mandy Magic schließlich das letzte Opfer wurde. Aber vielleicht war die Gefahr ihr näher, als sie dachte?

Ich kam am nächsten Tag gerade von der Arbeit zurück, als ich die Meldung von Kentons Tod im Radio hörte. Ich hatte an nichts Besonderes gedacht, hatte einfach die Gedanken schweifen lassen vom traurigen Zustand des Blauen Dämon bis hin zu der Frage, ob ich bei Dino's Pizzeria vorbeifahren und die Pizza holen sollte, die ich Jamal seit zwei Tagen versprochen hatte. Als ich die Meldung hörte, verlor ich beinahe die Kontrolle über mein Auto. Ich wechselte auf die rechte Spur und riß das Steuer so schnell herum, daß meine Reifen quietschten, während ich einem anderen Auto gerade noch ausweichen konnte. Einen Moment lang konnte ich nichts denken und nichts fühlen. Irgendwie gelang es mir, an den Bordstein zu fahren. Ich holte Luft, so tief ich konnte, dann atmete ich langsam wieder aus und dachte dabei, daß Kenton Daniels nie wieder einen Atemzug tun würde. Immer noch ganz benommen schloß ich die Augen, sprach ein kurzes Gebet und saß dann einfach da und dachte darüber nach, was ich eben erfahren hatte.

Movin' on up.

Tyrone Mason. Pauline Reese. Kenton Daniels III. Sie waren nach dem Grad ihrer Vertrautheit mit Mandy Magic ermordet worden. *Tyrone Mason*, der Sohn von Harold, den sie zu ihrem Wahlcousin erkoren hatte. *Pauline Reese*, ihre engste Freundin aus der Zeit, als sie noch Starmanda Jackson war. *Kenton Daniels*, wieder ein Sohn eines Toten, wieder eine Verbindung zu ihrer Vergangenheit. Wer blieb noch? *Taniqua.* Und was hatte das zu bedeuten?

Da erinnerte ich mich an Rufus Greene und seine schrecklichen Worte darüber, wie es ist, wenn man einen Menschen umbringt; er hatte das beschrieben, als hätte er selbst das Messer in der Hand gehabt. Ich dachte an Taniqua, machte die Augen zu, kniff sie fest zusammen und versuchte, die Erinnerung an seine Worte zu verdrängen; statt dessen dachte ich wieder an Kenton Daniels III und an sein Ende.

Ich war bei ihm gewesen. Ich hatte ihn gesehen. Und jetzt war er tot. Hatte sein Mörder uns beobachtet, in einer dunklen Ecke versteckt, und gewartet, daß ich gehe, oder daß Kenton für irgendeine kleine Besorgung heraushuscht – um sich in einem Restaurant etwas zu essen zu holen, kurz im

Fitnesscenter zu trainieren, sich rasch Geld aus dem Geldautomaten zu besorgen, um dann die Stadt zu verlassen – und ihn umgebracht in dem Glauben, er wüßte etwas?

Mandy Magic hatte es inzwischen sicher auch erfahren, vermutlich hatte die Polizei sie von diesem neuen Mord an einem ihr nahestehenden Menschen unterrichtet. Ich war überzeugt, daß man mir diesmal Gehör schenken und meine Aussage ernst nehmen würde. Zwei Todesfälle binnen einer Woche, das war mehr als Zufall. Aber ich mußte erst mit Mandy Magic reden, bevor ich ihren Fall mit der Polizei erörterte. Das war ich ihr als Mensch wie als Vertreterin meines Berufs schuldig.

Und ich würde ihr meine Befürchtungen, was Taniqua anbelangte, mitteilen müssen. Sie waren vage, unzusammenhängend und eher gefühlsmäßig begründet, aber sie waren da und ließen sich nicht abschütteln. Ich war mir sicher, daß das Mädchen etwas mit der Sache zu tun hatte, auch wenn ich keine Ahnung hatte, warum und wie tief sie mit drinsteckte. Und noch etwas war mir klar: Die Gefahr war jetzt größer, war näher an Mandy herangerückt und drohte mehr denn je, sie zu vernichten.

Movin' on up.

War Taniqua diese Gefahr? Hatte ihr erster Mord etwas in ihr freigesetzt?

Kennen Sie das Gefühl, daß gleich hinter der nächsten Ecke etwas Grauenvolles auf Sie lauert, etwas Großes und Gemeines, das Ihnen das ganze Leben zerstören wird…?

Da lauerte etwas auf sie, aber ich wußte auch, daß sie zuviel Angst hatte, um es auch nur auszusprechen, wenn ich es nicht mit Gewalt aus ihr herausholte.

Wer spielte den heimlichen, tödlichen Part in diesem Spiel?

Pauline war ermordet worden, ehe sie es mir verraten konnte. Kenton Daniels war ermordet worden, weil jemand dachte, er wisse es. Und Mandy mußte mehr wissen, als sie mir erzählt hatte. Der Tod schlug zu rasch, zu oft zu, als daß sie ahnungslos sein konnte; sie mußte nur vor sich selbst zugeben, was sie zu verbergen suchte.

Ich hielt bei einem Drugstore und rief zu Hause an. Ich sagte Jamal, daß ich erst spät nach Hause käme, und ermahnte ihn, er solle die Tür abschließen und keine fremden Menschen hereinlassen – auch wenn er glaubte, sie noch so gut zu kennen. Er wußte, wen ich damit meinte, und mein ernster Ton sagte ihm, daß es kein Scherz war. Dann rief ich bei Mandy Magic zu Hause an, und als sich niemand meldete, legte ich rasch auf und fuhr zu ihr, um nachzusehen, ob alles in Ordnung war, dabei verbot ich mir jeden anderen Gedanken als den, daß ich zu ihr mußte.

Sie öffnete gleich beim ersten Läuten, den scharlachroten Chenille-Morgenmantel eng um ihren zierlichen Körper geschlungen. Die Füße steckten in rot-schwarzen Hausschuhen. Ihr hübsches Gesicht sah abgespannt aus, die Augen waren geschwollen. Sie sprach mit eintöniger Stimme, ihre Miene war gelassen. Nur ihre Augen verrieten, was in ihr vorging.

»Ich wollte nichts mehr hören, ich konnte nicht noch mehr schlechte Nachrichten ertragen«, sagte sie auf meine Frage, warum sie nicht ans Telefon gegangen war. »Ich kann es nicht fassen, daß er nicht mehr ist.«

Man hatte sie am vergangenen Abend angerufen, sagte sie, nachdem man seine Leiche gefunden und identifiziert hatte. Ihre Telefonnummer stand unterstrichen auf einem Zettel auf seinem Schreibtisch, daher ging man davon aus, daß sie eine wichtige Rolle in seinem Leben spielte. Obwohl sie keine der nächsten Angehörigen war – allem Anschein nach gab es keine nächsten Angehörigen –, hatte die Polizei sie aus Gefälligkeit benachrichtigt, ehe die Mitteilung an die Presse gegeben wurde. Immerhin war sie Mandy Magic, und der Name verdiente und verlangte Respekt. Seither versuchte sie, mit ihrem Kummer fertigzuwerden.

Wir gingen in ihr Laura-Ashley-Wohnzimmer mit den grün-rosa Chintzmöbeln. Das silberne Zigarettenetui lag offen und leer herum, und der schale Geruch von kaltem Rauch hing in der Luft. Das feinverzierte Ebenholzkästchen mit den beiden Pistolen stand noch an seinem Platz. An dem Abend gab es keine Überreste eines erlöschenden Kaminfeuers, es war merkwürdig kühl im Zimmer. Beim Hereinkommen fröstelte ich; aber vielleicht war das nur Einbildung.

Ich saß neben ihr auf der Couch, und Taniqua setzte sich uns gegenüber auf den Platz, auf dem bei meinem letzten Besuch Kenton gesessen hatte. Auch sie hatte geschwollene Augen. Sie hatte die langen Haare mit einem Gummiband hochgebunden und sah mehr denn je aus wie ein kleines Mädchen. Sie sprach kaum. Ich gab mir alle Mühe, sie nicht anzuschauen.

Kentons Spuren waren noch im Zimmer gegenwärtig: Auf dem Tisch lag eine aufgeschlagene Nummer von *Sports Illustrated*, unter dem Sessel standen ein Paar schwarze Herren-

Hausschuhe. Ich mußte wieder daran denken, was er mir über sein Verhältnis zu Mandy und seine Beziehung oder auch Nicht-Beziehung zu Tyrone erzählt hatte. Ich wußte, daß ich sie danach fragen sollte, denn ich hatte das Gefühl, das könnte mir einige Erkenntnisse bringen; aber mir war auch bewußt, daß ich ganz sanft vorgehen müßte, um sie nicht zu erschrecken und damit den inneren Frieden zu stören, den sie mühsam wiederfand. Zunächst aber saßen wir drei schweigend zusammen, wie bei einer Totenwache. Mandy sprach als erste wieder, und ihre Stimme verriet keinerlei Gefühlsregung.

»Ich habe seit Paulines Tod eigentlich nicht mehr mit ihm geredet. Ich hatte angerufen und eine Nachricht hinterlassen. Er hat nie zurückgerufen. Die Polizei hat mir gestern abend erzählt, daß er wohl mehr wußte, als er gesagt hatte, mehr als er zugeben mochte.« Sie seufzte und warf einen Blick auf das leere silberne Zigarettenetui. Taniqua verstand, was sie wollte, ging in die Küche und kam mit einem Päckchen Newports zurück. Ich dachte an unsere erste Begegnung zurück, an die Selbstsicherheit, mit der sie behauptet hatte, sie könne sich ohne weiteres das Rauchen abgewöhnen. Das gab sie jetzt nicht mehr vor. Sie klammerte sich an jeden erreichbaren Strohhalm, obwohl ihre Stimme vom Rauchen schon rauh und heiser war. Sie riß die Packung auf und legte die Zigaretten sorgfältig in das Etui. Eine nahm sie heraus und zündete sie rasch an, sog gierig den Rauch ein und stieß ihn dann aus, als könnte sie damit allen Kummer loswerden, den sie in den vergangenen Tagen erlebt hatte. »Er hatte Angst«, sagte sie nach einer Weile. »Das habe ich gespürt.«

»Er war in deinen Büroräumen, als Pauline Reese ermordet wurde.« Ich teilte ihr das Wenige mit, das ich wußte. Es hatte keinen Sinn mehr, sein Geheimnis zu wahren; jetzt, da er tot war, gab es keinen Grund mehr dafür. Doch während ich sprach, beobachtete ich Taniquas Gesicht und überlegte, ob ich mit Gewalt aus ihr herausholen sollte, wo sie in jener Nacht zusammen mit Rufus Greene gewesen war. Taniqua hob leicht den Kopf, als hätte sie etwas Interessantes gehört.

»Also hatte ich recht«, sagte sie nach einem Moment, und ihre Stimme war unnatürlich hoch. »Dann hatte ich recht mit Kenton und Pauline.«

Mandy schien verwundert und sah mich an, ob ich eine Erklärung hätte. Offenbar hatte ihr Taniqua noch nichts von ihrem Verdacht erzählt, und obwohl ich Mandy von Rufus Greenes Besuch bei mir berichtet hatte, hatte ich nichts davon gesagt, daß vorher seine Tochter bei mir gewesen war. Jetzt erzählte ich es ihr und faßte die Sache so kurz und objektiv wie möglich zusammen.

»Taniqua meinte, Kenton könnte etwas mit Paulines Tod zu tun haben.« Mandy sah mich mit großen Augen an, und ich beantwortete ihre unausgesprochene Frage. »Sie waren an jenem Abend zusammen, wie sie es dir erzählt hat und beide vor der Polizei ausgesagt haben, aber dann ist er gegangen. Er hat sie an dem Abend bei Rufus abgesetzt. Dann ist er in das Fitnesscenter gefahren und danach ins Büro, um dort zu trainieren. Dort war er auch, als Pauline ermordet wurde. Ich bin überzeugt, daß Paulines Mörder auch ihn umgebracht hat.«

Sie legte schnell die Hand auf den Mund, um einen Entsetzensschrei zu ersticken, und vorübergehend blitzte so etwas wie Ungläubigkeit in ihren Augen auf.

Wieder dachte ich daran, wie sie gesagt hatte, da lauere etwas »Grauenvolles, Großes und Gemeines« auf sie, und ich war mir nicht sicher, ob nicht etwas davon hier mit uns im Zimmer saß. »Kann ich dich unter vier Augen sprechen?«

Sie starrte vor sich hin, ohne mir eine Antwort zu geben. Ich sah Taniqua an und bat sie stumm um Erlaubnis. Sie warf mir einen merkwürdigen Blick zu, als wüßte sie, was ich über sie sagen wollte, und überlegte, ob sie gehen sollte, aber dann stand sie auf und verließ brav den Raum, ohne eine von uns anzusehen. Ihr Rücken war leicht gebeugt, wie bei einer alten Frau. Mandy sah ihr nach, und als Taniqua draußen war, stand Mandy auf und öffnete einen Spaltbreit das Fenster. Von draußen wehte eine kalte Brise herein. Mandy schloß die Augen und atmete die frische Luft ein wie etwas, das sie brauchte und das ihr gefehlt hatte.

»Wo war Taniqua letzte Nacht?« fragte ich Mandy. Sie machte das Fenster zu und setzte sich wieder hin.

»Worauf willst du hinaus?«

»Ich glaube, das weißt du. Wo war sie gestern, als Kenton Daniels ermordet wurde?«

»Nein!« Das Wort kam aus ihrem Mund geschossen und schlug mir wie eine Ohrfeige ins Gesicht, aber ich blieb standhaft.

»Sag es mir, Mandy.«

Sie lehnte sich zurück, als sollte ich es nur wagen, ihr weitere Fragen zu stellen, und als sie mir antwortete, war ihre Stimme ruhig und herausfordernd. »Sie war hier bei mir.«

»Nur du kennst die wahre Antwort auf diese Frage. Aber du solltest wenigstens dir selbst gegenüber ehrlich sein. Ist es möglich, daß sie irgend etwas mit dem Mord an Kenton Daniels zu tun hat? Er wurde gleichfalls erstochen.«

»Was willst du damit sagen?«

»So, wie auch William Raye umgebracht wurde. Und Tyrone Mason.«

»Sie hat Tyrone Mason geliebt.«

»Sagt sie.«

»Das hat überhaupt nichts zu bedeuten. Nicht das geringste bißchen. Was soll das schon bedeuten – daß sie erstochen wurden? Nichts. Das ist scheißegal!« Ihre Stimme klang atemlos, die Worte waren wie ein Trommelfeuer.

»Ist sie gestern nachmittag ausgegangen, in ein Geschäft vielleicht, zum Einkaufszentrum?«

»Ich sagte doch, nein.«

»War sie mit Rufus Greene zusammen?«

»Ich sagte doch, sie war bei mir.«

Ich sah sie forschend an, ob sie die Wahrheit sagte, hoffte es um ihretwillen, doch meine Zweifel blieben.

»Ich werde zur Polizei gehen müssen«, sagte ich dann. »Ich weiß nicht, was passiert ist. Ich weiß nicht, ob Rufus Greene etwas mit dem Tod von Kenton Daniels zu tun hat oder ob Taniqua etwas damit zu tun hat, oder was und wer sonst noch eine Rolle dabei gespielt hat, ich begreife einfach nicht, was hier abläuft. Kenton hat mir einiges erzählt…«

»Was denn?« fiel sie mir ins Wort, und ihre Augen drangen in mich, als könnte sie mit bloßer Willenskraft die Wahrheit aus mir herausholen. Ich starrte zurück, ohne mich einschüchtern zu lassen.

»Daß er vor jemandem Angst hatte. Daß er ganz durcheinander war, als er erfuhr, daß Taniqua William Raye umgebracht hat. Daß…«

»William Raye hat mit der Sache hier ganz und gar nichts zu tun. Er ist tot. Theresa ist tot. Taniqua ist bei mir, hier und heute…«

»Genau wie du, immer im Hier und Heute.« Diesmal fiel ich ihr ins Wort, und es war mir egal, wie spöttisch das klang und wie höhnisch es wirken mußte. »Und jetzt ist natürlich wirklich niemand mehr da, der dich noch aus alten Zeiten kennt.«

Einen Moment lang dachte ich, sie wolle mir ins Gesicht schlagen.

»Wie kann man nur so etwas Dummes und Gehässiges sagen.« Ihre Stimme klang leise und verletzt.

Ich gab keine Antwort, denn es war tatsächlich gehässig gewesen, und ich hatte es auch so gemeint. Schließlich hatte sie mir auch schon so manche Gehässigkeit an den Kopf geworfen.

»Was hat er dir sonst noch erzählt?« kam sie wieder auf Kenton Daniels zurück.

»Wie ihr beide euch kennengelernt habt. Daß du seinen Vater gekannt hast. Daß Dr. Daniels dir mal einen Gefallen getan hat, damals in alten Zeiten. Was war das denn für ein Gefallen, Mandy? Welchen Gefallen konnte dir so ein Arzt, der eine Klinik für schwangere Teenager leitete, denn tun? Warst du schwanger von Elmer Brewster? Abtreibung war damals verboten, aber vielleicht hattest du eine illegale Abtreibung – war es das?«

Plötzlich füllten sich ihre Augen mit Tränen, und sie verbarg das Gesicht in den Händen. Ich griff hinüber und zog sie fort, so daß Mandy mir die Tränen zeigen mußte, die ihr über die Wangen liefen.

»Sag mir die Wahrheit, Mandy. Bitte.«

»Das stimmt alles nicht, was du sagst.« Sie richtete sich auf, holte tief Luft und riß sich zusammen, diese Stärke hatte ich immer an ihr bewundert, und ich wußte, dieses Bild von ihr würde ich mitnehmen, wenn all das vorbei war.

»Du verheimlichst mir etwas, Mandy, wie immer.« Ich sprach jetzt wieder leise, aber ich verbarg meine Enttäuschung nicht. »Du mußt mir die ganze Wahrheit sagen, egal, wie sie aussieht.«

Sie sah mich lange schweigend an, dann schüttelte sie den Kopf, um mir zu bedeuten, daß sie nicht nachgeben konnte oder wollte, als könnte sie sich so von etwas befreien, mit dem sie sich nicht belasten wollte.

Ich redete weiter und suchte in ihren Augen nach einer Antwort. »Hat es etwas mit Taniqua und diesen Morden zu tun? Oder mit Kenton Daniels? Oder vielleicht mit Rufus Greene? Du weißt etwas, das du mir nicht sagen kannst, etwas, das nur du allein weißt?« Jetzt bettelte ich, und das mag ich nicht.

Sie lächelte leicht, sah mir direkt in die Augen, sprach aber ruhig und eigensinnig an mir vorbei, und da wußte ich, daß sie gewonnen hatte. »Taniqua bedeutet mir mehr, als ich mir das je hätte vorstellen können. Ich werde nicht zulassen, daß man ihr noch einmal weh tut. Du kannst sagen und machen und denken, was du willst, aber das wirst du mir nicht nehmen. Ich weiß, daß ich am längeren Hebel sitze, nicht du. Ich weiß, daß ich mich nicht unterkriegen lasse.«

Taniqua kam herein und setzte sich zu Füßen ihrer Mutter auf den Boden. Mandy streckte zärtlich die Hand nach ihr aus und streichelte den weichen Haarschopf, als wäre Taniqua noch ein kleines Mädchen. Diesen Impuls, dieses mütterliche Bedürfnis, ein Kind zu beschützen, konnte ich gut verstehen. Ob dieses Schutzverhalten so weit ging, daß es andere in Gefahr brachte? Taniqua griff nach der Hand ihrer Mutter, wie um sich Kraft zu holen, und ließ sie dann wieder los. Aber ihr Blick huschte zur Tür und wieder zurück, als wartete sie auf jemand anderen hier im Haus und hielte Ausschau nach ihm. Verwundert schaute ich selbst dorthin, aber da war niemand. Taniqua sah wieder ihre Mutter an.

»Ich hab Kenton gestern nachmittag getroffen«, sagte sie. »Bevor er ermordet, erstochen wurde. Meine Mom hat gesagt, ich soll nichts davon erzählen, aber ich hab ihn vor seiner Wohnung getroffen, und dann bin ich gegangen.«

Also war sie es gewesen, auf die er gewartet hatte, der letzte Mensch, der ihn lebend sah.

»Hat er was davon gesagt, daß er sich noch mit irgend jemand anderem getroffen hat?« Das wäre mehr Glück, als ich zu hoffen wagte.

»Nein.«

»Was hat er gesagt?«

Sie warf Mandy einen Blick zu, als wollte sie um Erlaubnis bitten, und Mandy schüttelte den Kopf, damit sie nichts mehr sagte, aber sie sprach trotzdem weiter. »Er hat gesagt, Sie hätten ihn reingelegt. Sie hätten ihn beschuldigt, Pauline ermordet zu haben. Daß man Ihnen nicht trauen kann.«

»Aber du hast ihn doch selbst beschuldigt, Pauline ermordet zu haben. Du hast mir gesagt, daß man *ihm* nicht trauen kann«, wies ich sie zurecht und bemühte mich dabei um einen distanzierten und professionellen Ton.

»Nein, hab ich nicht«, sagte sie.

In Mandys Augen blitzte Zorn auf, dann schaute sie zum Flur hin, genau wie Taniqua es getan hatte. Ich spähte über meine Schulter, da ich eine unsichtbare Gestalt zu spüren glaubte. »Ist hier noch jemand, Mandy?«

»Nein. Laß mich und meine Tochter in Ruhe, und belästige uns nicht weiter.« Sie sprach ganz ruhig, aber ihre Augen waren feindselig zusammengekniffen, als fiele es ihr schwer, überhaupt mit mir zu reden oder mich anzusehen.

Ich war wie vom Schlag getroffen von ihrem Ton, ihrer Wut, die aus heiterem Himmel zu kommen schien, und von diesem Blick.

Taniqua begann zu weinen, und Mandy zog sie an sich. »Bitte geh«, sagte sie mit zitternder Stimme.

Ich starrte sie ungläubig an. »Nach allem, was geschehen ist?«

»Du bist entlassen.« Sie sprach langsam und deutlich mit ihrer besten Radiostimme, und die Worte hallten im Raum nach.

»Was?«

»Du kannst hier nichts mehr tun. Du bringst uns nur Ärger. Geh.«

Meine Verblüffung stand mir wohl deutlich im Gesicht geschrieben, aber ich rührte mich nicht von der Stelle.

»Raus! Hast du nicht gehört? Verlasse mein Haus!« Jetzt war ihre Stimme voller Kraft, das war wieder die Mandy, die weiß, was sie tut, Mandy Magic vom Radio, die alles im

Griff hat. Sie hatte ihr altes Selbstbewußtsein wiedergefunden.

Ich hatte die Nase voll. Ich fand keine Worte, um meine Gefühle auszudrücken, und im Grunde meines Herzens wußte ich auch, daß es gar nicht mehr viel zu sagen gab. Darum stand ich auf und hielt noch eine letzte Rede – und packte gleichzeitig meine Sachen, womit ich mich offiziell von dem Fall zurückzog.

»Ich bin froh, wenn ich hier weg bin«, sagte ich, und die Wahrheit machte mir keinerlei Schwierigkeiten. »Aber Sie sollten wissen, Ms. Magic, daß ich zur Polizei gehe und denen erzähle, was sich hier abgespielt hat, was gestern mit Kenton Daniels passiert ist, und alles, was Sie mir erzählt haben und was Taniqua mir eben erzählt hat. Wenn Sie das für Vertragsbruch halten, dann können wir das später regeln, oder Sie können sich beim Zulassungsamt über mich beschweren oder sonst tun und lassen, wozu Sie lustig sind, aber unsere Geschäftsbeziehung ist hiermit offiziell beendet, und das gilt auch für jegliche Loyalität, die ich Ihnen bislang entgegengebracht haben mag.« Ich hielt inne, stellte mich aufrecht hin, um meinen Worten Nachdruck zu verleihen, aber sie hörte mir mit absolut ausdrucksloser Miene zu.

»Hast du nicht gehört, daß du verschwinden sollst?«

Ich gab mich noch nicht geschlagen. Fest entschlossen, reinen Tisch zu machen, fuhr ich fort: »Ich habe eine Ahnung, wer diese Briefe geschrieben hat, aber ich weiß nicht genau, warum, und ich habe keine Beweise, und im Augenblick könnten meine Vermutungen eher Schaden anrichten, also behalte ich sie lieber für mich – und für Vermutungen haben Sie mich sowieso nicht bezahlt.« Sie sah mich weiterhin mit leerem Blick an. »Ich habe Ihren Fall nicht gelöst, aber ich habe fast zwei Wochen Arbeit hineingesteckt, daher betrachte ich Ihren Vorschuß nur als Teilzahlung für meine Dienste. Ich erwarte eine Vergütung für meinen übrigen Zeitaufwand und werde Ihnen meine Rechnung auf dem Postweg zukommen lassen.«

»Gut«, sagte sie, und ihre Stimme verriet keinerlei Gefühlsregung, weder Enttäuschung noch auch nur Ärger. »Bitte mach die Tür fest hinter dir zu.«

»Viel Glück«, sagte ich mit würdevollem Nicken und einer hoffentlich angemessenen Portion professioneller Gleichmütigkeit. *Von mir aus kannst du sehen, wo du bleibst!* dachte ich bei mir.

Mir war klar, daß sie mich gefeuert hatte, weil sie sich durch mich genötigt fühlte, sich zu sehr mit sich selbst auseinanderzusetzen, mit dem, was sie nicht wahrhaben wollte. Aber das war mir jetzt egal. Als ich zur Tür ging, war mir leicht ums Herz, der ganze blödsinnige Auftritt brachte mich fast zum Lachen. Dieser Fall – Mandy Magic, ihr undurchsichtiger Umgang mit der Wahrheit, Rufus Greene, ihre problembeladene Taniqua, die ganze verdammte Geschichte – hatte mich mehr mitgenommen, als ich zugeben mochte.

Ich versuche immer, mich nicht allzusehr mit meinen Klienten einzulassen, und am Ende tue ich es doch. Das bringt der Job so mit sich – ich muß mich so weit engagieren, daß ich mich voll für meine Klienten einsetze und bisweilen sogar mein Leben riskiere. Ich bilde mir gern ein, daß mich genau das zu einer guten Privatdetektivin macht – mir liegt so viel an den Menschen und ihren Problemen, daß ich mich mit ganzer Kraft für sie einsetze, und an Mandy Magic hatte mir sehr viel gelegen. Doch das mußte jetzt ein Ende haben. Also zog ich die Haustür hinter mir zu und schloß Mandy damit aus meinem Leben aus. Von nun an sollte sich die Polizei um die Sache kümmern.

Ich ging rasch den Weg hinunter, an den Hecken entlang, und meine Absätze klapperten laut auf dem Kopfsteinpflaster. Ich drehte mich nicht noch einmal um, obwohl die Versuchung groß war. Von ein paar Häusern weiter hörte ich Partylärm. Leise, vielschichtige Jazzklänge drangen auf die Straße hinaus. Ich sah Schatten, die sich hinter den Jalousien bewegten. Ich stellte mir vor, wie da Sektkorken knallten und edles Kristall klirrte. Die Leute dort amüsierten sich, feierten, genossen das Leben, alles Dinge, die ich meiner früheren Klientin wegen in den letzten Wochen nicht getan hatte. Die Straße war mit teuren Wagen – Seville, Lexus, Porsche – zugeparkt, so daß ich den Blauen Dämon zwei Straßen weiter hatte abstellen müssen. Vielleicht war das ganz gut so. So hatte ich Gelegenheit, auf dem Weg alles noch einmal zu überdenken. Mandy Magics Probleme hatten mich derart in Anspruch genommen, daß ich kaum dazu gekommen war, mich um meine eigenen zu kümmern. Eine Party hätte mir jetzt gutgetan. Laute Musik, ausgelassenes Tanzen, unbeschwerte Fröhlichkeit. Einen Moment lang machte ich mir Gedanken, wo mein nächster Job herkommen sollte und daß mir das Geld nur so durch die Finger rann. Aber noch hatte ich etwas von dem Vorschuß übrig und müßte mir nur ein paar Sparmaßnahmen einfallen lassen, bis ich wieder einen Auftrag hatte.

Ich war noch nie aus einem Fall gefeuert worden, und es

war kein schönes Gefühl. Ich gebe mich nicht gern geschlagen. Wenn ich eine Sache anfange, dann will ich sie auch zu Ende führen. Sonst bleibt ein bitterer Nachgeschmack zurück, und obwohl ich erst einmal erleichtert war, Mandy und ihre Probleme los zu sein, machte mir die Niederlage doch zu schaffen – und die Möglichkeit, einen Teil meiner Einnahmen zu verlieren, erst recht. Einen Moment lang ließ ich den Kopf hängen. Dann zwang ich mich, wieder nach vorn zu schauen.

Keep ya head up. *Keep ya head up* hieß es in einem Hip-Hop-Song, den Jamal schon seit Wochen ständig in voller Lautstärke auf seinem CD-Recorder laufen ließ; ich mußte lächeln, als mir der Text jetzt wieder durch den Sinn ging, und dabei wurde mir fröhlicher zumute. *Was soll's*, dachte ich. Ich hatte schon Schlimmeres erlebt und es immer überstanden. Ich würde auch das überstehen. Ich stolperte über eine Unebenheit auf dem Bürgersteig und wäre fast gefallen. Ich richtete mich auf, fand das Gleichgewicht wieder, schaute mich um, ob mich auch niemand beobachtet hatte, dann lachte ich laut heraus, und es war mir egal, ob mich jemand hörte. Eigentlich kann ich von Glück sagen, dachte ich. Ich hätte fallen und mir das Hüftgelenk brechen, das Nasenbein zertrümmern, die Schneidezähne einschlagen können – aber ich hatte mich rechtzeitig gefangen. Wie immer.

Mandy Magic, geb. Starmanda Jackson alias Starry war gewiß eine interessante Klientin gewesen, und es war ein einmaliges Erlebnis, daß ich fast zwei Wochen lang ihre Vertraute sein durfte – damit konnte ich noch bei meinen Enkelkindern Eindruck schinden und sogar bei Jamal, falls ich in den nächsten zehn Jahren Lust haben sollte, darüber zu reden. Eins stand fest: Nie wieder würde ich mir ›The Magic Hours‹ so anhören können wie früher.

Doch ich hatte auch Narben davongetragen: Ich hatte den Horror dieser zwei Morde durchlebt, hatte zusehen müssen, wie Taniqua gemütlich mit meinem Sohn in der Küche zusammensaß. Vieles an diesem Fall hatte mich traurig gemacht, und Taniquas Schicksal hatte mich dabei am meisten berührt. Aber auch das war jetzt vorbei.

Ich sah auf die Uhr. Es war später, als ich gedacht hatte, und an diesem Abend war mir auf keinen Fall mehr danach zumute, mit der Polizei zu reden. Ich würde am nächsten Morgen hingehen. Samstag vormittag in aller Frühe. Da mußte ich wieder an Jake denken. Normalerweise hätte er mich bei so einem Gang begleitet – als mein Rechtsberater, mein Beistand in jeder nur denkbaren juristisch unangenehmen Situation. Diesmal konnte ich ihn nicht anrufen. Ich wollte es nicht. Notfalls mußte ich eben ein paar Dollars zusammenkratzen und damit den erstbesten Anwalt bezahlen. Ich war ziemlich fest entschlossen, Jake Richards nicht wieder anzurufen, bis ... bis was, fragte ich mich. Bis er Ramona Covington den Laufpaß gab? Bis er sich offen zu dieser Beziehung bekannte? Ich überlegte hin und her. Sollte ich ihn anrufen? Nein. Ich war immer noch wütend auf ihn – aber wieso eigentlich? Weil er es zugegeben hatte? Weil er es nicht zugegeben hatte?

Was er wohl heute abend macht, überlegte ich. *Ob er mit ihr zusammen ist?*

Es macht mir nichts aus, redete ich mir ein. Ich wollte nicht, daß es mir etwas ausmacht. Was Männer angeht, bin ich ziemlich rigide. Wenn es zu weh tut, eine Beziehung aufrechtzuerhalten, wenn es mehr Kummer bereitet als Freude und wenn ich mich dazu durchgerungen habe, einen Schlußstrich zu ziehen – dann ist die Sache für mich erledigt. Ich war mir noch nicht im klaren, ob ich etwas an meinen Gefühlen zu Jake ändern könnte und ob es mir gelänge, ihn anders zu lieben als so wie bisher. Aber wenn er etwas mit Ramona hatte, dann könnte ich das wohl nicht ertragen. Als er am vergangenen Freitag bei mir im Büro saß und ich ihm sagte, daß es aus war, hatte ich mehr damit gemeint, als ich mir damals eingestehen wollte. Aber wie sollte mein Leben ohne seine Freundschaft aussehen? Er stand mir so nahe wie kaum ein anderer Mann je zuvor. Was sollte ohne ihn aus mir werden?

Eine Hand legte sich auf meine Schulter und unterbrach meine Gedankengänge. Jemand riß mich herum, bis ich ihm gegenüberstand, und mein Schrei blieb mir in der Kehle stecken.

»Nicht so schnell, verdammt noch mal«, sagte Rufus Greene. »Du hast mir versprochen, daß du meine Tochter beschützt, und jetzt redest du was davon, daß du zur Polizei rennen willst. Du gehst mir nicht zu den verfluchten Cops.«

Ich spürte, wie mir das Blut ins Gesicht schoß, dann schob sich Angst vor die leise Musik, das Gelächter der Partygäste in dem Haus am Ende der Straße und ein fernes Hupen, das von irgendwo herüberklang. Rufus Greene war in Mandys Haus gewesen und mir von dort aus gefolgt. Er hatte gehört, wie ich zu ihr sagte, daß ich zur Polizei gehen wolle, und darum war er hier.

Ich machte mit einem Ruck meinen Arm frei. »Nimm deine verdammten Pfoten weg.«

»Du gehst mir nicht zu den verfluchten Cops.«

»Ich geh, zu wem ich Lust hab, und du nimmst deine verdammten Pfoten von mir weg.« Das klang kaltblütiger, als mir zumute war. Mir zitterten die Knie.

»Du gehst mir nicht zu den Cops. Sag, daß du nicht zu den Cops gehst.«

Ich riß mich von ihm los und wollte weitergehen, aber er baute sich vor mir auf und verstellte mir den Weg. Ich versuchte, um ihn herumzugehen, ihn beiseite zu schieben, aber er trat mir wieder in den Weg. Ein Katz-und Maus-Spiel. Ein Raubtier und seine Beute. Eine verdammte Situation. Und seine Hände waren immer noch da, locker auf meinen Schultern, als wären wir ein Pärchen, das seine privaten Angelegenheiten bespricht. In seinem Blick zeigte sich dieselbe Verzweiflung, die ich schon früher gesehen hatte, dieselbe Furcht. Ich wußte, daß er ein Vater war, der seine Tochter beschützen wollte, aber ich hatte keinerlei Mitleid mit ihm. Dennoch gelang es mir, etwas Mitgefühl in meine Stimme zu legen, als ich dann mit ihm redete.

»Du glaubst, sie hat ihn umgebracht, ja? Du glaubst, sie hat ihn ebenso erstochen wie William Raye.« Ich sah ihm direkt ins Gesicht; ich wäre sowieso nicht an ihm vorbeigekommen.

»Nein.« Er stritt es ab, aber Lügen war zwecklos. Die Wahrheit stand ihm ins Gesicht geschrieben. Er war dicht an mich herangerückt, viel zu dicht. Ich konnte sein billiges Ludenparfüm riechen. Das erinnerte mich an den schweren Geruch der weißen Lilien auf Mandy Magics Schreibtisch bei meinem ersten Besuch, und mir drehte sich der Magen um. Irgendwoher schöpfte ich Gelassenheit, und ich ließ mir nicht anmerken, wie sehr ich mich vor ihm fürchtete.

»Wenn es so war, wenn du damit recht hast, dann braucht sie Hilfe.«

Er schien nicht weiterzuwissen. »Verdammte Scheiße«, zischte er halblaut vor sich hin. »Verdammte Scheiße.« Aber er nahm seine Hände nicht weg, und als ich mich losreißen wollte, wurde sein Griff fester. Ich spürte den Druck seiner Finger, jeder einzelne bohrte sich wie ein winziger Schraubstock in meine Schultern. »Wo willst du hin?«

»Das geht dich überhaupt nichts an.«

»Du gehst mir nicht zu den Cops.«

»Hast du nicht gehört, was ich gesagt habe, du Arschloch? Laß mich los.« Ich riß mich mit aller Macht von ihm los, aber er war stärker, als ich dachte. Da kochte Wut in mir hoch, weil er so mit mir umsprang. Ich machte einen Schritt zurück und trat ihm, so hart ich konnte, ans Schienbein. Er erschrak, ließ mich los, bückte sich und faßte sich ans Bein.

»Verdammtes Weib!«

Ich wollte wegrennen, aber er packte mich und riß mich herum, so daß ich ihn wieder ansehen mußte. Ich fluchte vor mich hin und fragte mich, warum ich mich so von meiner Wut hatte hinreißen lassen. Der Typ war größer und stärker als ich. Ich hätte ihm schöntun und meine Füße unter Kontrolle halten sollen. Aber jetzt war es zu spät. Dieser Tritt würde mich teuer zu stehen kommen; Rufus' Mund war wutverzerrt, und er knirschte mit den kleinen Zähnen.

»Laß sie los«, sagte eine Stimme hinter mir.

»Wer zum Teufel bist du denn?« Rufus Greene sah aufgebracht an mir vorbei und starrte den Mann an.

»Ich sag, laß die Lady los! Laß die Lady los!« rief der Mann zweimal nervös und im Stakkato-Ton.

Seine Stimme kam mir vage bekannt vor, aber ich konnte mich nicht besinnen, woher. Ich versuchte verzweifelt, sie einzuordnen, mich zu erinnern, wo ich diese Stimme schon einmal gehört hatte. Ich wollte mich Rufus Greenes Griff entwinden und verdrehte den Kopf, um den Mann ins Blickfeld zu bekommen, aber er stand zu weit seitlich.

»Ich sag, laß die Lady los!« Diesmal war es ein wütendes Genuschel, und die Stimme bebte vor Zorn. Rufus Greene ließ mich los und zeigte die offenen Handflächen vor, zum Zeichen, daß er nichts Böses im Sinn hatte. Der Mann schob mich beiseite. Er war erstaunlich stark, und ich fiel gegen ein Auto. Beim Aufprall spürte ich einen heftigen Schmerz in den Rippen, mein Arm schmerzte noch immer von Rufus Greenes Fingern. Aber ich hatte mich rasch wieder gefangen und drehte mich nach meinem Retter um. Da erkannte ich, daß er ein Messer hatte.

Rufus Greene überragte ihn um Haupteslänge, ich sah die Heimtücke und Ungläubigkeit in dem Blick, mit dem er zu ihm hinunterschaute. Der Mann stürzte sich blitzschnell auf Rufus, stieß mit schlangenartiger Geschwindigkeit zu, und schon trat eine dünne Blutspur aus dem Schnitt, der wie ein Stammeszeichen in Rufus Greenes Gesicht saß. Rufus starrte den Mann fassungslos an, und der stach noch einmal zu, diesmal schlitzte er ihm mit einem Hieb das Hemd auf und zog eine schmale Spur bis auf die braune Haut.

»Verdammte Scheiße!« brüllte Rufus, und wieder stieß

der Mann zu, mit einer Geschwindigkeit, die ich noch nie gesehen hatte. Jetzt konnte ich sein Gesicht erkennen; der
schwache Schein der Straßenlampe ließ es deutlich hervortreten. Es war Johns, der Mann aus dem Parkhaus. Wieder
hob er drohend das Messer gegen Rufus, um es ihm heim-
zuzahlen.

Johns schien an dem Abend, außerhalb des Parkhauses
und der gewohnten Umgebung, ein anderer Mensch zu sein.
Er wirkte nicht mehr so alt und gebrochen. Jetzt trat er drohend einen Schritt vor. Aus der Wunde in Rufus Greenes
Gesicht tropfte Blut. Er wischte es mit der Hand ab und
starrte es fassungslos an, dann sah er wieder zu dem Mann
hin, ohne sich weiter um mich zu kümmern.

»Was soll denn der Scheiß!« Er trat zurück, und Johns
rückte weiter vor, wobei er das Messer fest in der Hand hielt,
bereit, wieder zuzustechen.

»Hau ab«, sagte er. »Hau ab.«

»Soll ich die Polizei rufen?« Irgendwie fand ich meine
Stimme wieder, aber ich konnte kaum sprechen. Er schien
mich nicht zu hören.

»Ich laß es nicht zu, daß sich wer an Kleineren vergreift.
Ich laß es nicht zu, daß wer über Schwächere herfällt. Hau
ab!« Jetzt brüllte er, als wollte er einen widerlichen räudigen
Hund verscheuchen. Rufus Greene schlich herum wie ein
verwundetes Tier und hob die blutigen Hände hoch.

»Okay, Mann. Bin schon weg. Bin schon weg.« Seine
Stimme war nur ein ängstliches Wispern. Johns zielte noch
einmal mit dem Messer auf seine Brust, doch Rufus wich
schnell zurück und duckte sich, während das Messer durch
die Luft fuhr. Johns rückte wieder vor, das Messer in der

Hand – ein Streetfighter, der seiner Sache sicher ist. Rufus krümmte sich zusammen und bewegte sich rückwärts auf sein Auto zu, ohne seinen Gegner aus den Augen zu lassen. Johns folgte ihm, setzte ihm mit gezücktem Messer nach wie ein Racheengel, und als er sich vergewissert hatte, daß Rufus fort war, drehte er sich zu mir um, sagte erst einmal nichts, und sein wilder Blick erschreckte mich. Doch dann legten sich sein Zorn und seine Hitzigkeit, und als er mich anredete, war sein Ton so zuvorkommend wie damals, als er mir mein Auto brachte und sich für das Trinkgeld bedankte.

»Alles in Ordnung?«

»Ja. Da hab ich aber Glück gehabt, daß Sie gekommen sind. Ich weiß nicht, was ich sonst gemacht hätte.« Ich war so außer Atem, als hätte ich selbst mit Rufus Greene gekämpft. »Soll ich die Polizei rufen, Anzeige erstatten, erzählen, was passiert ist?« fragte ich wieder.

Er schien mit seinen Gedanken woanders zu sein und sah mich nicht an, als er antwortete. »Nein.« Er schaute sich unruhig um. »Keine Polizei. Von der Polizei hab ich genug gesehen.« Wieder schaute er in die Richtung, aus der er gekommen war, und murmelte dabei vor sich hin: »Ich muß noch wohin, die wartet schon drauf.«

Aber erst brachte er mich zu meinem Auto, hielt mir gentlemanlike die Tür auf und schlug sie dann zu.

»Nun fahren Sie mal nach Hause, Lady«, sagte er.

Genau das tat ich dann auch, noch immer zitternd nach dem, was ich eben erlebt hatte; ich dankte dem Himmel, daß ich heil davongekommen war, und gratulierte mir dazu, daß ich dem Mann fünf Dollar Trinkgeld gegeben hatte. Und ich war schon halb zu Hause, ehe mir aufging, zu wem er wollte.

11

E r hielt ihr das Messer an die Kehle. Die Arme hatte er ihr auf den Rücken gedreht. Wenn sie sich auch nur einen Zentimeter bewegte, würde das Messer zustechen. Ihre Augen waren geschlossen, die Lider flatterten leicht, als hätte sie einen furchtbaren Traum. Ich hatte sein Gesicht früher nicht weiter beachtet und sah es nun wie zum ersten Mal: das Kinn, das scheinbar keine Knochen hatte; die seltsam verschwommene Farbe der Augen hinter der billigen Drahtbrille; den eingefallenen Mund. Der Mann ließ keinerlei Gefühl erkennen, nicht einmal Haß, und er war ganz in schwarz gekleidet, wie ein Henker.

Ich war ohne Schwierigkeiten in das Haus gelangt, hatte vorsichtig die ovale rote Tür geöffnet, die Rufus Greene angelehnt gelassen hatte, als er hinausging, um mich abzufangen. Es herrschte Stille im Haus, tödliche Stille, und mir zog sich der Magen zusammen, als ich daran dachte, was sich dahinter verbergen könnte. Ich schlich mich behutsam durch die stillen Räume, wobei ich mir bewußt war, daß auch er es so gemacht haben mußte – ein vorsichtiger Blick die gewundene Treppe hinauf, ein kurzes Verweilen in der blitzsauberen Küche und dem kleinen, ordentlichen Speisezimmer und schließlich ein Zögern an der Wohnzimmertür, bevor ich hineinging.

Zuerst sah ich sie gar nicht. Es war so still im Zimmer, daß es auch hätte leer sein können. Johns und Mandy standen nicht an der Tür, sondern bei der anderen Wand. Taniqua saß ihnen gegenüber auf dem rosa-grünen Sofa. Auf dem Mahagonitischchen vor ihr stand eine offene Flasche mit Nagellackentferner neben einem Aktenordner. Der Nagellackentferner verströmte einen beißenden Geruch. Taniquas Augen waren schreckgeweitet wie bei einem jungen Reh, und sie atmete mühsam, als bekäme sie nicht richtig Luft. Sie schaute ihre Mutter nicht an, sondern sah Johns ins Gesicht. Er hielt den Blick starr auf Mandy Magic gerichtet, die er an sich gezogen hatte wie in einer parodistisch verzerrten liebevollen Umarmung. Ihr Kopf drückte gegen seine Nase. Eine rauhe Hand hielt ihr die Klinge an die Kehle. Mit der anderen hatte er ihre Arme gepackt. Trotz der Kühle im Raum brach mir der Schweiß aus und rann mir den Rücken hinunter. Ich konnte ihn unter den Armen und zwischen meinen Schenkeln spüren.

Er hatte sie überrumpelt. Wahrscheinlich hatte er Mandy zuerst entdeckt, vielleicht in der Küche beim Essenkochen oder beim Fernsehen in ihrem Schlafzimmer, oder als sie die Treppe herunterkam, in Gedanken womöglich bei Kenton Daniels oder Pauline Reese und dem Kummer, der jetzt ihr Leben beherrschte. Dann hatte er sie gepackt und ins Wohnzimmer gezerrt. Was hatte sie gedacht, als sie ihn sah? Wußte sie gleich, wer er war und was er ihr antun wollte? Hatte er sie ebenso getäuscht wie alle anderen?

Er war ein Mensch, den man leicht vergißt; das konnte ich bezeugen. Er wartete die Autos, parkte sie, hielt die Tür auf, machte sie zu, nahm höflich jedes kleine Trinkgeld entgegen, ohne je ein Wort zu sagen oder die Miene zu verziehen, nie beachtet, nie im Wege, wie so viele alte schwarze Männer, die für andere das Auto parken, Einkaufstüten tragen und die Fußböden kehren. Ein Teil des Inventars. Wie mein Vater früher auch.

Dieser Mann aber war ein Killer, und er hatte es geschafft, unbemerkt bei anderen einzudringen und sie dann mit dem Messer, das er fest in der Hand hielt, blitzschnell abzuschlachten. Es war ihm ein leichtes, Mandy diese Briefe vor die Tür zu legen und ihr Auto zu verwüsten. Er war in ihrem Bürohaus aus und ein gegangen, ohne daß ihn jemand aufhielt oder ihm Fragen stellte. Er hatte mit seinen rauhen, starken Händen einer Frau ein Telefonkabel um den Hals gelegt und so lange daran gezogen, bis kein Leben mehr in ihr war, nur weil sie ihn erkannt hatte.

Etwas oder jemand, und es kam ihr komisch vor und könnte vielleicht wichtig sein, so hatte Pauline Reese zu Karen gesagt. Aber sie hatte bestimmt keine Ahnung, wozu dieser Mann fähig war. Sie war aus irgendeinem Grund in das Parkhaus hinuntergegangen; vielleicht hatte das ganze Gerede über ihre Vergangenheit ihrem Gedächtnis für Gesichter auf die Sprünge geholfen. Sie hatte ihn gesehen, erkannt und ihm das zu verstehen gegeben. Vielleicht hatte sie ihn sogar gefragt, wie er heißt und ob er weiß, daß Mandy dort arbeitet. Sie war wieder nach oben gekommen, hatte mich angerufen, und er war ihr nachgegangen, hatte die Tür aufgemacht und dann wieder zugeschlagen, nachdem er sie umgebracht hatte. Und Kenton Daniels hatte ihn gehört.

Daher mußte er Kenton Daniels gleichfalls umbringen, denn er wußte nicht, was Kenton gehört oder gesehen hatte, und konnte kein Risiko eingehen. Schließlich brachte Kenton Daniels jeden Morgen Mandy Magics schicken roten Lexus in das Parkhaus. Kenton Daniels bezahlte ihn fürs Wagenwaschen, gab ihm sein Trinkgeld, fachsimpelte mit ihm über die Chicago Bulls oder die Los Angeles Lakers, plauderte über das scheußliche Wetter. Und schuldbewußt begriff ich, daß er Kenton Daniels' Adresse aus dem Notizbuch kannte, das ich in der Nacht, als Pauline getötet wurde, auf meiner Motorhaube hatte liegenlassen und das er mir so aufmerksam auf den Beifahrersitz gelegt hatte. Mandys Adresse kannte er womöglich auch daher.

»Johns.« Ich sprach ihn mit Namen an. Es war ein merkwürdiges Gefühl, seinen Namen in dieser Situation auszusprechen, während mir das Herz bis zum Hals klopfte. Ich wollte ihn auf keinen Fall herablassend behandeln, hatte es bei unseren gelegentlichen Begegnungen aber zweifellos mit irgendeiner Kleinigkeit getan. Ich war die Dame mit dem Geld, die diese Fünf-Dollar-Trinkgelder verteilte, die sie sich gar nicht leisten konnte. Ich »stand über ihm« und hatte mit angehört, wie er von seinem fünfzehn Jahre jüngeren Chef herumkommandiert wurde. Aber nun war er der Stärkere, der Mann mit der Entschlossenheit und der Macht zu töten, und er hielt das Messer, als wäre das seine Henkerspflicht. Er schaute mich an und packte Mandy Magic noch fester. Ich sah die Sehnen an seiner Hand hervortreten. Er bewegte sich unbeholfen auf mich zu und schleifte Mandy mit. Da schlug sie die Augen auf und starrte blicklos vor sich hin, nicht einmal Furcht war in ihren Augen zu erkennen. Doch als sie zu Taniqua hinübersah, blitzte etwas darin auf – Liebe, wie mir bewußt wurde, zusammen mit einer Traurigkeit, die mich erschütterte. Sie wußte, daß sie sterben mußte. Sie verabschiedete sich von dem einzigen Menschen, der ihr etwas bedeutete. Ich zwang mich, von ihrem Gesicht wegzusehen und mich auf seins zu konzentrieren.

»Johns.«

»Ich heiß nicht Johns.«

»Wie denn dann?«

Zunächst sagte er gar nichts, und sein Blick trübte sich, als hätte er eine furchtbare Entscheidung getroffen.

Wollte er uns alle umbringen? Was müßte ich tun, um ihn unversehens zu überwältigen? Vielleicht mußte doch niemand sterben. Dieser Mann hatte schon zu viele Menschen auf dem Gewissen. Irgendwo in meinem Inneren fand ich die Kraft, die immer da ist, wenn ich sie brauche. Ich sandte ein Stoßgebet zu den Menschen, denen ich das verdanke – meiner Großmutter, meinem Bruder, meinem Vater, selbst meiner eigenen Mutter, die mich bestimmt geliebt hatte, trotz allem, was sie mir antat. Jetzt hatte ich wieder Selbstvertrauen. Ich war stärker als dieser Mann. Davon war ich in tiefster Seele überzeugt. Ich versuchte, mir alles ins Gedächtnis zu rufen, was ich über Verhandlungen mit Geiselgangstern wußte, was zu tun und was zu vermeiden war. Aber mir fiel nichts Nützliches ein. Mein gottgegebener Instinkt würde mir schon etwas eingeben.

Wie konnte ich an ihn herankommen?

»Johns«, sagte ich diesmal liebenswürdig, als wollte ich ihn zu einer Tasse Kaffee oder zu einem Drink einladen. Er sah mich seltsam an.

»Ich heiß nicht Johns. Hab ich doch schon gesagt. Sag ihr, wie ich heiße, Starmanda. Sag der Lady, wie ich heiße.« Er riß sie an sich, ihr Rücken krümmte sich, und sie verdrehte mühsam den Kopf, um seiner Klinge auszuweichen.

»Sag's ihr!«

»Odell.«

»Lauter!«

»Ich kann nicht sprechen, Odell. Ich kann nicht sprechen.« Der vertrauliche Ton war nicht zu überhören. Sie kannte ihn von irgendwoher, und sie kannte ihn gut. »Bitte, laß mich los.«

»Sag ihr, wie ich heiße, verdammt noch mal!« Wieder zog er sie ruckartig an sich, verrenkte ihr den Hals und tippte ihr mit der Messerspitze ans Kinn, dann lockerte er seinen Griff, damit sie reden konnte.

»Odell Johnson.« Jetzt klang ihre Stimme rein und kraftvoll, fast so, wie alle Welt sie kannte. »Er heißt Odell Johnson.«

Er zog Mandy erneut an sich. Ihre Augen waren wieder offen, aber sie waren von Entsetzen erfüllt, und als sich unsere Blicke trafen, fragte ich sie stumm, was ich jetzt sagen sollte, was er von ihr wollte. »Sag ihr, woher du mich kennst.«

»Ich kann…«

»Sag ihr, woher du mich kennst, verflucht noch mal. Sag ihr, woher du mich kennst!«

»Wir sind zusammen aufgewachsen.« Das klang, als hätte sie sich endgültig aufgegeben.

Es hatte etwas mit ihrer Vergangenheit, ihrer gemeinsamen Vergangenheit zu tun. Aber wie lange kannten sie sich schon?

Ich zwang mich, ihm ins Gesicht zu sehen und ihn genau

zu betrachten. Er wirkte zu alt, als daß sie der gleiche Jahrgang sein könnten, aber sein Aussehen täuschte. Ich hatte mich davon irreführen lassen. Seine abgerissene schwarze Kleidung war viel zu weit. Bei unserer ersten Begegnung war mir aufgefallen, daß die billige Pilotenbrille gar nicht zu seinem Gesicht paßte. Jetzt merkte ich, daß sie kaputt war und mit Klebstoff zusammengehalten wurde. Die schwarzen Turnschuhe waren abgetreten und die Schnürbänder verdreckt; dasselbe galt auch für die schwarzen Socken. Gleich beim ersten Mal hatte ich gespürt, welche Hoffnungslosigkeit von ihm ausging; ihm hing der Geruch eines gebrochenen Menschen an. Aber noch trieb ihn etwas um, er hatte ein letztes Ziel vor Augen – Mandy Magic.

Movin' on up.

Ich versuchte mich an das kurze Gespräch zu erinnern, das wir bei unserer ersten Begegnung geführt hatten.

So'n Diesel hab ich schon Ewigkeiten nicht mehr gesehn. Ich war eine Weile nicht im Geschäft.

Er hatte im Gefängnis gesessen, jetzt wußte ich es genau. Die Zeichen waren nicht zu verkennen: diese Anstaltsbrille, sein schlurfender Gang, sein starker Oberkörper. Ein Mensch, der jeden Bezug zur Zeit verloren hatte und in einer Vergangenheit gefangen war, die andere längst hinter sich gelassen hatten. Was hatte er wohl verbrochen? überlegte ich. Was hatte Mandy Magic mit ihm zu tun? Hatten sie ein Verbrechen begangen, für das nur er bezahlt hatte?

Odell Johnson. Auf dem Hemd, das er damals in der Garage getragen hatte, waren sein Vorname und ein Teil des Nachnamens verblichen. Genau wie der Mensch, von dem auch nur noch ein Teil übrig war.

»Mr. Johnson«, sagte ich.

»Nenn mich beim Vornamen – Odell.« Das war eine gespenstische Erinnerung an mein erstes Gespräch mit Mandy Magic, die gleichfalls darauf bestanden hatte, daß ich sie Mandy nannte. *Und nennen Sie mich doch bitte Mandy.*

»Odell.« Von nun an wollte ich mich allein von dem Instinkt leiten lassen, den meine Großmutter mir vererbt hatte. »Zunächst einmal möchte ich Ihnen danken, daß Sie diesen Mann daran gehindert haben, mir etwas anzutun. Ich habe Ihnen vorhin nicht gedankt, wie es sich gehört hätte. Danke, daß Sie mich beschützt haben.« Eigentlich waren er und alles, was er für mich getan hatte, mir völlig egal, und ich fragte mich, ob er meine Lügen durchschaute, mir ins Herz sehen konnte, wie ich es bei ihm versuchte. Einen Moment lang schien er verwirrt, als müßte er sich erst auf etwas besinnen, das schon eine Weile her war. Dann flackerte es trübe in seinen Augen auf.

»Okay.«

»Wir haben etwas gemeinsam«, wagte ich mich behutsam weiter vor und sah wieder Mandy an. Sie hatte die Augen offen, und ihr Blick wanderte zu Taniqua auf der Couch, deren magere junge Gestalt zusammengekrümmt war und die die Hand auf den Mund preßte, als wäre ihr übel. Aber ich konnte ihr nicht helfen. Ich mußte mich ganz auf Johnson konzentrieren.

»Was? Was haben wir gemeinsam?« Er schien verwundert. Ich bewegte mich auf ihn zu, nur einen ganz kleinen Schritt, und überlegte, ob ich an das Messer herankäme, ohne daß er es einsetzte. Wenn es mir gelang, ihn so lange abzulenken, daß sie ihm einen Stoß geben konnte, dann

245

könnte ich mich auf ihn stürzen. Er war stark, aber schmächtig; zu zweit hätten wir eine Chance gegen ihn. Ich fixierte Mandys ausdrucksloses Gesicht, um ihre Aufmerksamkeit zu erregen, aber sie reagierte nicht. Da war kein Glanz in ihren Augen. Kein Begreifen. Es war, als hätte sie sich völlig aufgegeben.

Warum hatte dieser Mann sie so in der Hand?

Wenn ich das wüßte, dann würde ich auch seine verletzlichen Stellen kennen, und ich könnte ihn entwaffnen.

»Nun ja.« Wieder machte ich vorsichtig einen Schritt auf ihn zu, beiläufig und verstohlen, als wollte ich nur das Gewicht verlagern. »Nun ja, was Sie vorhin gesagt haben, wenn sich jemand an Kleineren vergreift...« Er packte Mandy noch fester. Ich merkte, daß ich einen Fehler gemacht hatte. Ich korrigierte mich rasch. »An Schwächeren. Das ist auch meine Überzeugung.« Ich lächelte wie ein Pfadfindermädchen und rückte weiter vor. Mandy machte wieder die Augen zu und schloß mich genau wie die übrige Welt aus ihrer Wahrnehmung aus.

Laß die Augen auf, Mädchen. Laß die Augen auf.

Ich betete, daß sie meine Gedanken lesen würde. Er trat einen Schritt zurück, merkte, daß ich etwas im Schilde führte, und drückte Mandy fester an sich, während er sich zu ihr vorbeugte und ihr etwas ins Ohr flüsterte, das ich aber dennoch verstand.

»Ist schon lange her, was, Starmanda?«

»Ja, Odell«, antwortete sie mit leiser, ängstlicher Stimme. Einer gehorsamen Stimme.

Warum hatte er sie in der Hand?

»Du weißt, daß die Briefe von mir waren?« Er sprach jetzt

direkt zu ihr, dabei beugte er sich vor, umklammerte weiter ihre Arme und hielt ihr die Messerspitze an die Kehle. In seinem Ton lag eine Mischung von Verachtung und Stolz. Sie akzeptierte das mit schwachem Nicken, nahm es hin, als geschähe es ihr nur recht.

»Du hast gewußt, daß ich dich früher oder später erwische, daß wir dich erwischen, stimmt's? Daß wir dich nicht so davonkommen lassen.«

Wer waren »wir«? War da noch jemand im Haus?

Ich ließ den Blick von einer Seite zur anderen schweifen und horchte, ob da ein fremdes Geräusch war, machte mich darauf gefaßt, daß hinter mir etwas vorbeihuschte. Nichts war zu hören.

»Ja, Odell.«

»Dein Geld hab ich auch. Du weißt, daß ich dein Geld habe. Das steht mir doch zu, stimmt's? Für alles, was du mir genommen hast, du falsche Schlange, für alles, was du mir genommen hast.« Seine Stimme klang rauh und hatte nun einen drohenden Unterton. Er zog sie wieder an sich, riß ihren Körper mit einem heftigen Ruck zu sich heran. Er hatte sich an etwas erinnert, und darüber war er urplötzlich in Wut geraten. Sie gab ein leises, grauenvolles Gurgeln von sich. Einen entsetzlichen Moment lang dachte ich, jetzt hätte er es getan, jetzt hätte er das Messer unter ihrem Kinn durchgezogen. Taniqua stieß einen Laut aus, der wie ein Stöhnen klang. Ich hatte sie ganz vergessen. Ich konnte nichts tun, um sie zu trösten. Ich konzentrierte mich wieder auf Mandy Magic und überlegte, was sie ihm wohl genommen hatte.

»Ich wollte dir nicht weh tun, Odell.«

»Jeden Tag hab ich deinen Namen gesagt. Ich wußte, du wirst mir dafür büßen. Du hast das auch gewußt, stimmt's?«

»Ich wollte dir nicht weh tun, Odell. Es war nicht meine Schuld. Du mußt das verstehen.«

»Du hast es mir gesagt. Du hast mir versprochen...«

»Das ist so lange her.« Endlich waren ihre Augen ganz offen. Sie bemühte sich, ihn aus den Augenwinkeln anzusehen, und verdrehte dazu ein wenig den Kopf. »Wir waren noch Kinder, Odell.«

»Du warst kein Kind mehr, als es passierte.«

»Doch. Ich war ein Kind. Das weißt du doch. Und du auch.« Sie sprach behutsam, als würde sie tatsächlich einem Kind etwas erklären. Aber sein Blick verriet wieder Entschlossenheit, und seine Wut verlieh ihm neue Kraft. Mandy hatte das Falsche gesagt. Er zog sie wieder zu sich heran.

Was soll ich nur tun oder sagen, überlegte ich, um ihn abzulenken. Ich redete einfach drauflos, dabei tappte ich genauso im dunkeln wie am Vortag bei Kenton Daniels. Ich bluffte mit Kenntnissen, die ich gar nicht hatte, als wüßte ich mehr, als es tatsächlich der Fall war – alles, um ihn davon abzuhalten, den einen tödlichen Schlag zu führen.

»Demnach wußte Tyrone Bescheid?« fragte ich. Vielleicht war Tyrone mit dem »wir« gemeint, oder er hatte irgendwann von der Sache erfahren. Andererseits hatte er Tyrone ebenfalls umgebracht. Er schaute mich fragend und verständnislos an.

»Dachte er, dabei hatte er keine Ahnung. Ich wußte ja, daß dieser Scheißer nichts für sich behalten kann. Der hätte es mit der Angst gekriegt und ihr früher oder später was verraten.«

Seine Miene entspannte sich. Das schwache Kinn fiel nach unten. Der Zahnfleischrand zeichnete sich noch deutlicher am Kiefer ab. Ich hörte Mandy in kurzen, raschen Stößen atmen, als wollte sie zuviel Luft holen. Er war völlig von sich überzeugt, und der Anflug eines Lächelns auf seinen Lippen verriet mir, daß er die Situation genoß. Und ich wußte, daß ich dadurch etwas Zeit gewonnen hatte.

Wenn er sie töten wollte, dann hätte er es gleich getan, als er zur Tür hereinkam, im oberen Stock, wenn er sie dort angetroffen hatte, oder in der Küche. Er hätte sich nicht die Mühe gemacht, sie erst noch ins Wohnzimmer zu schleifen. Er weidete sich an ihrer Angst und ihrem Zittern. Wie lange hatte er auf diesen Augenblick gewartet und sich darauf vorbereitet – fünf Jahre, zehn vielleicht? Jetzt kostete er ihn voll aus. Er wollte etwas von ihr, eine Antwort, ein Eingeständnis, das nur von ihr kommen konnte, aber noch hatte sie es ihm nicht gegeben.

Wenn ich ihr Leben retten wollte, dann mußte ich herausfinden, was sie zugeben sollte, was ihm so wichtig war und warum. Odell Johnson hatte eine heilige Mission. Er hatte drei Menschen getötet, um an Mandy heranzukommen, und wer derart systematisch und beharrlich mordet, der will mehr als Blut. Er sucht Verständnis – für eine Welt, die er sich in seiner krankhaften Phantasie selbst zusammengebaut hat. Er hatte mit der Arroganz des wahrhaft Bösen getötet, und er suchte Anerkennung für das, was er getan hatte, für das, was es ihn gekostet hatte, an sie heranzukommen und sein Ziel zu erreichen. Dieses Bedürfnis konnte ich gegen ihn verwenden, um etwas Zeit zu gewinnen.

Aber ich mußte behutsam vorgehen und ihn nicht warnen oder reizen. Daher lächelte ich ihn scheu und bewundernd an, sprach so freundlich mit ihm wie bei unserem ersten Zusammentreffen, und meine Stimme war fast, aber doch nicht ganz so verführerisch wie die, die Mandy Magic jeden Abend einsetzte, um anderen Geheimnisse zu entlocken, die niemand gern preisgibt.

»Sie dachten also, daß Tyrone Mason es ihr verraten würde?«

»Dabei hatte er überhaupt keine Ahnung.«

»Aber er wußte, daß sie...« Ich zögerte einen Moment, während ich nach dem richtigen Wort suchte, da ich kein Feuer schüren wollte, das unerkannt in ihm schwelte, »... für Rufus Greene gearbeitet hat.«

»Yeah. Das war auch schon alles, was er gegen sie in der Hand hatte. Er dachte, er weiß was, dabei hatte er keine Ahnung.«

»Und Sie kannten ihn noch von früher?«

»Sag's ihr.« Wieder zog er Mandy heftig an sich. Sie sah mich mit einem Blick an, der eine stumme Bitte ausdrückte, und da wußte ich, daß ich einen Fehler gemacht hatte. »Sag's ihr, verdammt noch mal. Woher kenn ich Tyrone Mason?«

»Harold Mason.« Ihre Stimme klang kleinlaut. Er lockerte seinen Griff, ließ ihr ein wenig Luft, damit sie reden konnte. »Er hat Harold gekannt. Harold hat uns bekannt gemacht. Mich und Odell. Harold hat ihn mit Tyrone bekannt gemacht.«

Demnach kannte er Mandy über ihren Cousin Harold. Sie mußten sich auf der High School begegnet sein. Was hatte Pauline Reese über die damalige Mandy gesagt? Daß sie schön und ungebärdig war und sich gern mit jungen, leichtlebigen, zwielichtigen Gestalten abgab, zu denen er wahrscheinlich auch gehörte. Und irgendwann hatte Harold Mason ihn dann mit seinem Sohn Tyrone bekannt gemacht. Oder sie waren sich womöglich auf der Beerdigung von Harold Mason begegnet. Vielleicht hatten sie da ihren Plan ausgeheckt.

»›Mich und Odell‹«, äffte er Mandy spöttisch nach. »›Mich und Odell.‹ Ich hab immer deine Stimme im Radio gehört, Starmanda. Hab gehört, wie du deinen Quatsch von dir gegeben hast, als ob du alles wüßtest, als ob du mit Gott im Bunde wärst und nicht mit dem Teufel, und ich hab an dich und Odell gedacht. An dich und mich.«

War er auf der High School mit ihr gegangen und sauer, weil sie ihn hatte sitzenlassen, und jetzt wollte er sich rächen, weil sie ihn – tatsächlich oder nur in seiner Einbildung – betrogen hatte?

»Wenn Sie Harold Mason so gut kannten, wie konnten Sie dann seinen Sohn umbringen?« fragte ich ihn, und zuerst schien er verdutzt, als hätte er darüber noch nicht richtig nachgedacht. Taniqua stieß einen erstickten Schrei aus, als sie Tyrones Namen hörte, und ich bekam einen Schreck. Ich warf ihr noch einen Blick zu; es machte mich krank, daß ich nichts tun konnte, als die Sache zu Ende zu führen, und dabei war ich mir bewußt, daß das Schlimmste wohl erst noch kommen würde.

»Das war klug von Ihnen, daß Sie ihn da im Park umgebracht haben. Sie sind ein kluger Mensch, Odell.« Es widerte mich selbst an, was ich da sagte, aber vielleicht tat es ihm gut. Sein anerkennender Blick ließ mich kühner werden. Wenn ich ihn in ein Gespräch verwickeln konnte, würde ich früher oder später womöglich einen Weg finden, ihn von seinem Vorhaben abzubringen. Vielleicht gab er nach. Vielleicht hatten wir eine Chance.

»Und Pauline haben Sie auch gekannt? Sie waren zusammen auf der High School?«

»Ich hab sie gekannt. Aber sie wollte nicht mit mir sprechen. War sich zu gut dazu. Ist ihr aber schlecht bekommen.«

»Und Kenton Daniels? Den haben Sie auch gekannt, und darum haben Sie ihn umgebracht?«

»Ich kannte seinen Vater. *Doktor* Kenton Daniels *junior*. Stimmt doch, Ms. Starmanda Jackson. Ich kannte seinen Daddy, nicht wahr?« In seiner Stimme lagen Verachtung und nackter Haß.

»Es war nicht so, wie du denkst«, sagte sie.

»Ich weiß, was ich weiß.«

»Ich hab es nicht getan – da kannst du sagen, was du willst.«

»Und dann noch EB. Du meinst wohl, ich hab das nicht gewußt mit EB und was du getan hast und warum. Ich hab jeden Tag und jede Nacht daran gedacht, was du getan hast, was dein Plan war. Wo du warst, wenn ich nicht da war. Was mit Amanda passiert ist.«

Es wurde still im Raum, als wären alte Gespenster heraufbeschworen worden und eine unsichtbare Macht wäre unbemerkt über uns hereingebrochen.

»Amanda.« Ich sagte den Namen laut vor mich hin, ohne es recht zu merken, und ließ ihn in mir nachklingen, denn er erinnerte mich an einen lieben Namen und daran, wie meine Großmutter das Andenken an ihre Schwester beschwor.

Starmanda. Amanda. Er starrte mich an, als hätte ich den Namen entweiht, indem ich ihn aussprach. Aber seine Augen füllten sich mit Tränen, und sein Griff um Mandy Magics Schultern lockerte sich. Das Messer hatte er sinken lassen, als hätte der Name ihn sanft verzaubert, seinen Zorn von ihm genommen und etwas Neues, eine andere Gefühls-regung mit sich gebracht.

»Amanda«, wiederholte er nun seinerseits, und mir fiel der Rest unseres ersten Gesprächs von damals wieder ein, während ich mich an seine Augen erinnerte, den leeren und gehetzten Blick voller Verzweiflung.

Ich hatte auch mal eine kleine Tochter. Ganz winzig war sie, ist schon lange her. Alles Licht in meinem Leben ist mit ihr gekommen und gegangen.

»Amanda war Ihre Tochter, nicht wahr?« Diese Frage brauchte ich eigentlich nicht zu stellen, denn das Entsetzen, das sich sofort auf Mandys Gesicht zeigte, und der Seufzer, der Odell Johnson schier zerriß, sagten mir alles. Dieser Name hatte zwischen ihnen gestanden – die alte Rechnung, die zu begleichen, der Preis, der noch zu zahlen war. Mandy Magic machte sich von ihm frei, so langsam und vorsichtig, daß sie sich kaum zu bewegen schien. Er ließ sie los, ohne es recht zu merken. Sie drehte sich um und sah ihn an. Das Messer hing immer noch herunter, aber er hatte es fest in der Hand. Jetzt sprach etwas anderes aus seinem Blick, ein tie-ferer Schmerz als der, den ich bisher gesehen hatte. Auch Mandy war wie versteinert, als wäre sie gleichfalls in eine andere Zeit und an einen anderen Ort entrückt. Für einen Moment trafen sich ihre Blicke und stellten eine Verbindung her, dann wandten sie sich wieder voneinander ab.

»Du hast sie umgebracht, stimmt's?« Es war ein kaum hörbares Flüstern.

Das Zittern fing bei ihren Lippen an und wanderte weiter bis in die Hände und Finger, und bald bebte sie wie vor Kälte am ganzen Körper. Von der Kraft, die sie sonst immer in sich fand, war nichts mehr vorhanden. Jetzt wirkte sie so klein und zerbrechlich, wie sie in Wirklichkeit war, schwächer noch als ihre Stimme, die bebend hinter ihren Händen hervorkam, als täte sie flüsternd ein Geheimnis kund, das nicht laut ausgesprochen werden durfte.

»Sie war krank, Odell.«

»Du hast sie umgebracht, weil der weiße Mann da gesagt hat, er würde dir was dafür geben.«

»Nein, Odell!« Sie wich vor ihm zurück.

Er ging auf sie zu. »Du hast sie damals umgebracht.«

»Nein, Odell!«

»Ich geh morgens weg. Sie ist völlig gesund. Ganz klein, aber sie sagen, das wird schon noch. Ich komm spät zurück. Leg mich ins Bett. Am nächsten Tag ist sie tot.«

»Du warst betrunken, Odell.« In diesem Vorwurf schwang so viel seelische Qual, daß er zurückwich, als wären das nicht nur Worte gewesen – eine vernichtende Wahrheit, die er nie akzeptiert hatte, das spürte ich. »Hast du vergessen, was in der Nacht passiert ist?«

Er wich ihrem Blick aus, schlug beschämt die Augen nieder. Jetzt war sie im Vorteil, und das nutzte sie aus. Sie hatte ihr altes Selbstvertrauen wiedergefunden, und ihre Stimme klang mit jedem Wort fester und überzeugender, so sicher wie im Radio und ebenso eindringlich. Die Worte trafen ihn wie ein Steinhagel.

»Wie alt warst du damals, Odell – achtzehn? Weißt du, wie alt ich war? Siebzehn, und ich hatte ein Baby, dein Baby, und du warst selbst erst achtzehn, du hast getrunken und warst so oft auf dem Trip, daß du meistens nicht mal wußtest, welcher Tag eigentlich ist. Und das Baby war ständig krank – hast du das vergessen? – wie sie geschrien hat, wie sie nicht essen wollte, wie wir tun konnten, was wir wollten, nichts war ihr recht.«

»Nenn sie bei ihrem Namen.«

»Und damals in der Nacht war ich ganz auf mich gestellt, Odell. Du warst betrunken. Wenn du nachts nach Hause gekommen bist, dann hattest du nur Acid, Saufen und Sex im Sinn, und ich konnte auf nichts zurückgreifen, ich kannte nur eine einzige Möglichkeit, mich durchzuschlagen, und das war mit Rufus auf dem Strich. Ich war siebzehn, Herrgott noch mal, Odell. Gerade mal zwei Jahre von zu Hause weg, und den Rest meines Lebens konnte ich mir ausmalen: Nichts. Und…«

»Nenn sie bei ihrem Namen.«

»Und du bist damals völlig zugedröhnt nach Hause gekommen und gleich eingeschlafen. Und in der Nacht ist sie dann gestorben, als du betrunken warst. Das ist alles. Ich hab mein Leben weitergelebt. Du hast dein Leben weitergelebt. Können wir es dabei belassen?« Sie sprach wie zu einem Kind, als wüßte sie genau, was sie tat. Sie bewegte sich von ihm weg und näher zur Tür hin, näher zu mir. »Das ist alles so lange her, Odell. Das Baby ist schon so lange tot. Selbst ich hab manchmal Mühe, mich daran zu erinnern.«

»Nenn sie bei ihrem Namen. Amanda! Sag ihren Namen!«

»Und dann ist der Doktor gekommen, damals in der
Nacht, in diese widerliche, stinkende Kammer, wo nicht einmal wir anständig leben konnten, von einem Baby ganz zu
schweigen – erinnerst du dich nicht mehr an dieses Zimmer,
Odell – und du hast gesagt, es wäre besser so, daß sie tot ist.
Weißt du nicht mehr, wie der Doktor kam, und sie war so
klein und schwach? Wie sie da in der Nacht auf dem Bett gelegen hat. Du warst betrunken, Odell. Du hast im Suff Gespenster gesehen.«

Sie machte einen einzigen Schritt von ihm fort, einen
Babyschritt, wie wir das als Kinder nannten. Ich wußte, was
sie tat, wie sie ihm entwischen würde. Verwirrung zeigte sich
auf seinem Gesicht, als er versuchte, diese Einzelheiten zu
begreifen; die trüben Augen waren hinter der Brille zusammengekniffen, der müde Mund zu einem schmalen Strich
verzogen, während er verzweifelt überlegte, wie er ihre Darstellung widerlegen könnte. Zuerst meinte ich, sie hätte es
geschafft, sie hätte ihm endlich doch bewußtgemacht, daß
er genausoviel Schuld an dem trug, was ihrem Kind geschehen war. Ich hoffte, dieser Alptraum wäre vorüber, und er
würde jetzt gehen. Er war hergekommen und hatte Mandy
Magic zur Rede gestellt, und sie hatte sich zu ihrer gemeinsamen Vergangenheit bekannt. Und jetzt wußte er, welche
Rolle er dabei gespielt hatte, und konnte sie in Ruhe lassen.

Doch dann flackerte etwas in seinen Augen auf, eine zor-
nige Erregung, die mir sagte, daß sie es ganz falsch angefangen hatte und jetzt dafür bezahlen mußte. Er erstarrte, die
Haltung seines Kopfes strafte ihre Worte Lügen, und dann
zeigte sich die Wut unverhüllt auf seinem Gesicht, verzerrte
es zu einer Maske des Zorns. Als er dann sprach, war seine

Stimme kaum zu hören, doch die Energie dahinter war im ganzen Raum spürbar. Was er sagte, schlug auf sie ein, wie sie ihn vorher mit Worten geschlagen hatte.

»Fast zwanzig Jahre hab ich gebraucht, bis mir wieder alles vor Augen stand, was ich in der Nacht gesehen hab. Zehn Jahre hab ich getrunken und mir eingebildet, ich hätte es vergessen, ich hab gelebt wie in einem riesigen Loch. Zehn Jahre war ich da, wo kein Mensch sein sollte. Alpträume haben mich um den Schlaf gebracht, mir meine Tage gestohlen. Ich hab mir Liebe und Sex geholt, egal wo ich es finden konnte, egal wo es herkam. Wenn ich deine Stimme in dem verfluchten Radio gehört hab, dann hatte ich nur einen Gedanken, nämlich sie zu töten, diese magische Stimme von dir. Ich hab mir geschworen, ich werde sie töten, damit ich sie nie mehr hören oder an dich denken muß.« Er verstummte, konnte erst einmal nicht weiterreden, und dann fuhr er fort, seiner Sache so sicher, wie sie es vorher gewesen war. »Yeah, ich war damals betrunken. Aber ich weiß, was ich gesehen habe.«

»Was haben Sie gesehen, Odell?« Diesmal stellte ich diese Frage, mischte mich ein in das, was sie da ins Rollen gebracht hatten. Ich hatte selbst das Bedürfnis, es zu erfahren, und konnte das nicht mehr Mandy überlassen. Es war aber keine Sache zwischen mir und ihm, und seine Antwort galt nicht mir.

»Sie hat damals gar nicht aufgehört zu schreien. Ihre Stimme war so laut und so hoch, als würde eine Pfeife in deinem Ohr losgehen. Und du hast sie in dieser Nacht auf den Arm genommen, Starmanda, und du hast selbst geweint. Du hast sie in unser Bett geholt, und da hab ich die Augen aufgemacht, Starmanda. Nur einen Moment lang, als du sie so stark geschüttelt hast, Starmanda, als wäre sie eine Lumpenpuppe aus Stoff. Das weiße Kleidchen, das ich für sie gekauft hatte, hat geflattert wie eine dreckige Fahne, ihr Hals ist nach hinten geflogen, als wär sie gar kein Mensch. Du hast sie geschüttelt und geschüttelt, bis nichts mehr von ihr übrig war, das du noch schütteln konntest. Ich hab das gesehen, Starmanda, und ich konnte nichts dagegen tun, ich konnte nur daliegen und das mit ansehen. Nur daliegen wie ein Hund und das mit ansehen.«

»Ich mußte dafür sorgen, daß sie aufhört zu schreien«, erklärte Mandy, als wäre ihr das selbst eben erst bewußt geworden.

»Sei still. Sag nichts mehr«, flüsterte ich. Womöglich hörte sie mir gar nicht zu, aber mir war klar, daß es ein Fehler wäre, wenn sie so weitermachte. Ich wußte, daß ihre Wahrheit besser ungesagt bleiben sollte. Ich hatte begriffen, daß er sich nie damit begnügen würde und daß ihre Wahrheit – wie immer sie aussah – nie die seine sein würde. Gleichzeitig wußte ich aber auch, daß sie es aussprechen mußte. Etwas in ihr verlangte nach Klarheit, und wenn sie darüber redete, würde sie sich am Ende dem stellen, was sie getan hatte. Und so sprach sie es aus; dabei trat sie vor, sah ihn direkt an, gab es ihm ins Gesicht zu.

»Sie wäre doch sowieso gestorben.« Ihre Augen flehten um Verständnis. »Ich wußte das. Dr. Daniels hat es mir zu verstehen gegeben, er hat mich gewarnt, er wollte mich darauf vorbereiten, obwohl er ganz genau wußte, daß ich nur froh darüber wäre. Ich habe darum gebetet.«

Er zuckte zurück, als hätte sie ihn ins Gesicht geschlagen,

und hielt sich die Ohren zu, um ihre Worte nicht an sich herankommen zu lassen; seine Miene verriet Erschütterung, dann sammelte er sich, verlor aber gleich wieder die Fassung, als sie weitersprach, und das zeigte mir, daß er jedes Wort hörte.

»Er wußte, daß ich sie schon früher geschüttelt hatte, daß da etwas nicht stimmte, und wenn du nicht so betrunken gewesen wärst, dann hättest du das auch gemerkt, aber du warst ja der große starke Mann, obwohl du selbst nur ein Kind warst, mit genausoviel Angst wie ich.«

»Ich hätte schon dafür gesorgt, daß wir es schaffen, Starmanda. Wenn du mich nur gelassen hättest...«

»Du konntest ihr gar nichts geben, weil du nämlich gar nichts hattest. Und wenn sie schrie – immer und immer nur schrie – die ganze Nacht, den ganzen Tag, und ich hatte niemanden, an den ich mich wenden konnte, ich hatte nur mich – da hab ich sie geschüttelt, bis sie still war, und in dieser Nacht...« Sie hielt kurz inne. Sie weinte jetzt in sich hinein, während sie sprach, ihre Worte waren wie erstickt und schwer zu verstehen. »Als sie wieder anfing zu schreien, da hab ich sie geschüttelt und geschüttelt, so wie Mrs. Mason mich immer geschüttelt hat, und dann ist sie eingeschlafen, und als du nach Hause gekommen bist, wieder mal betrunken, wieder mal high, da hat sie wieder geschrien, und ich hab sie geschüttelt und geschüttelt und geschüttelt, bis sie still war.«

Es war, als bliebe uns allen da in dem Zimmer die Luft weg, als sie das sagte, und dann fuhr sie in ruhigem, sachlichem Ton fort.

»Dann hab ich Dr. Daniels gerufen. Er war ein guter

Mensch. Als ich das erste Mal zu ihm ging, war ich im sechsten Monat schwanger mit einem ungewollten Kind, und er meinte, ich soll es zur Adoption freigeben, aber ich wußte ja, daß du das nie mitmachen würdest, und ich hatte nicht mehr die Kraft dazu, wo mir der Bauch schon über die Hose hing. Ich wollte nicht wieder zu Rufus zurück, und ich dachte, das wäre ein Ausweg mit dir.

Und er hat damals nicht alles gesagt, weil er ein anständiger Mensch war und wußte, daß ihr Tod eine Befreiung für mich war. Er hatte meinen sehnsüchtigen Blick bemerkt, als ich das Bild von Kenton sah, wo er fein herausgeputzt und glücklich in dem schönen Garten seiner Mutter sitzt, und einmal hatte ich zu ihm gesagt: ›So ein Baby will ich auch mal haben, und es soll in so einem Garten sitzen‹, und er hat gesagt, ich kann alles auf der Welt erreichen, ich muß mir nur richtig Mühe geben. Und da habe ich auf der Stelle beschlossen, daß ich mir Mühe geben will.«

Ich warf einen Blick zu Taniqua hinüber. Sie war eine stumme Zeugin dieser Szene, genau wie ich. Sie saß wie versteinert auf der Couch, ihre dunklen Augen nahmen alles wahr, verstanden aber nur wenig. Ich sah wieder zu Odell und dem Messer hin, das jetzt mit harten, unregelmäßigen Schlägen an seinen Oberschenkel klopfte. Odell stand ziemlich weit von Mandy entfernt. Er bewegte sich auf sie zu. Sie rührte sich nicht.

»Kannst du mir verzeihen, Odell?« bat sie, aber sein Blick blieb verschlossen und ließ keinen Funken Vergebung erkennen. Odell bewegte sich weiter auf sie zu, und da wußte ich, was passieren würde, daß er noch nicht bekommen hatte, was er hier suchte, und mir sträubten sich die Nackenhaare.

Mandy mußte das auch gespürt haben, denn jetzt wich sie vor ihm zurück, einen Schritt, vielleicht zwei, näher zu mir, aber nicht nahe genug. Er folgte ihrer Bewegung wie bei einem seltsamen, unwirklichen Tanz, in der Hand noch immer das Messer, das an seine weiten schwarzen Jeans klopfte, nunmehr in einem härteren, eindringlicheren Rhythmus.

»Du mußt mir verzeihen.« Doch Mandy Magic war es nicht gewohnt zu bitten, und ihre Stimme verriet sie. Sie klang zu sehr nach der, die alle Welt im Nachtprogramm hörte, allzu überzeugend, allzu verführerisch, und ich begriff, daß sie zu hoch aufgestiegen und er zu tief gesunken war, als daß sie wirklich seine Vergebung suchte. Er begriff das auch. Sie wollte vernünftig mit ihm reden, wie mit einem ruhigen und einsichtigen Menschen, obwohl er beides nicht war. Es war mir ein Rätsel, warum sie das nicht merkte, warum sie nicht aufhören wollte. »Kannst du das nicht verstehen nach so langer Zeit, Odell? Kannst du nicht verstehen, daß ich das Licht am Ende des Tunnels für mich sah und darauf zugehen mußte?«

»Aber *sie* war mein Licht. Amanda war *mein* Licht, und du hast mein Licht ausgelöscht.«

Er stürzte sich so schnell auf sie, wie er sich auf Rufus Greene und wohl auch auf Kenton Daniels und Tyrone Mason gestürzt hatte, und der Hieb kam so plötzlich, daß ich ihn kaum sah, bis ihr das Blut als dünne rote Spur über die Kehle tropfte. Sie sah ihn ungläubig an und ging dann vor ihm in die Knie, dabei faßte sie sich an die Kehle, als flehte sie um ihr Leben, und ich hörte einen Schrei. Für den Bruchteil einer Sekunde dachte ich, es sei Mandy. Doch dann begriff ich.

»Mama!« schrie sie auf. »Mama! Mama! Er darf dir nichts mehr tun!« Jedes einzelne Wort war mir so qualvoll, als hätte ich selbst es herausgeschrien.

Taniqua hielt die zierliche Pistole aus dem Ebenholzkästchen in der Hand, bevor ich auch nur merkte, daß sie danach gegriffen hatte. Beim ersten Schuß fiel er auf die Knie, und dann stand sie über ihm wie in Trance und feuerte das ganze Magazin leer, bis er tot war; sie tötete ihn, wie sie schon einmal einen Mann getötet hatte, damit er ihrer Mutter nichts mehr antun konnte.

Ich weiß nicht, wieviel Zeit verging, bis ich mich so weit gefangen hatte, daß ich einen Krankenwagen und schließlich die Polizei rufen konnte. Vielleicht waren es zehn Minuten, vielleicht auch fünfzehn. Es war nicht so entscheidend, wie man mir später sagte. Ich weiß noch, daß ich gleich nachdem es passiert war, Taniqua in den Armen hielt, und sie zitterte und klammerte sich an mir fest, als gälte es ihr Leben – während sich die Sanitäter ans Werk machten, Fragen stellten und sich dann in geschäftigem Schweigen bemühten, das Leben von Taniquas Mutter zu retten, während die Polizei bedächtig und tastend ihre Fragen stellte, während uns die Sozialarbeiterin freundlich und das Krankenhauspersonal reserviert behandelte, als wir auf Nachricht warteten, ob Mandy Magic überleben würde.

Während des Wartens dachte ich daran zurück, was in den vergangenen zwei Wochen passiert war, und allmählich erlangten Kleinigkeiten, die mir auf den ersten Blick unwesentlich erschienen waren, eine klarere Bedeutung und ergaben einen gewissen Sinn. Ich erinnerte mich wieder an das

Foto, das Taniqua mir gezeigt hatte, und wie verzweifelt und resigniert die junge Starmanda Jackson darauf ausgesehen hatte. Sie hielt damals ihr eigenes Kind in den Armen, und Odell war wahrscheinlich der stolze junge Papa mit der Kamera, der ein Bild von seinem ersten Kind, dessen Mutter und seinem Freund Harold Mason machte. Die Engel in ihrem Leben, die beiden Männer, von denen sie so häufig sprach, hatten auch ihre »teuflischen« Seiten gehabt. Elmer Brewster war ein lüsterner Freier mit einer Vorliebe für sechzehnjährige Prostituierte. Dr. Kenton Daniels jr. war ein Arzt, der gleichgültig wegsah, als sie ihr Kind ermordete.

Und sie hatte das alles für sich behalten, die Widersprüche, die Lügen und ihren persönlichen Kummer. Hatte sie immer Rot getragen, weil sie das mit einer Vergangenheit verband, zu der sie sich aus Angst nicht bekennen wollte? überlegte ich. Diese Farbe hatte ihr der Zuhälter empfohlen, der den ersten Mann, der sie mißbrauchte, fast totgetrampelt hatte. Und aus Starmanda hatte sie »Mandy« gemacht, um nicht alles von sich aufzugeben, um so viel wie möglich von diesem längst verschwundenen Teil ihres Wesens zu bewahren. Sie hatte versucht, ein ehrenwertes Leben zu führen – sie half den Bedürftigen, engagierte sich für andere, so sehr sie konnte, rettete ein Mädchen, das ein ebenso schwieriges Leben gehabt hatte wie sie selbst. Und am Ende hatte ihre Vergangenheit sie doch eingeholt, hatte ihr nachgestellt und ihren Tribut gefordert.

Doch das Glück blieb Mandy Magic treu. Ihre längst verstorbene Mutter hielt immer noch ein Auge auf sie. Odell Johnson hatte sie nicht getötet. Sein Messer hatte den Kehlkopf und die Luftröhre getroffen, die Halsschlagader aber um Zentimeter verfehlt, und so kam Mandy mit dem Leben davon. Aber von nun an würde sie nur noch flüstern können. Also hatte er am Ende doch erreicht, was er sich geschworen hatte. Er hatte ihr das Licht geraubt, wie sie ihm seins geraubt hatte.

Epilog

Niemand zieht gerne eine Frau in den Schmutz, die gerade eine Tragödie überlebt hat, daher wurde die Geschichte, die Mandy Magic der Welt erzählte, rasch als die Wahrheit akzeptiert. Sie sagte, ein Wahnsinniger namens Odell Johnson habe ihr nachgestellt, ihre beiden besten Freunde ermordet, sie selbst an der Kehle verletzt und sei von ihrer Tochter in Notwehr getötet worden. Mein Name und meine Anwesenheit wurden völlig aus der Sache herausgehalten. Die Geschichte sorgte ein paar Tage lang für Schlagzeilen und verschwand dann aus den Zeitungen.

Nach Mandys Entlassung aus dem Krankenhaus rief ich bei ihr an, um zu hören, wie es ihr ging, aber sie rief nie zurück. Eines Abends fuhr ich sogar an ihrem Haus vorbei, aber sie hatte es kurz nach dem Vorfall zum Verkauf angeboten. Eine Sprecherin gab später bekannt, daß sie sich von ihrer Sendung zurückziehe, um sich ganz der Erziehung ihrer Tochter und der Leitung ihrer eigenen Rundfunkstationen zu widmen. Sie wurde wieder so unnahbar wie in der Zeit, bevor ich sie kennenlernte. Allerdings schickte sie mir das Geld, das sie mir noch schuldete, und ich war froh darüber. Ich wußte, daß ich nie wieder etwas von ihr hören würde. Wer seine Geheimnisse immer für sich behalten hat, gibt diese Gewohnheit nicht so schnell auf.

In den darauffolgenden Tagen war ich niedergeschlagener, als ich zugeben mochte. Nichts schien geklärt, und ich hatte das Gefühl, ich wäre als emotionale Müllkippe benutzt worden. Keine zwei Wochen hatte ich mit Mandy zu tun gehabt, aber der ganze Fall hatte mich seelisch mitgenommen. Ich ging mit meinen Depressionen so um, wie man es gerade nicht tun soll. Ich erzählte meinem Sohn, ich hätte die Grippe, legte mich mit einer Packung Famous Amos Schokoladenkeksen ins Bett und tat den ganzen Tag und fast die ganze Nacht lang nichts als zu schlafen und mir Seifenopern und Mitternachtsfilme anzusehen. In diesem erbärmlichen Zustand traf mich dann Jake Richards an.

Er kam eines Morgens mit einem Liter Orangensaft und einer Tüte Blaubeermuffins vorbei und klopfte vorsichtig an meine Schlafzimmertür.

»Jamal hat mich reingelassen. Wenn ich wieder gehen soll, brauchst du es nur zu sagen«, erklärte er. Als ich seine Stimme hörte, wußte ich sofort, daß er der einzige Mensch war, den ich jetzt um mich haben wollte. Außer meinem Sohn hätte ich keinem Mann auf der ganzen Welt gestattet, mich in dieser Verfassung zu sehen.

»Ich habe Gerüchte gehört, daß da noch eine unbekannte Frau bei dem Vorfall in Mandy Magics Haus dabei war, und ich hab mir gedacht, das könntest du gewesen sein«, sagte er, während er sich ans Fußende des Betts setzte. Er beugte sich vor und legte mir sanft die Hand auf die Stirn. »Kein Fieber. Wann willst du aufstehen?«

»Gar nicht.«

»Vielleicht erzählst du mir mal, was an dem Abend wirklich passiert ist«, sagte er, und ich breitete mit einem Schwall von Verwünschungen und Tränen alles vor ihm aus. Als ich fertig war, schüttelte er traurig den Kopf und nahm mich in die Arme.

»Alles hat damit angefangen, daß sie ihr Baby umgebracht hat.«

»Alles hat damit angefangen, daß er ihr das nicht verzeihen konnte«, widersprach Jake. »Aber sie hat sich eigentlich auch nie verziehen.«

»Sie hat Amanda zu Tode geschüttelt. Man nennt das Shaken-Baby-Syndrom, und es gilt als Mord.«

»Und es ist moralisch überhaupt nicht zu rechtfertigen, aber historisch gesehen ist der Mord an Neugeborenen nicht so selten, wie man vielleicht denkt, vor allem vor der Aufhebung des Abtreibungsverbots. In der Fachliteratur wird sogar die Theorie diskutiert, daß es in bestimmten Fällen und in manchen Gesellschaften biologisch bedingt ist, und wenn ein Mädchen so arm und verzweifelt ist wie Mandy Magic damals, dann opfert sie ihre kränklichen Nachkommen womöglich, um das eigene Überleben und das ihrer künftigen Kinder sicherzustellen.«

»Und du glaubst das?«

Er zuckte die Achseln, ohne sich festzulegen. »Eine Theorie aus der Fachliteratur.«

»Ich komme einfach nicht darüber hinweg, daß ich jedesmal an meinen Vater denken mußte, wenn ich diesen Mann angesehen habe.«

Jake lächelte schwach. »Wir haben alle etwas von Odell Johnson in uns«, sagte er nach einer Weile. »Jeder von uns hat eine rachsüchtige Seite, die anderen nicht die Gnade der Versöhnung gewähren will. Das Leben ist vielschichtiger als nur schwarz und weiß oder richtig und falsch, darum muß man sich die Freiheit geben, auch die Grautöne zu verstehen und die Sonne hereinzulassen, sooft es nur geht.«

»Es scheint da aber ziemlich viel Grau zu geben«, sagte ich skeptisch, und er schlug die Augen nieder.

»Das ist immer so.«

Wir saßen noch eine Weile da, ohne viel zu sagen, wir lachten ein wenig, verspeisten die Muffins, teilten uns den Saft, und dann ging es mir schon besser, und er mußte zur Arbeit. Und als er weg war, wurde mir erst richtig bewußt, was er mir bedeutete und wie sehr er mir gefehlt hatte. Ich wußte nicht, was aus unserer Beziehung werden sollte, wie weit sie sich noch entwickeln würde, welche Worte und Taten schließlich den Ausschlag geben würden, um uns aneinander zu binden oder auseinanderzureißen. Aber eins wußte ich – es waren schon zu viele Schatten auf unser beider Leben gefallen, als daß ich diesen Sonnenstrahl leichtfertig aufgeben konnte.

Dank

Mein nachträglicher Dank gilt Duncan Walton, Ph.D., und Robert Fleming, mein anhaltender Dank der üblichen Truppe, vor allem Charlotte Wiggers, Mary Jackson Scroggins und Rosemarie Robotham. Darüber hinaus danke ich Ed McCampbell, M.D., für seinen medizinischen Sachverstand, meiner Agentin Faith und meiner Lektorin Stacy für ihre redaktionelle Beratung und wie immer meinem Mann Richard für seine Liebe.

Valerie Wilson Wesley
im Diogenes Verlag

Ein Engel über deinem Grab
Ein Fall für Tamara Hayle
Roman. Aus dem Amerikanischen
von Gertraude Krueger

Sie ist schwarz, Anfang Dreißig und hat es satt, sich
von anderen Leuten den Tag verderben zu lassen. Deshalb hat Tamara Hayle ihren Job als Polizistin an den
Nagel gehängt und ihrem Ehemann DeWayne den
Laufpaß gegeben, um sich als alleinerziehende Mutter
und Privatdetektivin auf dem harten Pflaster von Newark, New Jersey, durchzuschlagen. Doch DeWayne,
Vater ihres Sohnes Jamal, bringt sich immer spätestens
dann bei ihr in Erinnerung, wenn er in Schwierigkeiten steckt. Er bittet Tamara, in einem traurigen Fall zu
ermitteln...

»Eine Geschichte, die man nicht mehr aus der Hand
legen kann. Spannung pur. Ein wunderbarer Krimi.«
Martina I. Kischke / Frankfurter Rundschau

»Wesley hat ein aufregendes Stück literarischen Jazz
komponiert.«
Fritz Göttler / Süddeutsche Zeitung, München

In Teufels Küche
Ein Fall für Tamara Hayle
Roman. Deutsch von Gertraude Krueger

Tamara Hayles Spürhundfähigkeiten werden auf eine
harte Probe gestellt, als der Klient, der ihr gerade
einen Auftrag erteilt hat, nur wenige Stunden später
stirbt: der schwarze Investmentbanker Lincoln
Storey, legendär nicht nur für seine Karriere, sondern
auch für seine Brutalität und Skrupellosigkeit.

Storey stirbt auf seiner eigenen Party und vor großem Publikum – an seiner Erdnußallergie, von der viele der Anwesenden wußten und die einer ausgenutzt hat. Nur wer? Kaum jemand, für den sein Tod keine Erleichterung bedeutet hätte.

»Enorm spritzig, geschrieben mit Verve und ein wenig Melancholie.« *Brigitte, Hamburg*

»Selten wurde Sozialkritik perfekter mit der Action eines ›hard-boiled‹-Krimis verknüpft.« *Schweizer Illustrierte, Zürich*

Todesblues
Ein Fall für Tamara Hayle
Roman. Deutsch von Gertraude Krueger

Ein neuer Fall für Tamara Hayle: Die ebenso hartnäckige wie warmherzige Detektivin kommt nach einem langen Tag müde aus ihrem Büro in der Main Street. Auf dem Weg zu ihrem verrosteten Volkswagen lauert ihr ein Teenager mit einem 38er-Kaliber auf, niemand, vor dem man normalerweise Angst haben müßte, doch irgendwie ein vertrautes Gesicht. Der Junge könnte ihr Sohn sein und erinnert sie auf verschlungenen Wegen an ihren Bruder und das Geheimnis um seinen Tod. Der Vater des aus der Bahn geworfenen Jungen ist ermordet worden, wie Tamara erfährt. Ein Fall, den die Polizei längst als Tod eines Junkies zu den Akten gelegt hat, der Tamara hingegen keine Ruhe läßt ...

»Valerie Wilson Wesley hat die zeitgenössische Literatur um einen neuen Charakter bereichert: eine schwarze Privatdetektivin, die zugleich Stimme ihrer Generation ist.« *Nürnberger Nachrichten*

»Valerie Wilson Wesley gehört nun endgültig in die Top-Riege der Krimi-Autorinnen.« *Freundin, München*